河出文庫

中国怪談集

中野美代子／武田雅哉 編

河出書房新社

◉目次

中国怪談集

人肉を食う（輟耕録より）

陶　宗儀

陶宗儀（Tao Zongyi）　生没年不詳

元末明初の文学者、著述家。浙江省黄巌の人。あざなは九成、号は南村。著作に『国風尊経』、『南風詩集』、『輟耕録』があるほか、『説郛』など、叢書の編集がある。代表作『輟耕録』は、元代の法制の記述をはじめ、あらゆる学問、芸術のことに言い及んだ覚え書き二九六条を集めたもの。この作品はその『輟耕録』の一条である。原題は「人肉」。

天下をあげて戦乱のルツボと化した今日、淮右（淮水の上流地方、淮西ともいう）の兵士は好んで人肉を食っている。小児の肉を上とし、婦人の肉これに次ぎ、男子のそれは下等とする。これを二つの甕の間に坐らせておいて、外から火で焼くか、或いは鉄架の上で生きながら炙るか、或いはその手足を縛り、まず沸騰した湯をかけてから、竹箒で苦い皮を刷きとるか、或いは袋の中に入れ、大鍋で生きたまま煮るか、或いは切りさいて刺身に作って淹すか、或いは男子だとその両足だけを切り取り、女だと特にその両乳をえぐり取るかする。そのさまざまの残虐さは一々口にいえないくらいである。これらをひっくるめた名称を「想肉」というのは、これを食って人をしてこれを想わしめるという意味である。これは唐の初の朱粲という男が、人間を食糧の代わりにして、臼で搗きこね、まるで豚の糟漬けのようにして、「食って人を酔わせるのだ」といったのと変わりはなく、まことにお話にならない話である。

唐の張鷟（『遊仙窟』の作者）の『朝野僉載』によれば――

「則天武后の時、杭州臨安の尉薛震は、好んで人肉を食い、債主や奴隷が臨安に来ると、客舎に泊めて、酔いつぶれさせたうえにこれを殺し、水銀を混ぜて、骨がとけてなくなるまで煎った。その後、こんどは自分の妻を食おうと思っていると、それに気づいた妻は、塀を乗り越えて逃げ、県令に訴えた。県令は委細を訊きただして、その事を州に具申し、州から天子に上奏したところ、勅命によって笞一百を加えて死刑に処した。」

（唐の）段成式の『酉陽雑俎』によれば――

「李鄘が潁州の知事をつとめていた時、七人の松火をかかげた賊が捕まった。彼らは次々に人を殺し、必ずその肉を食っていたというのである。拷問をして人肉を食ったわけを尋ねると、その首領がいうには、『わたしは泥棒の大親分からこれを教わりました。人肉を食いつけた者は、夜中に人の家に押し入ると、必ず頭がぼうとなるか、うなされて目が覚めないこともあるので、どうしても食わないではいられない』といったそうである。」

『盧氏雑説』によれば――

「唐の張茂昭は節度使となるや、しきりに人肉を食った。統軍に任命されて京師に来たとき、同僚の者から、『あなたは節度使在任中、人肉を好まれたそうですね、本当ですか』と聞かれ、彼は笑って、『人肉は腥さい上にしこしこして、とても食えたものではない』といったという。」

『五代史』によれば――

「萇従簡は先祖代々羊肉屋を営んでいたが、従簡は役人となって左金吾衛（近衛軍）の上将軍まで出世した。彼がかつて河陽・忠武・武寧の諸鎮に節度使として歴任していた頃、好んで人肉を食い、よく民間の小児をひそかに捕えては食っていた。また趙思綰は好んで人の肝を食った。長安城中で食糧がなくなるや、彼は女や子供を取って兵糧の代わりにし、軍隊を犒うたびに数百人を屠殺した。」

『三国志』によれば――

「呉の将高澧は、酒癖が悪く、人を殺してその血を飲むのを好んだ。日が暮れると、必ず屋敷の前後で通行人を掠っては食った。」

宋の荘季裕の『雞肋編』によれば――

「靖康元年（一一二五、北宋の末年）、金が中華に乱入した際、盗賊、官兵はもとより一般の人民もみな互いに食い合い、身体を丸ごとさらして乾肉にした。登州（山東省）の范温が義勇軍を率い、海を渡って銭唐（杭州）に上陸した時も、その乾肉を持って行き、行在（杭州）に着いてからもまだ食っている者がいた。年を取って痩せた男のことを、隠語で「饒把火」（タイマツよりまし）といい、若い女のことを「不美羹」（まずいスープ）といい、小児のことを「和骨爛」（骨ごとよく煮える）といい、また人肉の総称を「両脚羊」（二本足の羊）といった。」

（宋の）趙与時の『賓退録』によれば――

「本朝の王継勲は、孝明皇后の同母弟である。太祖の時にしばしば罪によって貶謫されたが、その後、右監門衛率府の副率として、西京を分司し、残暴いよいよ甚だしく、強いて民間の子女を買って召使とし、少しでも意にそわないと、すぐ殺して食った。太宗が即位するや、たまたま訴える者があって、洛陽に斬られた。また欽州（広東省）の知事林千之は、人肉を食ったために籍を削られ、奴隷として海南島に流された。」

　ああ、人の肉を食い、または人に肉を食われるのは、兵乱非常の際には、あるいはありうる残虐なことかも知れぬ。しかし君子が聞くを願わないのは、かの薛震のやからが天下太平無事の時に、しかも身は顕官でありながら、口腹を厭かせるに十分な珍味美食がないわけでもあるまいに、わざわざ選りに選って人肉を好んで食ったことである。全くこれは人類とはいえ人性をもたぬ者である。結局死刑や流刑に処せられたのは、天の報いであって、当然のことであった。

（松枝茂夫 訳）

十(じっ)巹(きん)楼(ろう)

李漁

李漁（Li Yu）　一六一一――一六八〇頃

明末清初の文学者、文芸批評家。浙江省蘭谿の人。明末の動乱期にあって、各地を遊歴しながら名士と交流し、晩年は、杭州、西湖のほとりに住んだ。小説集に、『無声戯』、『連城壁』、『十二楼』があるほか、戯曲に『笠翁十種曲』が、戯曲理論書に『閑情偶寄』がある。また、ポルノ小説の傑作『肉蒲団』（別名『覚後禅』）もまた彼の作品であるといわれている。現代の日本ではあまり知られていないこの作家も、江戸時代には、好んで読まれた外国人作家のひとりであり、彼の作品の趣向は、数多くの歌舞伎や読本に採り入れられていた。ここに収めた作品は『十二楼』の一篇である。原題同じ。

第一回　酔っぱらいのなぐり書きが、行末の縁を決めたかどうかという話

年増女にゃ　鏡が仇(かたき)
男やもめにゃ　とうがたつ
儘にならぬが　浮世の縁(えにし)
いつになったら　結ばれる？

日でり続きに　雨が来て
ほっとするよな　嬉しさは
待ちくたびれて　結ばれた
その夜の　紅(べに)の床(とこ)の中

待たねばならぬ事ほど急ぎたいのが人情でありますが、その中でも、金持になることと出世す

ることと良い縁を結ぶこととは、とりわけはやくしたいものであります。もしも出来ることなら、産れて来ないうちに親父が金持になっていてくれたら有難いし、苦労して勉強しないうちにもう役人の辞令が届いているということであったら、此のうえもないことであり、涎掛をかけている時分から、美しい女と好い男とが一しょに育てられて、色気づくと同時に夫婦になれて、その婚礼の日取も、暦をめくるようなめんどうなことをせずに済んだとしたら、さてどんなに嬉しかろうと思うのでありますが、しかしこの憂世では、そんな願いはどれ一つだって、かなえられるわけはありません。それどころか、昔からその反対のためしの方がずっと多いのであります。昔、陶朱公という人は、役人をやめて湖のほとりに隠居してから、はじめて大金持になったといいますし、姜太公という人も、歯がぐらつき髪が白くなってから、やっと立派な官職に就いたのでありました。この二人にしても、若い時分に、金を貯めたいと思わなかったわけではなく、役人になりたがらなかったわけでもなかったのでありましょうが、金運に恵まれず出世の神に見放されていたので、せっかく懐に這入った金も逃げて貯らず、することなすことといすかの嘴とくい違い、一向に認められるチャンスに、恵まれなかったのであります。それが一たん運が開けたとなると、たとえば燃え上る火のように、あるいは切って落された水のように、停めようとしても停められなくなったのであります。また、梁鴻という男は気の利かぬ男で、孟光という女はひどく気位の高い女でしたが、それぞれその持って生れた性分が仇をしてかっこうな相手が見つからず、何時までも縁の無いことを喞っていたのでありますが、この両人、いずれもひどく老けてから、図らずも一つに結び合わされますと、ぴったり似合いの夫婦となり、その水も漏らさぬような仲の良さは、遠い昔から今に至るまで並ぶ者なしという折紙附の和合ぶりとなりました。もちろん二人とも恵まれた好運者ではありますが、考えようによっては、悩みつづけ長い間ずいぶんといらいらしたあげく、やっと願いがかなえられたので、そうした世にも珍しい情愛に固く結び合うことが出来たとも言えましょう。見渡したところ、始終ごたごたを繰返している夫婦は、はやく一しょになったか簡単に結ばれた連中で、苦労してやっと一しょになったり年をとってから結ばれた者ではめったにありません。古い諺（ことわざ）に〈安かろう悪かろう〉というのがありますが、何でもその通りで、夫婦の縁にしても決してその例外ではないのであります。

話の枕はまずこのくらいにして、さて本筋に這入ることにいたしましょう。

明朝（みんちょう）は永楽（えいらく）の初、浙江温州（せっこうおんしゅう）府永嘉（えいか）県に、字といったらそれこそ一字も読めない一人の愚民がありました。この男は、仇名を〈呑んだくれの郭（かく）〉とよばれ、だいの酒好きでありましたが、不思議なことに、大酒を呑むとお筆先をつとめるのでありました。素面（すめん）では筆の持ち方さえ知りませんが、一たんお筆先をつとめるとなると、どんな習字のお手本よりも、巧い字を書くのです。というのは、この男にお筆先をつとめさせる御本尊が、どれもこれも昔から名うての書家たちであるため、自然そういうふうに現われるので、あの有名な〈淳化帖（じゅんかちょう）〉に筆跡の収められていないような書家は、決してお招きしないのでありました。

そこで、遠近を問わず、何か判断に迷う者がありますと、みんな上等の酒を用意して、この男を招んで飲ませたあげく、彼がお筆先になって書いた字によって、吉凶を占ったり災難をよけるようになりました。なかには、彼の書いたものを掛軸にして壁に掛けたり、折本にこしらえて、〈仙帖〉と名づけて家宝にして有難がるような者も出て来ました。家屋を新築する者などは、額や柱掛けを用意して、建物に名をつけてもらったり、気の利いた句を書いてもらうのでありましたが、平ぜい文盲の彼が書いた文句が、また不思議にも頼んだ者の気持にぴったりと合い、庭の趣きともしっくり一致するのでありました。それに、その男の書いた文句の中には、将来の吉凶禍福が予言のように含まれていまして、たとえ書いてもらった時には気付かなくても、後になって、さてはそんな意味であったのかと、驚くような霊験も顕わすというので、大変な評判でありました。

その頃、同じ町の学校に、姓は姚、名は戩、あざなを子穀という学生がおりました。まだ幼いうちから学校に上り、なかなか出来る子だと言われていました。その父親というのは、町の役場の倉庫係をしているうちにえらい金を貯めあげて、ひどく気位が高くなってしまった男で、息子の評判が良いところから、嫁を決めるについて選り好みをはじめ、是非とも世間にまたと無いような美人を迎えたいと捜しまわっていました。ちょうどその息子が十八歳になった年、やっとこれならばという相手が見つかりまして、婚約を取交わしましたが、その相手というのは、屠という家の娘で、温州城内きっての美人という評判でありました。婚約が調いますと、姚家では若夫婦のために、間口三軒の楼を邸内に建築し始めました。そしてそれが出来上りますと〈呑んだくれの郭〉を招んで、新築祝の宴を張ったのであります。彼のお筆先によって、新しい楼に名をつけてもらい、また同時に将来の吉凶を占ってみたいというのでありました。

さて、その席に迎えられた〈呑んだくれの郭〉は、ろくろく挨拶もせず、並んでいる料理にも見向きもしません。ただもうたてつづけに酒を大盃に注がせて、

「御本尊がもうおつきになった。ぐずぐずしてはおれない。はやく酔っぱらわせてもらおう！」

と言います。姚家の親子は、お願いした御本尊が、彼の身体についたことを知りますと、一刻も早く書いてもらおうと思い、自分の手で郭に酌をして、たてつづけに数十盃も飲ませたわけであります。〈呑んだくれの郭〉はすっかり酔いつぶれますと、酒に濡れた口もとを拭いもせず、筆をとりあげるなり、まるで箒で地面でも掃くような恰好で、大きな額の上に、三つの大文字と六つの小文字をなぐり書きに書きあげました。その大文字は、

十呑楼

小文字の方は、

九日道人　酔筆

と読まれました。

おしょうばんに招ばれていました客の中には、子穀の学友たちもいましたので、九日の二字を合わせると旭という字になりますから、お筆先に現われた御本尊は、唐の頃の有名な書家の張旭

に違いないということはすぐにわかりましたが、さて〈十呑の呑の字の方は、景の字の誤ではあるまいか〉という者が出て来ました。ある者は、〈この楼の窓からは、十方の景色が眺められるから、十景楼とつけるつもりを、間違えて、合呑（結婚の意）の呑の字にしてしまったのであろう〉と言います。すると、〈いや間違ったのは十の字のほうで、呑の字はこれからの結婚とぴったり合っていて意味がある。誰だって酔っぱらえばしくじるものであるから、お筆先だって間違いもあろう。御主人があまり酒をすすめられたから、いい気になって呑み過ぎて、書きそこないをしたものに違いない〉という意見であります。そこで、〈思いきって問ねてみたがよい〉ということになり、姚父子は、まるで神前にお伺いでもたてるような恰好で、〈呑んだくれの郭〉に対して、うやうやしく問ねてみました。

「十呑の二字は、私共には、どうもどういう意味か、はっきり致しかねますが、もしや何かのお間違いではございませぬでしょうか？　お書直しいただけますれば、まことに有難いことに存じますが――」

〈呑んだくれの郭〉は、返事の代りにまた筆をとりあげると、さらさらと次のような詩を書きつけました。

戯れ事と　などいわん
疑い給う　こと勿れ
もしや　験の無き時は

酔いしれ事と　言うもよし

それを見た一同は、さては書きそこないではなく、何か深い予言が隠されているのであろう。自分たちが凡人なために、わからないのであろうと考えました。そこで彼らは、揃って起ち上りますと、姚父子に向って要領のよい挨拶をしました。

「お芽出とうございます。いやまったくお芽出たいことでございます。今やっとわかりましたが、これは御令息が、正夫人様の他に九人のお姫妾をお抱えになるしるしで、都合十度合巹（結婚）の式をお挙げになることになりますから、十巹楼と名づけたものに相違ございません。普通の家庭では、到底そんなに度々お芽出たい式は挙げられませんから、これはきっと大官になられるしると思われます。お子様が大官になられれば、しぜんお父様の方にもお位がつくわけで、まったくお芽出たいことでございます」

もともと、息子は官吏になり、それによって父親も朝廷から位を授かるというのが、姚父子のかねがねの望みでありましたから、こう挨拶されますと、表面では〈私共にそんなことは〉などと答えながらも、心の中では、嬉しくてたまりません。この予言は将来きっと当るに違いないと思いこんでしまったのでありました。そこでその夜は、一同を無理に引留めて、さらにその前祝いの酒を飲んでもらいましたので、招待された客は、誰も彼も満足して、みんな遅くなって帰っていったのであります。

さてその後、姚家では、黄道吉日を選びますと、いよいよ新婦を迎えることになりました。花嫁の轎が姚家の門口に着いて、降り立った花嫁を見ますと、その容姿の美しく艶やかなことは何といったらよいでしょうか、噂にたがわず、まさに温州城内第一の美人と思われました。

眉は　三日月、こぼれる　笑靨
雪の肌えに　黒髪映えて
柳の腰つき　絵よりもやさしく
仇な姿は　詩にも作れぬ
運ぶ靴さき　蓮の花瓣
垂れた手の指　玉の白魚
こんな美人が
この世に有ったら
仙女さまかと　間違えられる

姚子穀は、その姿に見とれて嬉しさに気もそぞろになり、一時もはやく祝いの宴がすんで、手を携えて寝間に退き、温かく柔かそうな女の身体を抱きしめたら、ああ——どんなにと胸はもう早鐘を打つのでありました。そこで、しぜん祝客のいう挨拶などまるで耳に入らず、賑おう人たちの様子も目に映らず、夢うつつにただもう一人で盃をあおりつづけました。十二時を過ぎる頃になりますと、酒宴もだいたい片づいて、待ちに待った晴れの寝間で、彼はやっと花嫁と二人きりになることが出来ました。手を取って引寄せますと、可愛さいじらしさに胸がまたふるえます。心急ぐままに思わずいたわりを忘れ、幾分か手あらくさえなって、衣裳を脱がせ、夜具の中にひき入れました。そしていよいよこれから人生至上の楽しみという段になりました時、ああ何ということでありましょう、彼のせっかくの嬉しい夢は、とたんにずたずたに砕かれて、あきれかえって物も言えないようなことになってしまったのでありました。そのわけを新しい小唄で唄ってみましょう。

こんなためしは聞かぬこと
ここぞと思うところをば
ひたすら　さぐりまわしたが
胸どきどきとするばかり
峯いたずらに　高くして
谷間の彼方　泉湧く
淵は　いずこに　隠れたか
尋ね求めん　跡もない
あら不思議なる神業と
驚きかえる　あじけなさ

　というわけで、この花嫁は美しい顔に似合わず、女として具えておるべき所を持ち合わせていない、世にいう石女であったのでありました。せっかくの彼の思いつめた意気込みも、門も縫目もない障壁にぶっつかってしまいましたので、彼はただ花嫁をかい抱いて、哀れにも問ねてみるより他にしようがなかったのでありました。

「どうしたんだろうね、人一倍綺麗な女に生れて来た君が？」

「あたしにも判りませんの。生れた時からそうなっていましたの」

　彼は溜息をつきますと、ぐるりと背中を向けて、そのまま黙りこんでしまいました。しばらくすると、今度は花嫁の方が言葉をかけました。

「おおこりになっていらっしゃるのね。あなたのようなお立派な方が、化け物のようなあたしをお貰いになって、どんなにかお腹立ちでしょう。でも、前の世から脊負って来た何かの罪のせいだと、あたしは思っています。あたしにも、どうにもならないことですもの。廃物同様の身体ですけれど、これも運とあきらめて、このままお側に置いて下さって、家の番をする犬ぐらいにお考えいただいても結構ですから、とにかく追出さないでいただけたら、それだけで心から有難いと思います。跡つぎのためには、いくら側女をお置きになっても、あたし決して不平など申しませんわ。こちらを追出されたのでは、里の恥ですし、それにこちらのお家としてもお体面にかかわることになるのじゃありませんかしら」

　それを聞くと、姚子轂はまた寝返りをしてもとのように向き合いました。

「君のような美人は、めったにないと思っているよ。だから一人前でないからといって、離縁をしようなどとは思わない。いつまでも側において眺めてゆくつもりだよ。でもね、考えてみると、せっかくの可愛い顔をただ見ているばかりというのは、上等の料理を目の前にして食べられないのと同じに、ずいぶんつらいことだろうと思うね」

「つらいのは、あなたお一人だけではありませんわ。あたしだってほんとにお慕いしていますのに、それが思うようにお仕え出来ないのですもの、いっそ死んでしまいとうございます」

花嫁はそういうなり泣きだしてしまいました。姚子穀は、それでなくても思いきり愛撫したいところに、そんないじらしいことを言って泣きますので、なおさらむしょうに可愛くなり、引寄せると力一杯抱きしめ、何とかして燃える自分の気持を始末したいとあせりました。そうなるとそこにはまた別な途も見出せるもので、表門が駄目なら、裏門から這入るという、しぜんの道もあり、それもやむを得ないことで、花嫁の方では、出来るだけ新郎を喜ばせたい気でありましたから、開けにくい門を無理をして、せめて隙間でもということで、受入れたのであります。この肥ったところでおよろしければ、差上げることに、なんのためらいがありましょう？　というわけです。そこで初夜の楽しみは、当り前の夫婦のようには運ばれませんでしたが、けっきょくどうやら仮りにすませたような形になったのでありました。

翌朝、姚子穀はありのままを両親に話しました。両親は、息子がそのためにふさぎこむようなことになっては可哀そうと思いまして、学友たちに頼んで遊山につれ出させますと、それと入れ替りにいそいで媒人(なこうど)を呼び寄せました。

「これではまるで騙(かた)りではないか！」

役人風を吹かせて、脅しつけました。

「——嫁の親は身分も低いしおとなしい男で、役所などに呼出されることは真平という性の男だと思う。娘が三人あって、片輪の外二人はまだ縁づいていないはずだ。そのどちらかと取替えてよこせばとにかく、さもなければ、訴訟を起してひどい目にあわせてやる！」

そう先方に伝えてくれと言ったのであります。

媒人がそのとおりを屠(と)家に行って話しますと、屠家でも、もしかしたらそんなことになりはしまいかと考えていたところでありましたから、めんどうなことにもならないで簡単に解決がつきました。というのは、嫁入らせる前に、屠家では先が顔の広い役人の家であるから、ごたごたを起して争ってみたところで、まず勝目はないと思わなければならない。そこであるいはそんな話が起るかも知れないと思って、二人の娘を何処へも約束しないで、家に残しておきました。幸い先方で、片輪娘でも器量好みで、そのまま追返すようなことをしなければ、それで万事上々吉、もしも何とか云って来たら、残っている二人の娘のうちから、どちらかを代りにやれば無難にすむであろうという心組みであったのであります。そこへ媒人から厳しい話がかかって来ましたので、さてはやっぱり心配した通りであったかと、あっさりあきらめまして、その申入れを承知したのでありましたが、ただ最後に一言、

「——然し二人の娘のうち、姉の方にいたしましょうか？　それとも妹の方にいたしましょう

か？　どちらもそちら様にお委せいたしますから、どうぞよい方に。そのかわりに、又気に入らぬなどとは、決しておっしゃいませんようにお願いいたします」

と念のために附加えたのであります。それに対して姚子瞉の父親の方では、姉娘の方では、年を取り過ぎているから、それよりも前の嫁より一つ年下の妹の方にしたいと考え、その意向を伝えました。

こうして親たちの間に新しい話が成立ちますと、姚家では、息子が郊外から帰って来ないうちに始末しておこうと考えまして、こっそり轎の用意をさせますと、嫁を息子の部屋から呼出し、むりやりにその轎に乗せてしまいました。嫁は泣きながら、せめて夫に一目なりと会って、別れの言葉を交わさせてくれと哀願しましたが、姚子瞉の母親はてんから受付けず、そのまま追出してしまったのであります。可哀そうに花よりも美しい女が、別段罪を犯したわけでもないのに、ただ女として片輪であるというだけで、一夜にして婚家を逐われ、あたら世の廃物扱いにされたのであります。世間では、女は容色が第一などと言っていますが、それはただうわべだけのことで、せんじつめれば、やっぱり女は夜の慰み物に過ぎないというのが、男の考えということになりましょう。

第二回　男の手荒らな振舞いが、片輪娘に奇蹟を与えたかどうかという話

さて、姚家を出た轎は、一人を屠家に送りこむと、すぐにまた別な一人を屠家から姚家に迎え入れたのでありますが、両家とも世間ていを恥じて、そのことはあくまで内密にとりはからったのであります。ところがそうして姚家が新しく迎え入れた花嫁は、同じ母親から生れたとは、到底思えないような違い方で、顔はもちろんのこと身体のつくりまで、姉の美しくやさしいのと較べると、似ても似つかぬ醜女(しこめ)でありました。ただ気休めなのは、同じ親からまさか二人の石女は生れまいということだけでありました。

姚子穀が郊外から帰って来ました時には、もう一更もだいぶ過ぎた頃でありましたし、それに大変酔っていましたので、彼は寝床の上にごろりとなりますと、そのままぐうぐうと眠りこんでしまって、夜半になっても目をさましません。新しく来た花嫁は、椅子に腰かけて待っていましたが、いつまで待っても、らちがあきませんので、着物を少しゆるめて、彼の横にそっともぐり込みました。そのうちにどうやら少し酔がさめて来たらしい姚子穀は、もそもそと動きはじめ、横に寝ている女を、昨夜の石女とばかり思いこみ、着物を脱がせますと、昨夜のように扱いはじめました。ところが女はひたすら寝返りをしたがります。そこで姚子穀は手を伸して摸(さく)ってみてびっくりしました。一夜で女の身体が変化している！　すっかり肝を奪われましたが、しかしそれはまた思いがけない歓びでもありました。何はともあれ酒の醒めかかりに興奮したことですから、彼は半ばゆめ心地のうちにその女と契りを結んでしまいました。さてそれで少し気も落着きましたので、どうして一夜のうちにそんな変化が起ったのかと問ねてみますと、女は、姉と入れ替わりましたというのであります。その時は、夜もひどく更けていて灯火も消えてしまった後でありましたから、器量の好し悪しは見ようもありませんでしたが、この新しい花嫁の肌触りは、彼にとって何となく気に入らぬように思われました。

夜が明けて顔を見たとたん、姚子穀は、気に入らぬどころか、すっかり嫌になってしまいました。前の夜の女は、女としては一人前ではありませんでしたが、眺めて楽しむ分には此上もありません。後継ぎを生ませるには、別に側女を置けばよいので、とにかく身近かに侍らせておいて、画の中の美人のつもりで、眺めて楽しんでいる分には十二分でありました。それをなんでまた両親はあんな美人を追出して、こんなひどい顔の女と取替えてしまったのであろうか？　これでは寝室の楽しみにも不充分であるし、眺めているのには、なおさら役に立ちません。ああ、なんという馬鹿なことをしてくれたものであろう？　と、彼は両親を恨むとともに、その不平をくりかえし訴えたのでありました。

ところがこの女は、二三日しますと、とんでもないこまり者であることがわかり、まったく鼻持ならぬことになってしまいました。というのは、その女と一しょになってから、姚子穀は、寝床の中に時折妙な匂いのすることに気がつきました。それでも嫁いで来た当座は、衣裳に焚きこんだ蘭麝の香で、なんとかまぎれていましたが、日がたつとともに、耐えられなくなったのです。どうしたわけかと申しますに、この女には夜尿症がありまして、昼間のうちはまったく尿意が無く、眠ると、とたんに漏らすのです。なさけない習性ですが、これもまた天命というべきでありましょうか、女として一人前でなかった前の女と同じように、考えてみれば可哀そうな身の女です。姚子穀が夜なかに目を醒ましますと、褥の上は陸と海とに分れて、潮はくぼみに向って流れ、湧き出るもとは女の腹の中とわかりました。彼は叫び声を挙げて寝床から飛び出しますと、両親をたたき起して、不平をぶちまけました。

「直ぐに追出して下さい。そして前の女と取替えて下さい」

二親もひどく腹を立てまして、夜が明けますと、さっそく媒人を呼んで責めたてました。媒人はこまりきって、

「もう少し早いとようございました。実は、前の女をぜひともとお望みの方がありましたが、お宅とお話が決まりましたので、その時おことわりしたのでございます。ところが、お宅でお返しになったものですから、それから二日とたたぬうちに、そちらの方でお貰いになってしまったのでございます。しかし姉娘の方なら、まだ残っております。その女は、最初の女と瓜二つといいましょうか、見違えるほどの美人でございます。先日、お取替えになる時に、妹の方でなく、その姉の方になさるとよかったのですが。それにしても、一度お取替えになったのですから、またというのはどうも——」

しかし姚子穀の父親は、そんなことでは諦めませんでした。

「一度でも二度でも同じことだ。先方の思惑などかまってはおれぬ。むずかしいことを言うようだったら、私は訴えてもよいと考えている。仮にそこまでしなくても、きめつける手はこっちにはいくらでもある。とにかく、弱身のあるのは先方だからな」

媒人は仕方なく、また屠家に出かけてまいりまして、その話を持ち出しましたが、今度は屠家の方で承知しません。

「――取替えておいて、嫌になったと言われるなら、いっそ取替えなければ、よかったでしょうに」

と言い出しました。もっともなことでありますが、媒人はいろいろと脅かした上で、こんなふうに申しました。

「仏の顔も三度と申すじゃありませんか。まさかこの上また取替えるとは、あちらでも言われますまいから――」

けっきょく、屠家でもことわりかねまして、渋々ながらも、もう一度取替えることを承知したのでありました。

姚子穀の両親としては、息子が、どうしても最初の女をと、頑強に主張していますので、今度の女がそれと瓜二つであるのを幸に、息子には、新しい女と取替えたことを隠しておきまして、とにかく一しょにしてやれば、その場に臨んで片輪でないことがわかり、かえって大喜びするであろうという考えでした。これが巧く当りまして、姚子穀は、その女を一目見るなり、最初の女が呼び戻されたものと思いこんで、有頂天になっていました。女の方も、初めて見る新郎でありましたが、幸せなことにたいして恥ずかしがりもせず、万事のみこんでいる様子でありましたので、式はとどこおりなくすみました。しかしさて、いよいよ帯を解き着物をゆるめて肌を合わせる時になって、あのものを摸って（さぐ）てみますと、最初の女とは違っておりますので、姚子穀はまたびっくりしてしまいました。どうしたのかと女に問ねてみますと、妹と取替りましたというのです。

しかしまんざら嬉しくないことでもないので、彼はためらうことなく思いを遂げました。肌の柔かく温かに情のこもったところは、最初の女とまったく変りなく、そのうえ女として立派に整っていますので、喜んだことに無理はありません。ただ肌を合わせた感じが、最初の女より遥かに豊満で、二度目の女と比べるとずっと女になりきっているように思われましたが、年をとっているせいでゆるいのであろうと考えました。ところが、それにはとんでもないわけがあったので、この女は、ずっと前に処女を失い、あまつさえ男の種を宿していて、嫁いで来た時にはもう五ヵ月の身重であったのであります。およそ女は妊娠しても、五ヵ月までは目立たぬものでありますが、六ヵ月になりますと、急にお腹がせり出して、日毎に大きくなり、隠しきれなくなるものです。姚子穀もやがてそれに気がつきました。家族の者たちの目にもつき、何時か近所となり知人の間にもそのことがわかってしまいました。

姚子穀父子はどちらも体面をひどく気にする性で、常日頃から、口ぐせのように面子（メンツ）々々と騒ぐ方でありましたから、こんな女を貰って、一生世間の物笑いの種になることは、とても辛抱の出来ることではありません。そこで、これまでは人目につかぬようにそっと取替えて来たのでありますが、今度は世間にもわかるように取替えて、恥を雪がねばならぬと考えました。そこではっきり離縁状を書きますと、轎に乗せて親許へ送り返してしまったのであります。

さて、こうなりますと、また改めて別なところから適当な花嫁を捜さなければなりません。しかし、姚子穀はよほど運の悪い男であったとみえまして、娶る女がすべて生れつきの片輪か、そうでなければ何か曰くがあって、醜くかったり、馬鹿であったり、さらに迎えた途端に病気になったり、長生きした者でも半年と一しょに暮すことの出来た者はなかったのであります。

　ただその中に一度だけ、すばらしい美人でそのうえ聡明な女に出遇いました。さる金持の妾であったのが、本妻がひどい焼餅やきで、無理に追い出してしまった女でした。三々九度の盃をすませ、これからいよいよ二人だけの世界という時に、媒人がその女の亭主であった金持の男を連れてやって来て、即座に返してもらい度いと申込みました。話をききますと、金持の先生、その女を追い出したものの、どうにも諦めかねて、細君と大ごたごたを起した挙句、間に人が這入って、別宅に住まわせることを条件にして、細君と妥協が出来たので、さっそく身の代金を持って、買戻しに来たというのです。すぐに返してくれなければ、役所に出て、姚家では権勢を盾に、良民の妾を強奪したと訴えると言います。これには姚家でも持て余してしまいまして、けっきょく、買い取った時に払っただけのお金を受取り、女を金持の男に返したのでしたが、哀れなのは姚子穀で、着物を脱ぎ、下帯をとって、さてこれからというところで、花嫁を取りあげられたのでありますから、燃えあがった思いのおさめようがなく、自殺しようとまでしたのでありました。

　こうして三年の間に、彼は九度も新郎となりましたが、一度もうまくいったことがなく、親子二人とも、鬱憤の晴らし場を失い、〈所詮そうしたことにばかりなるのは、新築した楼の縁起がよくないからで、全くとんでもない大工にひっかかってしまったわけである。いっそ一思いに十巹楼をぶちこわして、別に新しいのを建て直そう〉と考えるようになったのであります。

　ここに、姚子穀の母方の叔父で、長年官吏を勤め、父親と同じ役所にいる郭従古という人物がありました。ある日のこと、姚子穀父子と、その楼の話になりました。

「十卺楼というのは、誰がつけた名だったかな?」

「忘れちゃいけませんよ。あの仙人がつけたのですよ」

「なるほど、そうだった。あの時の話によると、十卺楼というのは十度の合卺ということだったな。そうするともう九度まですませた今日では、あと一度でちょうど十卺ということになる。今度こそは、芽出度く夫婦偕老ということになるだろう。もう変な事は起らないよ」

郭従古にそう言われてみますと、親子の者も、なるほどそんなふうになるかも知れないという気がして来ました。

「そうだった。それにしても、もうこの土地での縁組はこりごりだ。今度は一つ遠い所から貰いたい」

「そう。それについては、ちょうど私が出張しなければならぬことになっている西湖のほとりには、美人が多いというから、子穀君にも一しょに行ってもらって、気に入ったのを捜して来ることにしてはどうだろう?」

それには姚子穀が答えました。

「ところが、私はあいにくとおとも出来ません。試験官が出張して来られて、試験がありますので、秀才の身分の者は、出かけるわけにゆかないのです。叔父さんは目が利いていらっしゃるから、好さそうなのを選んで、船に乗せて連れて来て下さい」

「そうか、それもよかろう」

ということになりまして、姚家では、結納金と晴衣や髪飾品などを、郭従古に渡して出発してもらいました。

郭従古が出発しますと、もうその翌日から、姚子穀は、毎日、花のように美しい嫁の到着を頸を長くして待ちつづけました。彼にしてみれば、そのように一時もじっと落ちついておれないのが当り前でしょう。それにしても連れられて来る女が、美しい上に教養があればそれはもうそれに越したことはありませんが、せめて、片輪でなく、腹に他人の種を宿しておらず、自分の子供を生ませることの出来る女で、なお寝小便をしない、嫁いで来てすぐに死なない女であれば、とにかく有難いと思うのでした。

ところがなんと幸せなことに、郭従古が旅先から寄こした手紙には、

「世間にまたとない美人を約束した」

と書いてありました。それを見ますと、姚子穀は、まるで気でも狂ったのではあるまいかと思われるほど、喜びました。

いよいよ船が着きますと、花嫁は轎で邸の内に運ばれ、客間で式が挙げられた後で、角隠(つのかく)しをとった女の顔を見ますと、又も驚かされてしまったのであります。というのは、この花嫁は、他の女ではなく、なんと一番初めに嫁に迎えたあの石女ではありませんか！　どうしてこんなことになったかと申しますと、女として具えておるべきものが欠けていたために、あんなふうにして姚家を追出された後は、何処にいっても同じ始末で、とうとう故郷の温州から他国の杭州に売物に出され、つぎつぎに二十人もの人手を転々としていたのでしたが、郭従古は、極く近親でありながら、式の時に花嫁の顔をつい見ていなかったので、初めてこの女を見て、その美しさに驚き、

甥のために買い受けて連れて来たのでした。それに、途中で手を出すようなこともしなかったので、大事なところが片輪であることを知ろうはずもなかったのです。姚子穀は、嬉しいやら、寂しいやら。嬉しいのは、夢にも忘れられなかった女に再会が出来て、あの初夜の寝物語に約束したように一しょに暮せることになったことですが、一方寂しいのは、さて願いかなって夫婦になれても、けっきょく名まえだけの契りで、かんじんの方はなんの役にも立たないということでありました。そこで父と子は郭従古と一つ所に集って、さてどうしたものかと相談を始めました。

「こんなことになってしまっては、あの酔っぱらいの仙人がつけた楼の名は、けっきょく、当らなかったことになる。十度目の式で、またあの女では、どうせもう一度誰かを娶らなければならない。改めて他の女を娶れば、その女の善し悪しはともかくとして、仮りにそれと共白髪まで暮すとして、それでは十一度新郎をつとめることになり、十巹楼という名と合わなくなる。何があの男、神仙なものか！　世間で崇め奉っているのがおかしい」

三人で、あれこれと考えてみましたが、どうもなっとくのゆく結論が出ません。

子穀は、その夜、寝室に這入ってからも、余り愉快でもありませんでしたが、それでもとにかくその花嫁を抱いて旧好を温めました。そうして二人だけの幾夜かが過ぎてゆくうちに、夫婦の情愛もいつとなく細やかに結ばれてゆきましたが、それでもどこか物足りません。姚子穀の方は男でありますから、燃えあがって来る慾情を、思う存分とまでゆかなくとも、裏門がありますから、どうにか発散させることが出来ますが、女の方は慾情の洩しようがなく、その悩ましさは死にもまさる思いとなり、ついに女のそのような情慾は、一つの鬱血（うっけつ）となって、股の間に〈騎馬（きば）

癰（よう）〉という腫物（はれもの）を拵えてしまいました。そしてさらに数日しますと、その腫物は突然に崩れ始めましたが、どんな妙薬をつけても一向になおりません。

　ところが或る夜のこと、夫婦はいつものように両方からしっかと抱き合って寝ていましたが、そのうちに男はいつか荒々しい動作をおこしました。妻の方は、かねてすまないという気持で一杯でありましたので、無理な夫のしぐさにも耐えているうちに、腫物の痛みは不思議に薄れて、意外にも諦めていた望みを達することが出来たのでした。なんという喜びだったでしょう。女は完全な女になれたのであります。何か前世に犯した罪によって閉じられていたものが、数年の苦労でその罪障が消され、腫物のあとに道が通じて、明るい幸せを迎えることが出来たというのでありましょうか。姚子穀としては、求めていたものが、思いがけなくも、やっと許され与えられたのでありますから、ここに至るまでの苦労が多かっただけに、その嬉しさは世にもたぐいないものに相違ありませんでした。

　それからは、この夫婦の間は、たとえば膠（にかわ）か漆（うるし）のように、離そうとしても到底離すことの出来ない仲となり、夫は妻のためならどんなことでも、妻はまた夫のためなら身を粉にしてもということになり、どちらかが病気にでもなろうものなら、それこそ親が子供のためには自分の命も惜しまぬような、そんな深い愛情に堅く結ばれた夫婦が生れたのでありました。

　さて皆さん、これによっても、喜びというものは遅れて得たほど大きく、苦しんで獲（え）た時ほど有難いものであることがおわかりでしょう。昔の人は、男なら三十歳、女なら二十歳で、初めて結婚したものですが、これはわざわざ遅らせたものではありません。ただあまり簡単に早く一しょになれたのでは、喜びも従って平凡で、心からの夫婦の契りは結ばれないので、そういうことに定めたものと思われます。

（辛島　驍　訳）

揚州十日記

王 秀楚

王秀楚（Wang Xiuchu）　生没年不詳

清が北京を都とした翌年、すなわち清の順治二年（一六四五）、清の軍隊はさらに南進を続け、江蘇省の揚州を攻略した。これは、その年の陰暦四月二五日から五月五日までの十日間、揚州において清軍がおこなった行為の記録である。著者の王秀楚については、明末清初の一知識人であったという程度しかわからない。原題同じ。

乙酉(いつゆう)[*1]の夏四月十四日、督鎮史可法(しかほう)[*2]は白洋河[*3]が陥落してから、よろめくようにして揚州に逃げこみ、城門を閉ざして敵を防ぎ、二十四日になった。

城が陥落する以前、禁門の内にはそれぞれ兵が守っていた。私の家のある新城（揚州には新旧両城があった）の東は楊某という隊長の守備区域に属し、要所要所に属吏や兵卒を配置していた。私の家には兵卒が二人泊まりこんでいたし、左右の隣家も同様であった。兵卒どもは家の中をさんざんに踏み荒らし、そのうえ、着せたり食わせたりするのに、毎日千銭以上もかかった。これではどうにもやりきれぬので、やむなく近所の人々と相談して、隊長に酒をふるまったうえに、私は心にもないおべっかを使って御機嫌をとり結び、だんだんに懇意になった。気をよくした隊長は兵卒どもを叱り、おかげで兵卒どもの足もいくらか遠ざかった。

隊長は音曲がすきで、琵琶がうまく、名妓を手に入れて軍務の暇を楽しみたいと考えていた。その晩、大いに飲むつもりで私を呼んでくれたが、そこへ突然、督鎮のもとから書面がきた。隊長はそれを見て顔色を変え、そそくさと城に登った。それで私たちも引きとって帰った。

明くれば二十五日の朝、督鎮の告示がとどいた。その中に、「すべての責任は私一人が当たる、一般庶民に迷惑はかけない」という意味の言葉があり、聞くもの感泣しないものはなかった。さらに巡軍が小さな勝利を得たとの知らせが伝わり、人々はみな天に謝して喜び合った。

午後、妻の里方のものが瓜洲（揚州の南二十キロ、大運河の終点の町）からやってきた。興平伯の逃亡兵を避けたのである。〔興平伯は高傑[*4]のことである。督鎮がこれを撤して城を出て遠く避けさせたのである〕私の妻は久しく別居していたため、顔を合わせるとすすり泣いた。

ところで、私は、大部隊が入城したとの話を、すでに一、二の人から聞かされていたので、そのことを人々にただしてみた。するとある人は「靖南侯黄得功[*5]の援兵がついたのだ」といった。さっそく城の上を見あげると、城を守備している兵はまだしも規律正しいようである。さらに通りに出てみると、人々は様々の取沙汰をしておろおろしている様子である。髪はざんばらで素足のままの人々が、後から後から砂埃をあげてやってきた。たずねてみたが、気もそぞろに息を切らして、満足な返事のできるものはいなかった。

突然、数十騎が北から南の方へ、あわてふためき、波の湧くような勢いで走って行った。中に囲まれている一人は、なんと督鎮であった[*6]。これはつまり、東城へ逃げようとしたが、城外近くまで敵兵が迫っているので出ることができず、南関へ逃れようと思って、ここを通って行ったのだろう。この時はじめて敵兵の入城は疑いのない事実だと知った。

突然、一騎が南から北へ、韁を放しゆっくり馬を歩かせながら、天を仰いで男泣きに泣き、二人の兵卒がその馬の轡にとりすがって、いつまでも名残りを惜しんでいた。その様子が今でもまだ眼前にちらついている。その人の姓名をついに伝聞しないのが、まことに残念である。

騎士がやや遠ざかったころには、城を守備する兵士たちはてんでに城壁を下りて逃げて行った。甲冑を脱ぎ捨て戈を投げだし、中には首を砕き脛を折ったものもあった。城の櫓を見渡したら、

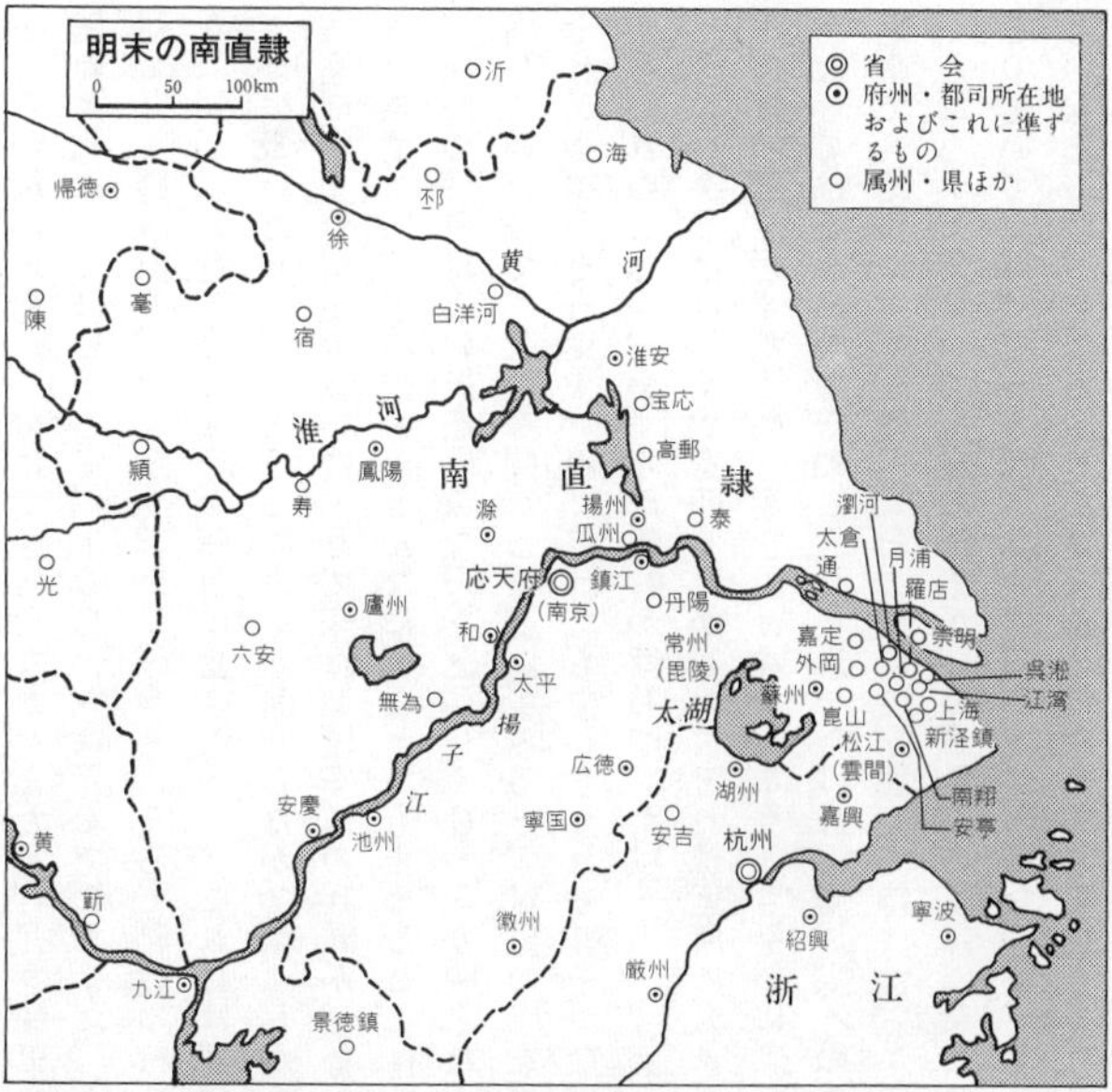

もはやガランとして何一つなかった。

これよりさき、督鎮は城壁の上が狭くて大砲を並べることができないところから、城壁の突き出た所に板を取りつけた。こちらの端を城上の通路に置き、もう一方の端を民家の屋根に取りつけて渡し、大砲をすえるのに十分な余地をこしらえようとしたわけだ。ところがその工事がまだ終わらぬうちに、弓を持った一番乗りの敵兵が、白刃をふりかざして飛びこんできた。守備の兵士はたがいに押しあいへしあい、前方の路はふさがっているので、みなそのすえつけられた板に腹這いになってつかまり、民家の屋根にたどりつこうとした。

ところが板の足場が十分にできていなかったため、足を乗せた途端に、ぐらりと傾き、人々は落葉のようにばらばら落ちて、十の八、九は死んでしまった。ようやく屋根にたどりついたものは、足で瓦を踏み割り、バリバリ、ガラガラと、まるで剣戟の打ち合う音か、あるいは雹が降るような、弾がはね返るような音が四方に響き渡った。これには家の中の人々もびっくりして、あわてて外に飛びだしたが、どうしてよいかわからなかった。しかも、部屋の内外はもとより、奥深い寝室の中まで、屋根伝いに下りて来た城壁守備の兵隊が、あわてふためきながら隙間をみつけて身を隠す有様。家の主人がどんなにどなっても止めることはできなかった。

城壁の外側付近の民家はみな戸を閉ざし、ひっそり閑となっていた。私の家の庁の裏は城壁に面していたので、窓の隙間からのぞいてみると、城壁の上を兵士が南から北へ行くのが見られ、それが歩調をそろえて、雨に濡れても少しも乱れる様子がないので、さては軍律厳しい軍隊なのかも知れぬと思い、いくらか気持が落ちついた。

そこへ突然はげしく戸を叩く音がした。それは近所の人々が一緒に王師（清朝の軍隊）を迎え、不抵抗の意を示すために、案を設け香を焚こうとさそいに来てくれたのであった。私はもはやこうなってはどうにもならぬことだと思ったけれども、人々の意見に逆らうわけにもゆかず、二つ返事で「結構です」と答え、そこで服装を替えて待った。

ところが大分たっても来る様子がない。そこで私はふたたび裏の窓のところへ行って城壁の上をのぞいて見た。すると隊伍はいくらかまばらになって、歩いているものもあれば止まっているものもあるが、しばらくして女を連れてその間にまじって行くものが見えた。その女の服装がみな揚州の風俗なのだ。そこで私ははじめて大いに驚き、帰って来て妻にいった。

「敵の兵隊はもう城にはいって来ている。もし万一の事があったら、お前は自決するがよい」

「わかっています。お金がこれだけございますから、しまっておいてください。私たちは今さらこの世に生き長らえようとは思いません」

妻は涙ながらにそういい、金（銀塊）を全部出して私にわたした。

ちょうどそのとき、田舎の人がはいって来て、あわただしく叫んだ。

「来ましたぞ、来ましたぞ」

私は走り出てみた。と、北の方から数騎、いずれも轡をおさえて静かに歩ませて来た。王師を迎えに出ている人々を見ると、下を向いて何やら話しかけている様子であった。

その時、人々はそれぞれ自分の身を守るのに精一杯で、たがいに行き来しなかったので、何尺と離れていないのに、情況はさっぱりわからなかった。彼らがいくらか近づいて来てから、はじめてそれは軒ごとに金を要求しているのだとわかった。しかし無茶に取り立てる気はないらしく、少し握らせると、あまりやかましいことはいわなかった。出し渋るものがあっても、刀でちょっとおどしはするけれども、べつに人に危害を加えることはしなかった。

（その後知ったことだが、銀一万両を献上したのに、とうとう殺されたものもあった。しかしこれは揚州人が手引きをしてそうしたものである。）

次いで私の家に来た。と一騎が私を指差して後の騎士を呼び、

「おい、この藍衣の男の身体を調べてみてくれ」

といった。そこで後の騎士が馬から下りようとしているとき、私はさっと飛んで逃げだした。後の騎士はとうとう私を追いかけるのをあきらめ、馬に乗って行ってしまった。

私は心の中で考えた。「私は粗服をまとい、田舎者のような様子をしているのに、どうして私にばかり目をつけたのだろう」

弟がやって来た。兄もやって来た。そこで一緒に相談した。

「この家の近所はみな富裕な商人だものだから、あいつきっと私をも富裕な商人だとにらんだのだ。どうしたものだろう」

そこでさっそく間道づたいに、雨の降る中を、長兄や弟に頼んで女たちを仲兄の家へ連れて行ってもらった。仲兄の家は何家墳の裏手にあって、その付近はみな貧民窟であった。私だけはあとに残って様子を見ることにした。するとしばらくして長兄がもどって来て、

「大通りは血の海だ。ここに留まっていてどうするつもりだ。われら兄弟一緒に死ぬのだったら、何も思い残りはないではないか」

といった。そこで私はついに先祖の位牌を捧持して、長兄とともに仲兄の家に行った。そのとき兄二人、弟一人、嫂一人、甥一人、それに私の妻と息子一人、母方の叔母二人、妻の弟一人がいずれも仲兄の家に避難していた。

やがて日が暮れて、大勢の兵士が人を殺している声が門外から筒抜けに聞こえてきた。そこで屋根に登って暫く避けた。雨がことさらにひどく、一枚の毛布を四、五人ずつで一緒にかぶったが、髪の毛まですっかり濡れ通った。門外の泣き叫ぶ声が耳をつんざき、生きた心地もなかった。

ようやく夜になって静まったので、思いきって軒をつたって屋根から下り、火を打ち出して飯を炊いた。城内の方々に火事がおこっていた。近いところで十余軒、遠いところはその数が知れなかった。赤く燃えあがる火が稲妻のように映じ合い、パチパチと火のはぜる音がひっきりなしに耳に轟いてきた。さらにまたかすかに笞打つ音が聞こえ、哀しい風が身にしみて侘しく、その悲惨なことは何とも言いようがなかった。飯が煮えたが、たがいに顔を見合わせて驚き憂うるばかり、涙が流れて箸をつけることもできなかった。ほかによい方法も思いつかなかった。

私の妻は前の金（銀塊）を砕いて四つに分け、兄弟でそれぞれ四分の一を取り、髻や靴や衣や帯の中に隠し持った。妻はまた破れた服や古靴をさがして来てくれたので、それで身なりを変えた。こうして、とうとうまんじりともせずに朝を迎えた。

この夜のことだ。鳥が空中で笛のような声で鳴いた。また小児の泣き声のようでもあった。人の頭上さまで遠からぬところのようであった。そのことを人々にたずねてみると、みな聞いたといった。

二十六日、火事はやや下火になり、空もようやく白んだので、また屋根に登って隠れた。すでに十数人のものが天溝の中に身を伏せていた。突然、東の廂房*7から一人の男が塀を伝って登って来たかと思うと、すぐそのあとから、白刃を持った一人の兵卒が飛ぶように追いかけて来た。その兵卒は私たちの姿を見ると、追いかけていた男を捨てて、私に向かって走り寄った。私はあわてて、咄嗟に飛び下りて逃げた。兄が私につづき、弟がまたそのあとにつづいた。百歩あまりも走ってから立ち止まったが、こうしてついに妻子と離れ離れになってしまい、その生死のほども知れなかった。

　奸智にたけた兵卒どもは、隠れているものが意外に多いらしいのに恐れをなし、おとなしく出て来たものには身分保証の符を渡し、決して殺しはしないといって、人々をだました。そこで隠れていたものは我れ先にと出て来てそのあとに従った。およそ五、六十人も集まったが、そのうちの半分は女であった。兄は私にいった。

「私たちはたったの四人だ。もしも兇悪な兵卒に出会ったら、どうせ助かる見込みはない。それよりあの大勢の人々の中にまじっていた方がよい。人数が多ければ避けやすい。たとい不幸な目に会ったとしても、死ぬも生きるも一緒ならば、思い残りはない」

　このとき、胸は千々に砕けて、どうすれば命が助かるかよい方法も思いつかぬままに、みな「そうしましょう」という外はなく、その人々の中に加わることにした。

　私たちを引率して行くのは三人の満洲人の兵卒であった。彼らは私の兄と弟の身体をさぐって金を残らず取り上げたが、私だけはまださぐられていなかった。

　そのとき突然、女たちの中から私に呼びかけるものがあった。見ると私の友人朱書兄の妾二人であった。私はあわてて制した。二人とも髪はさんばら、肌も露わに、足は泥の中にぬかって脛まで没していた。しかもその一人が女の子を抱いていたのを、兵卒は鞭で叩いてその子を泥の中に捨てさせ、そのまますぐ追い立てて行った。一人の兵卒が刀をひっさげて先頭に立ち、一人の兵卒は槍を横たえて後から追い立てた。もう一人の兵卒は中間を行き、左にいたり右にいたりして逃げださぬように見張っていた。数十人のものは牛か羊かのように駆り立てられて、少しでも進まぬと、ただちに笞を加えられ、あるいはただちに殺された。女たちは長い綱で、数珠を通したように、頸をつながれ、一足ごとにつまずきころんで、全身泥まみれになった。どこにもかしこにも幼児が馬の蹄にかけられ、人の足に踏まれて、臓腑は泥にまみれ、その泣き声は曠野に満ち満ちていた。途中の溝や池には死骸がうず高く積み上げられ、手と足が重なり合っていた。血が水にはいって、碧と代赭が五色に化していた。池はそのために平らになっていた。

ある屋敷に来た。そこは大理寺（司法関係の長官）姚永言公の邸宅であった。その裏門からどんどんはいって行った。屋敷は奥深かったが、どこにも死骸が積み上げられていた。ここがわが死に場所だろうと私は腹をきめた。ところがその中をめぐりめぐって表門に達すると、街に出て、また別の屋敷に行った。それは西商（山西・陝西出身の商人）喬承望の家で、つまりこの三人の兵卒の巣窟なのであった。

門を入ると、すでに一人の兵卒が数人の女を捕えて来ていた。櫃や葛籠からより出した綢子や緞子の類が山のように積み上げてあった。彼は三人の兵卒が来たのを見ると、からからと笑い、さっそく私たち数十人を追い立てて裏の広間に入れ、女たちをわきの部屋に入れた。その中には角机が二つ、衣裳箱が三つあって、一人の年増の女が服を仕立てていた。この女は土地のものである。こってりとめかし立て、けばけばしく着飾って、動作にも物の言いぶりにも、何かほくほく喜んでいる様子が見られた。よい品物を見るたびに、兵卒にせびり、媚の限りを尽くして恥とも思わぬ風であった。兵卒は人々に向かってこういっていた。

「おれたちが高麗を征伐に行ったとき、何万人からの女を捕虜にしたものだが、貞操を失ったものは一人もなかった。どうして堂々たる中国が、ここまで恥知らずになったのだろう」

ああ、これこそ中国の乱れた所以である。*8

三人の兵卒は女たちに向かって、濡れた服を全部、上着から下着まで、頭のてっぺんから足のかかとまで脱げといった。服を仕立てる女に恐れをなして身丈や身幅を計らせ、新しいのに取り替えさせようというわけだ。そのすごい剣幕に恐れをなして、女たちはとうとう裸になった。身を掩い隠すすべもなく、死ぬほど羞ずかしい思いであったろうことは、今さら言うまでもない。着替えが終わると、彼らは女たちを抱いて酒を飲み肉を食い、したい放題のことをして、恥も外聞も顧みはしなかった。

そのとき、突然、一人の兵卒が刀を横たえておどりあがり、後をふりむきざま、はげしい声で叫んだ。

「野郎ども、出て来い！」

出て行った数人はすでに縛られていた。私の長兄もその中にいた。仲兄はいった。

「事ここに至っては、もはや何を言うことがあろうか」

彼はぐいと私の手を握って出て行った。私の弟もあとにつづいた。その時、捕えられた男子はおよそ五十人あまりもいたが、刀をひっさげてどなりつけられると、魂も身につかぬ思いであった。一人として身動きできる者はいなかった。

私は長兄のあとについて広間を出た。外では人殺しが行なわれており、捕虜たちはみな順々に呼び出されるのを待っていた。私も最初は甘んじて縛に就く覚悟をきめていたが、ふと、逃げよう、という気持が動いた。まるでそれは神の助けのようなものであった。私はそっとその場を抜けだすと、また裏の広間に引き返した。それを五十余人のものは気がつかなかった。広間の裏手の建物には、年寄りの女たちがまだ残っていて、隠れようがない。で、私はそこから裏へ抜け出た。と、そこには一面に荷馬を放し飼いしてあって、その中を抜けて逃げるのは所詮不可能だ。私はますます気もそぞろだった。とうとう這いつくばって、馬の腹の下をくぐり抜けることにした。何匹もの馬の腹の下を、四つん這いになってくぐり抜けた。もしも馬が驚いてちょっと足でも挙げようものなら、たちまち私は泥土と化していたことであろう。

さらにまたいくつか建物を通り抜けたが、どこにも出られる路はなかった。ただ、わきに裏門へ抜けられる路地があったが、その路地の門はすでに長い鉄釘で釘づけにされていた。私はまた裏の路地から表の方へまわってみた。と、表の広間の方で人殺しをしている声が聞こえてきた。私はいよいよ恐れあわてたが、どうにも方法はなかった。ふりかえってみると、左手の料理部屋に四人の男がいる。彼らも捕えられて料理番をやらされているらしい。それで私は、「どうか私を仲間に入れてもらえまいか、火の番なり水汲み仕事なりやらせて欲しい、それで何とか命が助かれば有難いのだが」といって頼んだ。しかし四人の者は手きびしくはねつけた。

「おれたち四人は指名されてこの仕事をやらされているのだ。それを今かってにお前を入れてみろ、きっと怪しいと疑われ、禍いがおれたちにまで降りかかってくるにちがいない」

私は泣かんばかりにしてあくまで頼んだ。すると彼らはますます怒りだし、私を捕まえて外へ連れて行こうとしたので、私はそこを出たが、いよいよ気があせった。その時私はふと、石段の前に棚があって、その棚の上に甕が載っているのを見た。その甕は屋根からいくらも遠くなかった。そこで、棚につかまって登った。手がちょうど甕にとどいたかと思った途端に、身体がぐらっと傾いて倒れた。甕の中は空っぽであったところへ、あまり急に力を入れたためである。

　どうにも仕方がないので、また急いで路地の門に走って行き、錠前の金具を両手でつかみ、百度もゆすり動かしてみたが、どうしても動かない。石で打てば音が外庭に聞こえて、気付かれはしまいかと思うものだから、やむをえず、また揺り動かすうち、指がすりむけて血が流れた。と急に金具が動きだした。力まかせに抜くと、金具はすでに私の手に握られていた。急いで門の閂を引き抜こうとした。ところが閂は木槿材で、雨に濡れてふくれ、きっちりはまりこんでいて、錠前の栓の倍も堅かった。私はほんとうに気が気でなかった。力をふりしぼって閂をはずそうとしていたら、閂ははずれないで、門の枢が突然折れてしまい、扉の倒れる音、垣のくずれる音が、雷鳴のように響きわたった。これには私もびっくりして、ぱっと身をひるがえして飛び越えたが、そんな力がどこからきたものか、私自身にもわからなかった。

　急いで裏門を飛び出した。そこはもう城壁の下であった。その時そこには兵隊で一ぱいで、とても進むことはできなかった。そこで喬氏の屋敷の隣の裏門に近づき、そっとはいって行った。しかし隠れられそうな場所にはみな人がいて、どこも入れてくれない。裏から表まで五進（進は奥行の単位、五進は特別大きな邸宅である）もあったが、どこもそうであった。そのまま表門にくると、そこはもう大通りで、兵士の往来がひっきりなくつづいていた。

　人々はここを危険な場所と見て棄てているのだ。そこで私は急いで中にはいって行った。すると寝台が一つあって、その寝台には上に天井があった。で、私は寝台の柱につかまって上によじ登り、身体を曲げて隠れた。

はずんだ息がようやく鎮まったころ、突然、塀をへだてた隣から私の弟の哀しく泣き叫ぶ声が聞こえた。それから刀で斬りつける音が聞こえて、およそ三撃で、ついにひっそりとなった。しばらくして、こんどは仲兄の哀願するのが聞こえてきた。

「私は金塊をうちの地窖の中に隠しております。私を許してくだされば取って来て差し上げます」

一撃してまたひっそりとなった。

私はその時、すでに魂は身を離れ、心は煮えたぎる油のようだった。眼は枯れて涙は出ず、腸は結ぼれてちぎれそうで、自分で自分をどうすることもできなかった。

やがて兵卒が一人の女を小脇に抱え、どんどんはいって来て、この寝台で寝ようとした。女は聞かなかったが、強いられてついに許した。女はいった。*9

「ここは市に近いから、私はもう居られない」

私はもう少しで助からぬところであった。

しばらくして、兵卒はまた女を抱えて出て行った。

この部屋には天井があった。蓆で作ったものらしく、人の重みにはたえなかったが、どうやらそれをつたって梁にたどりつくことができた。私は両手で梁につかまり、桟をつたって登り、桁に足を乗せた。下が蓆で蔽われているために、中は漆のようにまっくらだった。兵隊どもはこの部屋にはいって来ると、必ず一応は矛で天井を突き上げるのだが、手答えがないので、その上には誰もいないだろうと思うのだった。かくて私は初めて終日兵隊に会わずにすんだ。しかしながらすぐ下の方で刃(やいば)にかかって果てた者が何人いたか知れなかった。表通りでは何人かの騎馬の兵が通るたびに、必ず数十人の男女が泣き叫びながら引かれて行くのだった。

この日は雨は降らないのに、日の光も見られず、朝だか夕方だかもわからなかった。大分たって、騎馬の兵がいくらかまばらになると、左右から泣き悲しむ人々の声がしきりと聞こえてきた。私の兄弟の半ばはすでに死んだ。長兄とてもその生死のほどはわからない。私の妻、私の息子はどこにいるだろう。さがしに行ってみたい。ひょっとして一目会えるかも知れぬ。私はそう思ったから、梁にすがってそろそろ下り、足を忍ばせて表通りに出た。通りには人の首が重なり合って横たわっていたが、まっくらで、誰が誰やら見分けがつかなかった。死骸に顔をよせて呼んでまわったが、返事するものはなかった。そのうちに遥か南の方から幾つかの炬火(たいまつ)を取り囲んだ一団がやって来る様子。それで私は急いでわきによけ、城壁に沿って歩いた。城壁の下には死骸を積み上げてあるため、歩くのに難渋した。何度つまずいては起き上がったか知れなかった。何かに驚かされるたびに、地面に倒れて死骸の真似をした。随分長いことかかって、ようやく小路に行きつくことができた。路ゆく人々は暗闇の中でたがいにぶつかり合ってはどちらも胆をつぶすのであった。大通りでは火事が起こって、真昼のように照り耀いていた。

酉(とり)の刻から亥(い)の刻まで（夕方六時から十時ごろまで）かかってやっと兄の家に行きついた。屋敷の門は閉まっていた。急に叩くのもはばかられた。と、しばらくして女の声が聞こえ、それが私の嫂の声だとわかったので、そっと叩くと、内側から返事をしたのは私の妻であった。長兄はすでに先に帰っており、私の妻も息子もみな無事であった。私と長兄とは声をあげて泣いた。しかし仲兄と末弟の殺されたことを知らせるのは、ちょっと私にはできかねた。嫂が私にたずねたけれど、私はあいまいに答えてごまかした。私が妻にどうして助かったのかときくと、妻はいった。

「兵卒が追いかけてきたとき、子供がまっ先に逃げ、人々がそのあとにつづき、ただ私一人だけ残りました。私は彭児（幼児の名）を抱いて屋根から飛び下りましたが、死ねませんでした。私の妹はころんで足を怪我し、倒れました。兵卒は私たち二人を引き立ててある部屋へ連れて行きました。その部屋の中には幾十人の男女が数珠つなぎに縛られていましたが、その女たちに向かって私のことを、逃がさぬように見張ってるんだぞ、といい渡しました。兵卒が刀を持って出て行ったと思うと、また別の兵卒がはいって来て、私の妹を引っ立てて行きましたが、そのあと長いこと兵卒がやって来る様子がありません。そこで私は女たちをだましてそこを出ました。出るとすぐ洪媼やに出会いましたので、一緒にもとの処に行き、おかげで幸い助かったのです」

洪媼やというのは仲兄の妻方の親戚である。こんどは妻が私にたずねたので、事実を打ち明けた。そしてややしばらく声をあげて泣いた。洪媼やは炊き置きの飯を持って来てすすめてくれたが、涙にむせんで嚥み下すことができなかった。

外ではまたしても四方に火事が起こり、昨夜の倍もひどかった。こっそり戸外に出て見ると、畑の中には死骸が積み重なっていて、中には息たえだえにまだ生きているのもあった。遥か向こうに何家墳(かかふん)のこんもり茂った木立が見え、泣き叫ぶ声が陰にこもって聞こえてきた。父が子を呼び、夫が妻をさがしているのだった。乳飲み児の呱々(ここ)の声は草原からも、谷間からも、聞こえてきた。その悲惨なことはまことに聞くに忍びなかった。兄の家に帰ると、妻が私にいった。

「今となっては、もはや死ぬほかはありません。どうか私を先に死なせてください。あなたにご迷惑がかからないように。彭児がいますから、どうかこれを育て上げてください」

私は妻が死ぬ覚悟をきめていることを知った。そこで私は一晩中話相手になって、そのすきを与えなかった。そのうちに東の空が白んできた。

二十七日、妻に隠れ場所をきくと、彼女はうねりくねった道を案内して、私を一つの柩(ひつぎ)の裏につれて行った。古瓦が散乱していて、久しく人の通った形跡のない場所だった。私は生い茂った草叢(むら)の中にうずくまり、子供を柩の上に置いて上から蘆(あし)の蓆(むしろ)をかぶせた。妻はその前にかがみこみ、私は身体をえびのように曲げてその裏にぴったり付いた。首をあげると項(うなじ)があらわれるし、足を伸ばすと踵(くるぶし)が見えるので、息をひそめ、手足を曲げて、丸くなっていた。これでやっと人心地がついたと思った途端に、殺せ殺せという声が間近かに迫り、刀の金具の音が響いた。つづいて痛ましい叫び声が起こり、声をそろえて命だけはと哀願するものが数十人あるいは百人以上にも達した。一人の兵卒に行き会うと、南人は自分たちの人数がどんなに多くても、みな首を垂れて這いつくばい、頸(くび)を伸ばして刃を受けるのだった。一人として逃げだそうという気をおこす者もいなかった。ましてや女子供は、ただわあわあ泣くばかり、その泣き叫ぶ声が大地をもゆるがすほどであることは、今さらいうまでもない。

　午後になって、死骸は山のように積まれ、殺人掠奪はいよいよはげしくなった。幸い夕方になったので、私たちはためらいつつもそこを逃げだすことにした。彭児は柩の上にぐっすり眠っていて、朝から日暮れまで泣きもせねば物も言わず、また食べたがりもしなかった。喉が渇いて飲みたがるときには、瓦のかけらに溝の水をすくって来て口をしめしてやると、またすやすやと眠るのだった。これを呼び起こし、抱いて一緒に帰った。洪嫗やも来合わせた。こんどは嫂が刲われて行き、嬰児の甥（兄の子）もどこに行ったかわからぬと知らされた。ああ痛ましい哉。わずか二日の間に兄と嫂と弟と甥と、すでに四人まで亡くなったのだ。わずかに残ったのは、私の長兄と私の妻子と四人だけであった。

　みな一緒に、臼の中にもしや米が残っていはしないかとさがしたが、一粒もなかった。とうとう長兄と股を枕にし合い、ひもじさをこらえて、明け方になった。

　この夜、私の妻は自殺を謀ってほとんど死にそうになったが、洪嫗やのおかげで事無きを得た。

　二十八日、私は長兄にいった。

「今日は誰が死ぬかわかりません。兄さんはどうか無事に、彭児と一緒にあくまで生き延びてください」

　兄は涙を流して私を慰めはげました。そしてとうとう別々に他の場所へ逃げることにした。洪嫗やは私の妻にいった。

「私は昨日は櫃の中に隠れていましたが、一日じゅう何事もありませんでした。今日はあなたと代わりましょう、ぜひあすこにお隠れなさいませ」

妻はあくまでことわり、やはりまた一緒に柩の裏に行って隠れることにした。ところがまもなく、数人の賊がはいって来て、櫃を破り、嫗やを引っ立てて行き、笞でさんざんに打ちすえた。しかし嫗やは最後まで私たちの居場所を一つも明かさなかった。私はそのことを心から有難く思った。

　そのうちに、こちらへ来る兵がますます多くなり、つぎからつぎに私の隠れ場所に近づいた。しかし家の裏まで来て柩を見ると、そのまま引っ返して行くのであった。

　突然、十数人の兵卒がどなりちらしながらやって来た。その勢いはすこぶる物すごかった。やがて一人が柩の前まで来ると、長い竿で私の足を突いた。私は驚いて出てみると、それは彼らの手引きをしている揚州の男だった。顔はよく知っているのだが、姓は忘れた。私が彼に向かって憐れみを乞うと、彼は金を求めた。それで金を差し出すと、やっと私を許してくれた。それから、

「お前の女房は見のがしてやるよ」

　といって出て行き、兵卒どもに、

「まあこいつは許しておやりなさい」

　といった。それで兵卒どもは帰って行った。

　驚きの喘（あえ）ぎがまだ鎮まらぬうちに、突然一人の紅衣の若者が長い刀を取ってずかずか私のところへ来るなり、鋒（ほこさき）をふりかざして立ち向かった。金を差し出すと、こんどは私の妻を求めた。折から妻は妊娠九ヵ月だったが、大地に突伏したまま、死んでも起きようとしなかった。私はあざむいていった。

「妻は産前でしたが、昨日屋根に登ろうとしてころげ落ち、そのため流産したのです。万に一つも生きる望みはありません。起きあがれるなんてとんでもない」

しかし紅衣の男は信用しなかった。そこで腹をあけて見せ、さらにその証拠として前もって血を塗っておいた袴（ズボン）を調べさせた。するとその男はとうとう妻をふり向かなくなって、一人の若い婦人を捕えた。その婦人は一幼女と一男児を連れていたが、男の児が母を呼んで食べものをねだった。その男は怒って一撃すると、脳が砕けて男の児は死んだ。男は婦人と幼女を引いて行った。

この隠れ場所はもうすっかり知られてしまった。とても身の安全は期しがたい。ほかのよい場所に代わったほうがよい。私はそう思った。しかし妻はあくまで自尽するといいはった。私もせっぱつまって、どうしてよいかわからなかった。とうとう二人はそこを出て、一緒に梁に綱をかけて首をつった。ところが首の下の二本の綱が二本とも同時に切れて、一緒に地上に落ちた。まだ起きあがる間もあらせず、兵隊どもがまたしても門からどやどやはいって来て、広間に駆けのぼった。彼らがまだ廊下の方に目を向ける暇がないのを幸い、私と妻は急いで門の外に逃げだし、一軒の藁小屋の中に駆けこんだ。ところが中にいるのはみな田舎の女たちで、妻は入れてくれたが、私は入れてくれなかった。それで私は急いで南端の藁小屋の中に駆けこんだ。そこの藁は屋根裏まで積み上げてあった。私はそのてっぺんに登り、頭を下げて伏し隠れ、さらにその上から藁をやたらとかぶせて、自分ではこれで大丈夫心配はないと思っていた。

ところがしばらくして兵卒がやって来ると、一飛びに飛びあがり、長い矛でその下を突いた。私は藁の中から出て、命乞いをし、さらに金を差し出した。兵卒は藁の中を捜して、また数人を見つけ出した。その連中もみな品物を出して許してもらった。

兵が行ってしまうと、数人の者はまた藁の中にもぐりこんだ。私が中をのぞいてみたところ、テーブルがいくつかあり、外側をみな藁で囲ってあって、その中はがらんどうで、二、三十人ははいれそうである。私は無理に中にもぐりこみ、我ながらいい方法だと思っていた。ところがなんと、小屋のボロ垣が腰のところから突然崩れてポッカリと穴があき、内外が見通しになった。早くもそこからのぞき見た兵どもは、穴の外から長い矛でぐざっと突き刺したからたまらない。前の方にいた連中はいずれも大きな傷を負わぬものはなく、私も股に傷を受けた。前の方にいたものは残らず兵卒に捕まり、後ろにいたものは逆さに這って逃げた。

私はまた妻のいるところへ行った。妻は大勢の女たちと一緒にみな薪を積んだ上に寝ていたが、血を身体に塗り、糞でその髪をかため、煤を顔につけた恰好は、まるで化け物そっくりで、わずかに声で見分けるのだった。私は女たちに頼んで藁の下に入れてもらったものの、大勢の女たちがその上に重なり合って寝ているため、私は息もつけねば、身動きもできなかった。もう少しで息がつまって死ぬところであった。妻が竹の筒を捜して来てくれたので、その端を口にくわえ、もう一方の端を上に出すと、どうやら息がつけて死なずにすんだ。

戸外では、ある兵卒が一時に二人の者を手で殺した。その事は甚だ奇怪で、筆ではとうてい記すことはできない。藁の上の女たちは慄えおののかぬものはなかった。突然、キャーッと悲鳴が起こったかと思うと、兵がもう部屋にはいって来ていた。そしてまた大股で出て行った。やがて、あたりが次第に暗くなって来たので、女たちは起きあがった。私もやっと藁の中から出た。汗は雨のようであった。

夕方になって、また妻と一緒に洪家に帰った。洪氏の老夫婦はいずれも無事であった。長兄もやって来て、いった。

「今日は引っぱられて行って、荷物運びをやらされ、千銭もらった。そして令旗を渡されて放免されたが、途中は死骸がごろごろ山と積まれ、血が溝をなして流れていたよ」

また聞くところによると、李昭陽邸を本営にしている、ある王族の将軍は、数万銭を毎日難民に賑恤し、その部下の者には、人を殺さないようにしばしば戒め、命を助けてやったことも多いとのことである。

この夜は悲しみにむせび泣いたあげく、昏々と寝入った。明くれば二十九日であった。

二十五日からこの日まで、すでに五日になる。この大虐殺もあるいはここらあたりで少しは手心が加えられるのではあるまいかとひそかに願っていたのであるが、またしても城内を洗うそうだという風聞がしきりに伝えられた。そこで城内にわずかに生き残っていた者の大半は、死を冒して城壁によじ登り、城外に逃げだそうとした。もとあった濠は堰きとめられて流れが通じなくなっていたのだが、こうして今や全く平坦な道となってしまった。しかしまたそのためにかえって思わぬ憂き目を見ることにもなった。というのが、先に城外に逃げていた連中は、城内から逃げて来る人々の持ち物をねらい、仲間を組んで濠の中に網を張った。そして逃げてきた人々を訊問してその金銀を捜りとるのであったが、これに対して誰ひとり誰何することもなし得なかった。私たちはもう危険を冒してまで逃げることもあるまいとあきらめた。また長兄にしても、私をおいて自分だけ逃げて行くに忍びず、ぐずぐずしているうちに明け方になり、とうとう逃げだすことを断念してしまった。

それにしても今まで隠れていた場所が安全でないことはわかっている。それに私の妻は妊娠しているために、何度も危険を脱することができたのだ。そこで私だけは池畔の茂みの中に隠れ、妻は彭児をくるみこむようにして少し離れたところに臥せった。数人の兵卒がやって来て、引き出されたことが二度ほどあったが、その都度少しばかり金を握らせると行ってしまった。つづいて兇悪な兵卒がやって来た。鼠のような頭、鷹のような眼、見るからに憎々しげな顔つきの男で、そいつが私の妻を劫かそうとした。妻は倒れ伏しながら前と同じようないいわけをしたが、兵卒は聞き入れず、無理やり立たせようとした。妻は地上をころげまわって、死んでも起きようとしなかった。兵卒は刀をふりあげて峰の方でめった打ちした。鮮血は衣裳にほとばしり、表から裏までずっぷりとしみ透った。

これよりさき、妻は私に「万一不幸な目に会ったら、私は必ず死にます。夫婦だからといって憐れみを乞うようなことはなさらないでください、あなたまで巻きぞえになるだけですから」といっていた。それで私は遠く草の茂みに隠れて、知らぬふりをしていたが、妻が今にも殺されるのではないかと気が気でなかった。ところで兇悪な兵卒はなおも思い切らず、自分の臂に妻の髪をぐるぐる巻きつけ、横倒しに引きずって行き、どなりつけ、叩きのめし、田圃から路地の奥まで、およそ五十歩ほどのところをぐるりと曲がって大通りに出たが、何歩か歩くごとに必ず何度か殴りつけるのであった。そのうちにたまたま騎馬の一団と行き会い、その中の一人が兵卒に満洲語で何やら話しかけ、兵卒はついに私の妻を捨てて行った。そこで妻はやっと腹這いになって帰って来て、大泣きに泣くのだった。身体中傷だらけで満足な部分は一つもなかった。

突然またしても烈しい火事があちこちに起こった。何家墳の付近には藁小屋が多かった。もしも火が燃え移れば、またたくまに灰燼となってしまうだろう。ほんのちょっとした隙間に隠れて辛くも網を洩れていた一、二の人々は、みな火に追われて自分から飛び出して逃げた。出れば殺される。それは百に一つも免れなかった。戸を閉ざしたまま焚け死んだ者は一軒にそれぞれ数人から百人にも達し、その中に積み重なった骨がどれくらいあるか知れなかった。実際この場合には、逃げる場所がなかったし、また逃げられるものでもなかった。逃げれば、見つかったが最後、金がなければ殺されるし、金があっても殺されるのだ。こうなればただ一つ、出て行って路傍に身をさらし、死骸の中にまじっていたほうが、かえって命が助かるかも知れない。

私は妻子とともに塚の裏手に行って臥せった。頭から足まで泥を塗った。ほとんど人間の様子ではなかった。

火の手はいよいよあがって、墓地の喬木に燃えつき、その光は稲妻のようだし、音は山が崩れるようだった。風は怒り叫び、そのために太陽も光を失って薄暗かった。目の前に無数の夜叉鬼が、何千何百の地獄の人々を殺そうと、追いまわしている図を見ているような気持だった。驚きに胸がつぶれたあまり、時々気が遠くなった。もはやこの身が人間世界にあることを覚えなかった。

突然、地響きする足音と同時に、痛ましい悲鳴が私の度胆をぬいた。ふり返ってみると、垣根の向こうで長兄が捕まっていた。兄は兵卒と立ち向かっていたが、力の強い兄は、とうとう兵卒をふりきって逃げ、兵卒はそれを追って行った。その兵卒というのは前の日私の妻を引きずって行きそしてまた捨てたあの男であった。兄が半時たっても帰って来ないので、私は不安ではらはらしていた。そこへ突然長兄が走って来た。丸裸にさんばら髪であった。兵卒に迫られて、やむをえず私のところへ命乞いの金をもらいに来たのであった。私はたった一つ残っていた銀塊を出して兵卒に差し出した。しかし兵卒は非常に怒って、刀をふりあげて兄を打った。兄は地上に伏しまろび、全身血みどろになった。彭児は兵卒にすがりつき、涙を流して許してとたのんだ〔彭児はそのとき五歳であった〕。兵卒は子供の着物で刀の血を拭うと、またしても打った。兄は今にも死にそうになっていた。ついで私の髪をひっぱり、金を出せといって、刀の峰でめった打ちしてやめなかった。私は金がなくなったことを訴え、

「どうしても金でなければとのことでしたら、甘んじて殺されましょう。ほかの物でしたら上げられます」

というと、兵卒は私の髪を引っぱって洪氏の家に行った。私の妻は衣類その他を二つの甕の中に入れて、石段の下に伏せてあったのを、全部あけて、何でも好きなものを取るようにというと、金や珠の類を一つ残らず取ったばかりでなく、服のよいものをも択(えら)んで取った。子供の首に銀鎖を掛けてあるのを見ると、刀で引きちぎって行った。行きがけに私をかえりみて、「おれが貴様を殺さずとも、きっと誰かが貴様を殺すだろうぜ」といった。さてこそ城を洗うという風説はもはや確かであると知った。殺されるのは必至だと思った。子供を家において、妻と一緒に急いで

外に出て兄を見ると、頸の前にも後ろにも深さ一寸ほどの傷を負い、胸先のはもっとひどかった。私たちは二人で兄を介抱して洪の家に連れて行った。兄に問いかけても、痛さがわからぬ様子で、意識を失っては取り戻し、取り戻してはまた失うのだった。

兄のことを頼んでから、私たち夫婦はまた墓地に行って隠れた。近所の人々もみな草叢（むら）の中に伏し隠れていたが、突然、人間らしい声でいうものがあった。

「明日、城を洗うのだそうです。きっと一人残らず殺してしまうつもりでしょう。奥さんはここにおいて、私と一緒にお逃げになった方がよろしいですぞ」

妻も私に行くようにすすめた。しかし私は危篤状態に陥っている長兄のことを思うと、どうして棄てて行くに忍びよう。それにこれまで望みをつないだのは、まだ金が残っていたればこそである。今はもうその金もなくなった。とても生きられはすまい。私は心痛のあまり気絶し、大分たってから息をふき返した。火も次第に消え、はるかに大砲の音が三度聞こえた。往来の兵士も次第に少なくなった。

私の妻は子供を抱いて糞窖（くそがめ）の中に坐っていた。洪嫗ももやって来て一緒にいてくれた。

数人の兵卒が四、五人の女を捕えていた。そのうち二人の年寄りは泣き悲しんでいたが、若い方の二人は平気な顔で笑いさざめいていた。後から二人の兵卒が追いかけて来て、女を奪い取ろうと、たがいに打ち合いをはじめたが、そのうちの一人が仲裁にはいって、満洲語で何かいうと、一人の兵卒が若い女を木陰へかついで行って犯した。あとの二人の女も辱しめを受けた。年寄りの女は泣いて許しを乞うたが、三人の若い女たちは少しも恥じる様子がなかった。十数人のものがたがいに代わる代わるこれを姦したうえ、あとから追って来た二人の兵卒に渡したが、その中の一人の若い女はもはや立って歩くこともできなかった。私はそれが焦家の息子の嫁であるのを認めた。その家の平素の行為が今日このような報いとなって現われたのかと、驚愕と同時に嘆息に堪えなかった。

そのとき突然、紅衣を着け、剣を佩び、満洲帽をかぶり、黒い長靴を穿いた、一人の人物が現われた。年のころはまだ三十にもなるまいが、姿といい形といい、見るからにりりしい人物だった。黄色の甲をつけた一人の従者を随えていたが、これまた堂々たる面魂であった。さらにそのあとから揚州のものが数人付き随っていた。紅衣の人は私の顔をつくづくと見ていった。

「どうやらお前はこの連中とはちがうようだな。何者であるか正直に言うがよい」

私は考えた。時には読書人であったがために放免されたものもあるが、読書人であったがために直ちに殺されたものもある。それで私は本当のことは言わずに、体よくごまかして答えた。その人はまた妻と子供を指さして、誰であるかときいたので、これはいちいち本当のことを告げた。すると紅衣の人は、

「明日親王殿下（豫親王多鐸、清の太祖の第十五子）が命令を下して刀を用いることを禁ぜられるはずである。お前たちは命拾いをしたわけだ」

といって、従者に命じて服を何着かと、さらに銀塊一個を出させ、

「お前たちは何日飯を食っていないのだ」

ときいた。私が五日間ですと答えると、彼について来るように命じた。私と妻は半信半疑であ

ったが、行かないわけにはいかなかった。かくてある屋敷に行ってみると、おびただしい物資が貯蔵されていて、米でも魚でもそこら一面に満ちあふれていた。彼は一人の婦人に向かって、

「この四人の者をよくもてなしてやるように」

というと、私と別れて行った。

折からもう日暮れ時であった。妻の弟は兵卒に連れ去られて、生死のほども知れなかった。妻はそれをとくになげき悲しむのだった。しばらくして老媼が飯や魚を運んで来て私たちにすすめた。この屋敷は洪の住居から遠くはなかったので、私は魚と飯を持って行って兄にすすめたが、兄の喉はそれを嚥み下すことができず、何度か箸をつけたがやめた。私は兄のために髪を拭い血を洗ってやった。私の胸は刀で立ち割られるようであった。この日、封刀令（刀を鞘（さや）に納めてその使用を禁ずる命令）が下ったとの風聞があって、人々の心はいくらか落ちついた。

あくる日は五月朔日（ついたち）であった。勢いはそれほど烈しくはなかったが、それでも殺人掠奪が行なわれなかったというわけではなく、大家や富豪の屋敷は、余すところなく掠奪を被り、女の子は十余歳から連れ去られて、ほとんど一人も残らなかった。この日、興平伯がふたたび揚州に入城し、一寸の絹糸、一粒の米にいたるまで、ことごとく虎口に入ってしまった。見るかげもなく破壊し尽くされたあとの寂しさは、いちいち述べがたい。

二日、道・州・府・県にはすでに官吏を置き、「安民」（人民よ安心せよ）と書いた告示板を持って、あまねく人民に恐がることのないようにと諭させているとのうわさが伝えられた。また各寺院の僧侶に対して、積み重ねてある死骸を荼毘（だび）に付するよう命令が下ったとのことであった。

ところで寺院の中に匿われていた女も少なくはなかった。驚愕のあまり、あるいは餓えのために死んだものもあった。火葬に付した死骸の数は、帳簿に記載された分だけでも八十万以上に達していた。井戸に落ちたり、河に投じたり、門を閉ざして焚け死んだり、首を縊って死んだ人はこの数にはいっていない。掠われて行った者もこの数にはいっていない。

三日、食糧を放出するとの告示があったので、洪嫗やとともに欠口関（通済門ともいう、揚州の東門）へ米をもらいに行った。この米は督鎮の貯蔵していた軍用の糧食であった。山のように積んであった数千俵の米がまたたくまにすっかりなくなってしまった。背中にかついだり頭に乗せたりして米を運んでいる人々は、いずれもみな頭を焦がしたもの、額を爛らせたもの、腕や脛を折ったもの、顔中刀傷だらけなものばかりで、蠟涙のような涙をとめどもなく流していた。米を受ける時には、奪い合いして親戚だろうと友人だろうと遠慮しなかった。強い者は持って帰ってはまた取りに来た。年寄りや弱い者、重傷を負うた者は一日中かかって、一升の米も手に入れることができなかった。

四日、晴、烈しい日射しに蒸されて、死臭が人の鼻をついた。前後左右、あちらでもこちらでも死体を焼き、その煙が霧のように立ちこめて、腥さは数十里さきまでもにおった。

この日、私は綿と人骨を焼いて灰にし、兄の切り傷の手当をした。兄は涙を流してうなずくだけで、声は出せなかった。

五日、奥深く隠れていた人々がはじめてぼつぼつ出て来た。逢うとたがいに涙が流れ出て、一言も発することができなかった。私たち五人はどうやら生き返ったものの、自宅の中にはどうしても落ちつけなかった。それで朝起きて食事をすますと、すぐに家を出て野外で一日を過ごすことにした。服装その他はみなこれまで同様であった。というのが食糧を掠奪するためにうろついている徒輩が毎日数十人を下らず、武器こそ持ってはいないが、てんでに棒をかまえて脅しては、人の財物をかたり取り、その棒の下に命をおとすものが珍しくなかった。女とさえ見れば、遮二無二掠って行くのだった。それが満洲の兵だか鎮台の兵だか乱民だか、全然見当がつかなかった。

この日、長兄は傷が重く、刀瘡が裂けつぶれて、ついに死んだ。傷ましいかな。悲しさは言いようがなかった。

思えば私が初めこの難に遭った時、兄弟嫂甥、妻子とも合わせて八人であったのが、今生き残ったのはわずか三人きりである。それも妻の弟と母方の叔母は数に入れないのである。四月二十五日から五月五日までの十日間に、われとわが身に経験したこと、われとわが目に見たことを、とりとめもなく書きつけること以上のごとくである。遠方の風聞は一切記さなかった。この先、幸いに太平の世に生まれ、平穏無事の日々を楽しんで、自ら修養反省につとめず、ひたすら物を粗末にする人々は、これを読んで恐れ警める所があればと願う次第である。

（松枝茂夫 訳）

訳注

(1) 乙酉　その前年の甲申（明の崇禎十七年）李自成は西安に帝を称し、三月十九日ついに北京を陥れ、烈帝は煤山に縊った。清の世祖は呉三桂の請に応じて兵を関内に入れ、明の福王は南京に即位して年号を弘光と改めた。張献忠は成都に拠って大西国王と号した。清は瀋陽から都を北京に遷した。乙酉は一六四五年。ここの四月十四日というのはむろん陰暦で、陽暦になおせば五月九日にあたる。

(2) 史可法　字は憲之、一字は道鄰、祥符（開封）の人。崇禎元年（一六二八）進士に及第し、西安府推官をふりだしに累進、福王が南京に立つや、兵部尚書・武英殿大学士に挙げられたが、馬士英の専権を喜ばず、揚州に出で江北の四鎮を統括した（督鎮とは四鎮の統括者の意）。やがて李自成を破って南下した清の豫親王多鐸から再三再四降服勧告を受けたがこれを峻拒し、ついに捕えられて殺された。彼は色の黒い小男で、風采はあがらなかったというが、その至忠至孝の性格と行為によって、士民から慈父のように慕われていたばかりでなく、敵将をすら感激せしめた。清の乾隆中、忠正と追謚された。文集に『史忠正公集』四巻がある。

(3) 白洋河　白洋河鎮、また洋河鎮ともいう。江蘇省宿遷と泗陽の中間にある。当時黄河は鄭州から徐州・宿遷・泗陽を経て淮陰で淮河に合しており、白洋河鎮は交通の要衝に当たっていた。しかしその後、黄河の流れが変わり、渤海湾に注ぎ込むようになって以来、旧河道は埋没してしまって、現在は全く痕跡もとどめていない。

(4) 高傑　字は英吾、陝西米脂の人。はじめ李自成の先鋒として翻山鷂と号していたが、のち自成の後妻の邢氏と通じ、これを竊んで明に降った。以後、功を累ねて総兵官となり、福王のとき興平伯に封ぜられた。はじめ揚州に鎮したが、州民に納れられず、史可法がその軍を瓜洲に移した。黄得功

・劉良佐・劉沢清とともに四鎮と号した。その後、兵を引いて北上し、その時すでにひそかに清に投降していた河南総兵官の許定国に誘殺された。

(5) 黄得功　字は虎山、安徽合肥の人。崇禎中、賊を討伐した功によって靖南伯に封ぜられ、福王のとき侯爵に進み、廬州（安徽省）に鎮した。四鎮の一である。のち、太平（安徽省）に鎮し、清兵と戦って、流れ矢にあたり、自ら矢を抜き、喉を刺して死んだ。粗野で学問はなかったが、軍紀厳しく、容貌魁偉な豪傑であったという。

(6) 督鎮　史可法のこと。この日、清軍は揚州城に対して総攻撃を開始し、大砲を打ちこんで来た。史可法の兵は屈せず戦い、史可法みずから西門にいって督戦した。しかしついに城の西北角が爆破されて、そこから清軍は城内に突入して来た。史可法はもはやこれまでと、部将史徳威に別れを告げ、刃を挙げてみずから首を刎ねた。その参将許謹が、とっさに抱きとめたので、鮮血は衣袂にほとばしったが、死ななかった。彼は史徳威に首をさしのべて殺すように命じた。しかし史徳威は介錯するに忍びず、ついに許謹とともに幾十人かの者を従え、傷ついた史可法を擁して城下に行き、小東門から敵の包囲を脱しようと企てた。『十日記』の作者が史可法の姿を目撃したのは、この時のことであろう。しかし東門に行く途中、許謹は清軍の砲弾にあたって死に、また清軍が向こうから走って来た。史可法はこれを見て、「前駆するものは誰だ」といった。「豫王です」と徳威が答えた。その時、すでに敵兵の前まで来ていた。史可法は大呼した。「史可法ここに在り！」こうして史可法はついに捕えられた。

(7) 廂房　中国の家屋は大抵次のような造りである。院子（中庭）を中央にして、北側に正房（母屋）が院子に面して建てられ、その東西両側に、正房と直角に、院子を挟んで二つの棟が建てられている。これが廂房（シャンファン）であって、それぞれ東廂房・西廂房という。

(8) ああ、これこそ中国の……　原文「嗚呼、此中国之所以乱也」の十字、『八家集』『荊駝逸史』本にはない。また満洲の兵士の言葉もおかしい。後人の書き加えたものであろうか。

(9) 女はいった。「ここは……　原文「婦曰、此地近市、不可居」の九字、意味解しがたい。衍文であるかと思われる。『八家集』『荊駝逸史』本にはない。

台湾（フォルモサ）の言語について

ジョージ・サルマナザール

ジョージ・サルマナザール（George Psalmanaazaar）一六七九?——一七六三

サルマナザールは、一七世紀末にヨーロッパに渡った台湾人である。台湾名は不明だが、この名を自称していた。最も有名な著書に、ロンドンで刊行した『台湾——日本皇帝の支配下にある島——の、歴史および地理に関する記述』（*An Historical and Geographical Description of Formasa, An Island subject to the Emperor of Japan.* 1704, 改訂第二版は1705）がある。ここに収めた「台湾の言語について」は、この書を構成する章のひとつである（初版では第二八章、第二版では第三〇章）。訳文は第二版によった。これは、現在すでに失われた台湾語に関する数少ない証言として、言語史研究上、非常に重要なものであるのみならず、台日関係の秘められた歴史の解明のためにも、たいへん興味深い物語を提供しているのである。この章の原題は Of the Language of the Formosans.

フォルモサの言語は、次にあげる相違点を除いては、日本の言語と同じである。つまり日本人は、フォルモサ人が喉音で発音するいくつかの文字を、そのようには発音しないのである。また、日本人は、助動詞を、フォルモサで使われるような声の抑揚をつけずに発音する。例えばフォルモサ人は、"Jerh Chato（[ラテン語では] ego amo、私は愛する）" のような文を、現在時制については抑揚なしで発音するが、過去完了形は上がり調子で発音し、未来形は下がり調子で発音する。だが、未完了過去と過去完了、および未来完了形は、助動詞を加えて発音する。したがって、"Jerh Chato（ego amo：私は愛する）" という動詞は、未完了過去では、"Jervieye Chato（Ego eram amans）" だが、綴りだけならば、"(Ego eram amo)" というようになる。過去完了では、それは "Jerh Chato" となるが、第一音節が上がり調子に、他の二つの音節は下がり調子で発音される。そして過去完了では助動詞の "viey" が加えられ、過去形のそれと同様の抑揚で発音される。"Jerh Chato" の未来形は、第一音節を下がり調子で、残りの音節は上がり調子で発音される。未来完了形においても、同様の規則に従って発音されるが、ただ助動詞の "viar" が加えられる。つまり、"Jerh viar Chato（ego ero amo）" となるのである。しかし日本人は、"Jerh Chato, Jerh Chataye, Jerh Chatar." と言い、助動詞は同じ調子で発音される。

日本語は、三つの性別（gender）を持っている。動物はすべて、男性名詞あるいは女性名詞に属し、無生物はすべて中性名詞に属する。しかし性別は、ただその冠詞によってのみ区別されるのである。つまり、oi（＝［ラテン語の］hic）、ey（＝hac）、そして ay（＝hoc）がそれである。ただし複数形においては、三種の冠詞は同様である。

それらは格（cases）を持っていない。単数と複数のみであり、両数は用いられない。つまり、“oi banajo”（＝hic homo：この男）、“os banajos”（＝hi homines：これらの男たち）のようにである。しかし私には、この言語の文法を記す意図はなく、ただいささかの知識を提供せんとするだけであるから、一般的な所見を加えておくだけで十分であろう。この言語は非常に単純で、発音は音楽的であり、また、豊富である。フォルモサ語がいずれの言語に由来するのかとたずねられたならば、日本語ほどフォルモサ語に似ている言語はほかに知らないと答えよう。しかし私は、いくつかの別の言語に由来し、綴り、あるいは語尾を変えただけのように思われる多くの単語を見いだすことができるのである。

われわれの筆記法は、私がこれまでに見聞したもののいずれとも異なったものである。私はまず、隣国人であるところの中国人、および日本人が用いている筆記法について、少しばかり話しておきたい。そのあとで、われわれフォルモサ人がどのようにして文字を書くかをお話ししよう。

まず第一に、旅をしたことのある人ならだれでも知っているように、中国人が用いる文字は、点を加えたり減らしたりすることによって、ひとつ、あるいはそれ以上の言葉を形作るのである。この筆記法は学習するのに難があるため、中国の商人や貿易業者は、取り引きの際には、より簡単なアルファベットを用いているに相違ない。それには次のような理由がある。つまり、十歳から十五歳の、商(あきな)いをしつけられている若者の多くは、彼らの親方の帳簿をきちんとつけなければならないのに、三十歳以下で、中国の文字をスラスラと書けるものは、なかなか見いだせないのである。さらにまた、私が見た中国製商品の入った箱や袋の多くは、その表面に品名や重量や価格が記されているのだが、それらの文字はすべて、坊主(ボンソ)はじめ中国の知識人が用いているものとは、まったく異なったものなのである。これ以上のことを、私はなにも言うことはできない。というのは、私はこの言語を完全に学び取ることには興味もなかったし、また、そのような時間もなかったからである。

続いて、日本人が四種類の筆記法を用いていることを話そう。

第一の方法は、ページの上から下に向けて、縦に書く方法である。彼らがその文字を中国から取り入れたように、この方法もまた、中国から取り入れたものと考えられている。しかし彼らは中国人を嫌悪していたために、時代とともにそれを改めてしまったのであった。

第二の方法は、聖職者にのみ知られているものであるが、どの文字ひとつをとっても、完全なひとつのセンテンスを表しているというものである。彼らは左から右に向けて、ヨーロッパ人と同じように書くのである。

第三の方法は、以上の二つよりも、ずっと簡単なものである。これは12の母音と61の子音から成るアルファベットによって綴られ、これらによって、彼らはほとんどすべての音や声の抑揚を容易に表記し、意味を表すことができるのである。この表記法では、右から左に向かって綴り、そこからまた右に向かって戻るのである。ページの端に向かって、右向きになったり左向きになったりしながら書き進み、ページ全体にわたって、カーブした線によってつながっている。この筆記法は「リバナトヒム（Ribanatohym）」と呼ばれるが、「リバナル（Ribanar）」とは「書く」という意味で、「トヒム（Tohym）」とは、英語の「backward and forward（行ったり来たり）」にあたる言葉である。第四種の方法は、彼らがわれわれから学んだものであるが、次に説明しよう。

さてわれわれは、フォルモサにおいては、以上お話ししたどれよりもずっと簡明な、そして容易な方法を用いている。われわれは20の文字しか持っていないが、どの文字も、何点かの対立関係、あるいは文字の状態にしたがって、四つ、あるいは五つの音価を持ちうるのである。付録の表をごらんいただきたい。〔付録I、81ページ〕

われらが立法者サルマナザールが現れる以前は、われわれは、文字というものをまったく知らなかった。彼はわれわれの聖典『ジャルハバディオンド（Jarhabadiond）』を、フォルモサ人が現在用いているのと同じ文字で綴った。この、彼が書いて見せた筆記法は、神の賜物であった。彼はそれを聖職者に伝授し、聖職者はほかの者たちに教えた。かくしていま、われわれのなかには、どのような境遇にあろうとも、読み書きのできない者はほとんどいない。日本の皇帝は、われわれの島を占領した後に、この筆記法を学ぶことに興味を抱き、それを容易に会得したのであった。そのため彼を手本として、現在では日本で普及しており、おそらくは前に言った三種類のどの方法よりも優れたものとして用いられているだろう。

これらの文字を運用するために、多くの特殊な規則があるのであるが、それらをここで書き留めたところで、無用であるばかりか、だいいちきりがないだろう。そこで私は、いくつかの最も一般的な単語をここに記し、さらに『主の祈り』、『使徒信経』、そして『十戒』の訳を載せておいて、読者に若干の知識を与えておくにとどめよう。

フォルモサ語で、皇帝は“Baghathaan Cheveraal”と言う。これは最高位の君主のことである。王は“Bagalo”、あるいは“Angon”。副王は“Bagalendro”、あるいは“Bagalender”。貴族は“Tanos”。都市、あるいは島ごとの長官は“os Tanos Soulletos”。市民は“Poulinos”。田舎の人は“Barhaw”。兵士は“Plessios”。男は“Banajo”。女は“Bajane”。息子は“Bot”。娘は“Boti”。父は“Pornio”。母は“Porniin”。兄弟は“Geovreo”。姉妹は“Javraiin”。親戚は“Arvauros”。島は“Avia”。都市は“Tillo”。村は“Casseo”。天は“Orhnio”。地は“Badi”。海は“Anso”。水は“Ouillo”。

日本語が中国語やフォルモサ語と異なっている理由は、つまり次のようなわけなのである。日本人というのは、反乱をおこして中国から追放された人びとが、日本という島に定住した者たちなのである。だから、彼らは中国人を非常に憎んでいて、そのために、中国人と共通するあらゆるものごとを変えてしまったくらいである。彼らの言語、法律、宗教、習慣などなどを、である。したがって、日本語と中国語のあいだには、なんらの類似性も存在しないのである。しかしフォルモサの最初の居住者である日本人は、彼らが彼らのあいだで用いていた言語を携えてきた。今やそれは、初めて来た時のそれよりも、いっそう完全なものになっている。しかしながら、フォルモサ人は、いささかの特筆すべき変化も加えず、彼らの言語の、より純粋な形を保ち続けてきたのである。これに反して日本人は、日本語に、休むことなく、毎日のように変化と改良とを加えてきたのであった。

さて、読者はフォルモサの言語に関していささかの知識を得たことであろうから、私はここで、『主の祈り』、『使徒信経』、そして『十戒』を、この言語に訳したものを、ローマ字にして印刷しておこう。〔付録II、82〜88ページ〕

（武田雅哉 訳）

〔付録Ｉ〕 フォルモサ・アルファベット

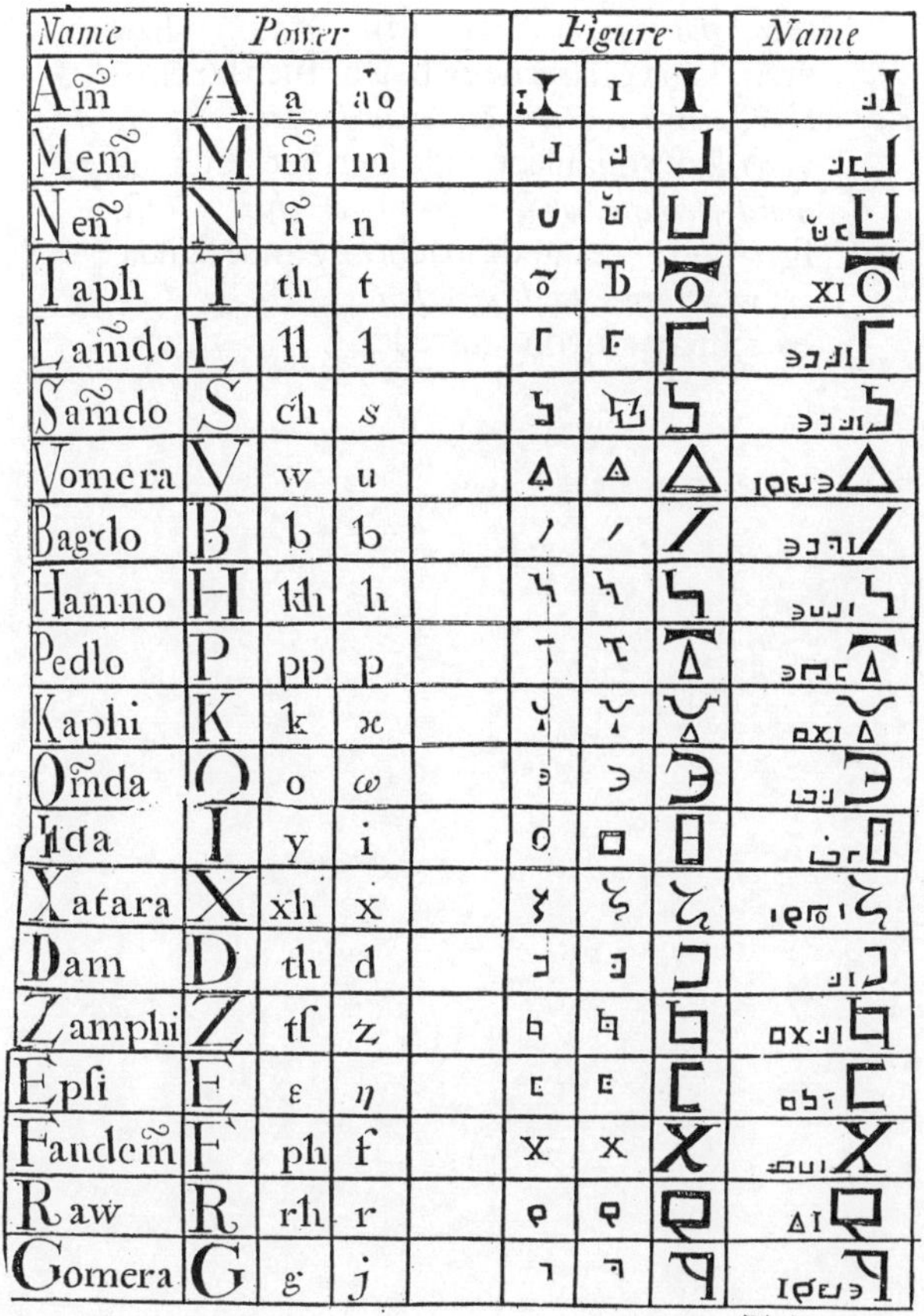
Name
Power
Figure
Name
Am̃ A a ao
Mem̃ M m̃ m
Nen̄ N ñ n
Taph T th t
Lam̃do L ll l
Sam̃do S ch s
Vomera V w u
Bagdo B b b
Hamno H kh h
Pedlo P pp p
Kaphi K k ϰ
Om̃da O o ω
Iida I y i
Xatara X xh x
Dam D th d
Zamphi Z tſ z
Epſi E ε η
Fandem̃ F ph f
Raw R rh r
Gomera G g j

T. Slater ſculp.

X. *Not covet the houſe of thy Bro-*
Kau voliamene ai kaa tuen ſai Geo-
ther, not covet the wife of thy Bro-
vreo, kau voliamene ey bajane tuen ſai Geo-
ther, not covet his man-ſervant or his
vreo, kau voliamene ande ſger-bot, ey ande
maid-ſervant, or his oxe, or his aſs,
ſger-boti, ey ande macho, ey ande ſignou,
or whatſoever to him belongs.
ey ichnay oyon tavede.

〔付録II〕は87ページから始まります。

not thy man-ſervant, not thy maid-ſervant, not
kau ſai ſger-bot, kau ſai ſger-boti, kau
the ſtranger who before thy gates is , for
oi janfiero dan ſplan ſai brachos viey, kens
the Lord created Heaven, Eearth, Sea
oi Korian chorheye Ornio, Badi, Anſo,
and all things which in them are in ſix
kai ania dai chin oios vien chin dekie
days, and on the ſeventh reſted, therefore
nados, kai ai meniobe ſtedello, kenzoy
he bleſſed the ſeventh day and hallow-
oi skneaye ai meniobe nado kay gnay-
ed it.
frataye oion.

V. *Honour Father and Mother thine*
Eyvomere Pornio kai Porniin ſoios,
that may be prolong'd thy days in land,
ido areo jorhen os ſoios nados chin badi
which the Lord thy God ſhall give thee.
dnay oi Korian ſai Pagot toye ſen.

VI. *Not Murder.*
Kau anakhounie.

VII. *Not Fornicate.*
Kau verfierie.

VIII. *Not ſteal.*
Kau lokieyr.

IX. *Not ſay a falſe teſtimony againſt thy*
Kau demech ſtel modiou nadaan ſai
Brother.
Geovreo.

visit the sins of the Father upon the
lournou os sochin tuen Pornio janda los
Sons, until the third and fourth genera-
botos pei chin charby kai kiorbi Grebia-
tion of those who me hate, and mer-
chim dos oios dos genr videgan, kai teltul-
cy I do to thousand generations of
da Jerh gnadou chin janate Grebiachim dos
them who me love, and my pre-
oios dos genr chataan kai mios belostos-
cepts keep.
nautuo laan.

III. *Not take the name of God thy*
Kau chexner ai lory tuen Pagot sai
Lord in vain, for the Lord will not hold
Korian bejray, kens oi Korian kau avitere
innocent him who his name shall take
azaton oion dan ande Lory chexneer
in vain.
bejray.

IV. *Remember that thou sanctify the Sab-*
Velmen ido sen mandaar ai Che-
bath; six days labour and do all thy
naber, dekie nados farbey kai ynade ania sai
work, but the seventh is the day of
Farbout, ai ai meniobi vie ai nade tuen
Sabbath of thy Lord, not labour in
Chenaber tuen sai Korian kau farbey chin
that day, thou not thy son, not thy daughter,
ai nade sen kau sai bot, kau sai boti,
not

the Holy Catholick Church,
Gnay Ardanay Chſlae,
the Communion of Saints,
Ardaan tuen Gnayji,
the Remiſſion of Sins.
Radonayun tuen Sochin.
the Reſurrection of the Fleſh,
Jandafiond tuen Krikin
the Life Eternal. Amen.
Ledum Chalminajey. Amien.

The Ten Commandments.

HEar O Iſrael, I am the Lord thy
Giſtaye O Iſrael, Jerh vie oi Korian ſai
God who brought thee out of the Land of
Pagot dan bayneye ſen tuen badi tuen
Egypt, and out of the houſe of bondage.
Egypto, kay tuen Kạa tuen ſlapat.
I. *Not have another God before me.*
Kau zexe apin Pagot oyto Jenrh.
II. *Not make to thee a graven Image,*
Kau Gnadey ſen Tandatou
not an Image like to thoſe things which in
kau adiato bſekoy oios day chin
Heaven are, or in Earth, or under the
Ornio vien, ey chin Badi, ey mal
Earth, not worſhip, not ſerve it, for
Badi, kau eyvomere kau conraye oion, kens
I am thy Lord God jealous, and I
Jerhvie ſay Korian Pagot ſpadou, kay Jerh
T *viſit*

The Apostles Creed.

I Believe in God the almighty Father,
Jerh noskionchin Pagot Barhanian Pornio
Creator of Heaven and of Earth:
Chorhe tuen Ornio kay tuen Badi:
And in Jesus Christ his beloved Son
Kay chin J. Christo ande ebdoulamin bot
our Lord, who conceived was of
amy Koriam, dan vienen jorh tuen
the Holy Ghost, born of Mary the
gnay Piches, ziesken tuen Maria
Virgin, suffered under Pontius Pilate, was
boty, lakchen bard Pontio Pilato, jorh
crucified, dead and buried, descended
carokhen, bosken, kay badakhen, mal-fion
to the infernal places, on the third day
chinn xana Khie, charby nade
rose from the dead, ascended into Hea-
jandafien tuen bosken, Kan-fien chinn Or-
ven, sitteth at the right hand of God
nio, xaken chin testar-olab tuen Pagot
his Father almighty, who will come to
ande Pornio barhaniaa, dan foder
judge quick and dead.
banaar tonien kay bosken.
I believe in the Holy Ghost,
Jerh noskion chin Gnay Piches,

the

The Lord's Prayer.

Koriakia Vomera.

OUR Father who in Heaven art, Hal-
Amy Pornio dan chin Ornio viey,Gnay-
lowed be thy Name, Come thy King-
jorhe ſai Lory, Eyfodere ſai Ba-
dom, Be done thy Will as in Heaven,
galin, Jorhe ſai domion apo chin Ornio,
alſo in Earth ſo, Our bread dai-
kay chin Badi eyen, Amy khatſada nadak-
ly give us to day, and forgive us
chion toye ant nadayi, kay Radonaye ant
our treſpaſſes, as we forgive our treſpaſ-
amy Sochin, apo ant radonem amy Sochia-
ſers, do lead us not into temptation, but
khin, bagne ant kau chin malaboski, ali
deliver us from Evil, for thine is the
abinaye ant tuen Broskaey, kens ſai vie
Kingdom, and Glory, and Omnipotence to
Bagalin, kay Fary, kay Barhaniaan chi-
all ages. Amen.
nania ſendabey. Amien.

The

〔付録II〕「主の祈り」、「使徒信経」、「十戒」の台湾語訳。
(P. 87からP. 82まで)

※上段イタリック体は、英語、下段はそれに対応する台湾語のローマ字表記

●87P 「The Lord's Prayer」は「主の祈り」
●86P 「The Apostles Creed」より85P10行目までは「使徒信経」
●85P 11行目「The Ten Commandments」より82Pおわりまでは「十戒」を表わす。

砂漠の風

紀昀

紀昀（Ji Yun）一七二四――一八〇五

清代、乾隆時代の学者、著述家。河北省河間府献県の人。乾隆帝の勅命による大叢書「四庫全書」の編纂においては、その総指揮にあたるほどの当代一流の大学者であった。彼は一七六八年、姻戚の罪に連座して、新疆省のウルムチに流された。三年後には赦免され、先の「四庫全書」の編纂に全精力を傾注し、一八〇五年に世を去った。その紀昀が生前に唯一形にした著作が、不思議な物語を書き集めた『閲微草堂筆記』である。これは全部で五篇からなるが、「砂漠の風」は、その第一篇「灤陽消夏録」に収められているものである。

闢展（新疆ウィグル自治区鄯善）は吐魯番に所属する。この地は砂漠の中にあるが、一人旅の者がときどき自分の姓名を呼ぶ声を耳にすることがある。一度返事をすれば、声の方角へと連れて行かれたきり、もどって来ないという。

また、ここの南山には風穴というものがある。大きさは井戸ほどで、風が時を定めずに中から吹き出す。吹き出すときは、いつも数十里離れた土地まで、まず波音のようなものが聞こえて、それから一、二刻すると風が吹いて来る。風の通る道幅は三、四里に過ぎないから、急いで走れば避けることができるが、逃げ遅れると、何台もの車を太い縄で一つにつないでおいても、まるで大川の浪にゆられる舟のように、激しく揺れ動く。たった一台の車がこれに遭遇するようなことがあれば、人も馬も荷物も、すべて木の葉のように軽々と空に舞い、どこへ行ったかわからなくなってしまう。風はすべて南から北へと吹くが、数日後には北から南へと吹いて来る。ちょうど人間が呼吸するかのように見える。

私がウルムチにいたとき、闢展からの通報を受け取った。それには雷庭という将校が、某日、人馬もろとも風に吹かれて山を北へと越えたまま、行方が知れなくなったとあった。

また、昌吉（新疆ウィグル自治区）の通判[*1]からの報告によれば、某日の午の刻、一人の男が天から降って来た。特納格爾（新疆ウィグル自治区阜康）の流刑囚徐吉だったのであるが、風に吹かれてここまで来たのだという。やがて特納格爾の県丞[*2]から報告がとどいたが、徐吉は同日に逃亡したとあった。時間をかぞえると、正巳(しょうみ)の刻から午(うま)の刻までに、二百余里を飛んでしまったことになる。

これは、闢展あたりではふしぎでないが、他の土地だったら珍しい話となるであろう。徐吉の話では、風に吹かれたときには酔ったような、または夢のような心地になり、体は車輪のようにぐるぐる廻った。目はあけていられないし、耳は一万もの太鼓がやたらに叩(たた)いているように感じた。口にも鼻にも何かが蓋をしているようで、息を吐くことができない。一生懸命がんばった末、しばらくしてからやっと、呼吸が一度できたという。

思うに、『荘子』には「大地が息を吐くとき、それを風と呼ぶ」とある。大地の呼吸はどこにでもあるのだから、穴があるというのもおかしい。たぶん風がたまたまそこに集まったため、こんな怪異をおこしたのであろう。火がたまたま集まると、四川(しせん)では火井(かせい)[*3]となり、地中の水脈がたまたま集まると、于闐(うてん)(新疆ウィグル自治区)[*4]で黄河の水源になるようなものだ。

(前野直彬 訳)

訳注

(1) 通判　官名。当時の地方行政制度では、各省の中に幾つかの州をおき、各州の中をさらに幾つかの県に分けたが、州のうちで特に重要な土地は、府と呼ばれた。その府の長官がすぐ次に出る知府であり、次官が通判であった。

(2) 県丞　各県の長官は県令（または知県）であり、その次官が丞である。

(3) 火井　火をつけると燃えあがる井戸。つまり石油が出ているのである。四川省資中にあるものが有名であった。

(4) 黄河の水源　現実には青海省にあって、于闐にはない。ただ、于闐は崑崙山脈の麓にあるが、黄河の水源は崑崙にあるという伝説が昔から信じられていた。漢の武帝のとき、西域へ派遣された探検隊が于闐まで行き、そこで発見した川を黄河の水源として報告したこともある。

ボール小僧の涙

『点石斎画報』より

『点石斎画報』(Dianshizhai Huabao)

『点石斎画報』は、清朝末期の一八八四年、上海で『申報』という新聞を刊行していたイギリス人実業家メイジャー兄弟らによって刊行された、リトグラフ(石版印刷)による画報である。停刊は一八九六年。絵師は呉友如をはじめとして中国人数名があたっていた。国家の大事から市井の些末な珍事、また外国の風俗習慣、風景、異聞など、絵師たちはあらゆるものを描き、それに説明文を施した。ここに収めたものの原題および絵師は、それぞれ「做人極円」(符良心)、「人魚双生」(金蟾香)である。

梧州で商売を営む男、たまたま通りかかった見世物小屋に入ってみた。そこに出ていたのはまるまるとした子どもであった。しかも尋常のまるさではない。手足は縮み、耳や鼻はつぶれ、さながらボールのようであった。小屋の主人がこのボール小僧を蹴飛ばすと、彼は地面をころころと転がるのだ。客どもはその滑稽なさまに、どっと笑い声をあげた。

空もうす暗くなったころ、主人は小僧を小屋の奥にあるカゴの中に閉じ込めると、どこかへ行った。思うところあった商人、そっとカゴに近づいて声をかけた。「おまえさん仔細がありそうだね。話してごらん」小僧はおびえる様子であたりを見まわすと、目に涙を浮かべながら、こう答えた。「四つの時にさらわれて、かめの中に閉じ込められたんだ。体がかめいっぱいになると、やっとかめを割ってもらった。それからも大きくならないようにといって、食べさせてもらえるのは木の実だけだったよ……」哀れに思った商人は、小僧に向かってこう言った。「お役人に訴えて、きっとここから出してやろうね」

翌朝、商人はふたたび見世物のあったところに来てみた。小屋はあとかたもなく消え失せていた。

（武田雅哉　訳）

做人極圓
有賈于梧州者偶過市
上聞鑼
鉦聲出布幔中鬻數文
錢隨衆
入觀見一肥孩其圓如球四肢
掌縮耳
鼻深陷亂之圓
轉如人
意客笑曰天下
乃有此
圓人但惜其少
骨氣耳
時天色已晚有人攜此孩裝
入籠中
符節

ワニも僕の兄弟だ

『点石斎画報』より

一　誕生

広東人の甲氏、南洋はマラヤのケランまで商売に行きまして、土地の人びととうちとけたあげく、王女さまをめとり仲睦じい新婚生活とはあいなりました。

するうちにめでたく懐妊、月満ちて男の子を出産したのですが——

なんと！　同時にワニまで産んでしまったんでございます。甲氏たまげて棄てちまえと申しましたが、夫人はそれに忍びないとて男児の乙とわけへだてなく育てました。ワニはお腹がくちくなるとベッドの下で寝て、どうやら、自分が異類であること自覚しているようでした。こうして十年あまりたちました。

ある日のこと、甲氏が広東でもうけた息子の丙が、父のご機嫌伺いにやってきました。夫人が乙に、兄さんにご挨拶なさいと申しましたところ、ワニも出てきて丙におじぎをするのです。丙はびっくりしました。そして、唐代の韓愈（かんゆ）*がワニの害を治めたことなど思いおこし、父の家にこうしてワニが住んでいることの不思議を訝（いぶか）りました。

夫人がわけを話しますと、丙はワニを撫でてやりました。

人魚雙生一
前年有粤人某甲商
於南洋
之吉靈埠漸與該處
人情浹
洽娶王婦伉儷甚篤
旋即懷
孕及臨蓐產一男並一
物形若
鰻魚目灼灼如諳人性
甲欲弃
之婦不忍呼為娃娃与
子某乙
並乳之魚飽食後輙
伏床下

不與人並宿若自知為异類也者
荏苒十
餘年魚身已重十數觔依父母
無异致
一日甲在粵中所生之子某丙到
埠省覲
婦命子其乙出拜其兄魚在床下
亦出向
丙翹首為禮若識其為昆弟也
丙見而
愕然默忖唐代鱷魚為患於潮州
賴昌黎
作文驅之民始安寧今此物奚自
而來儆
然在家庭之内正驚訝間婦急
向其故
丙為之撫摩良久魚從此每食
相隨依
依不舍如是者累月
金桂

(一) 誕生

以来、ワニは丙になつき、食事のときもぴったりくっついているようになったんでございます。こうして歳月がたちました。

＊韓愈（七六八—八二四）が広東の潮州刺史に左遷されたとき、住民を襲うワニの害があまりに多かったため、羊とブタを犠牲に捧げてワニを祭りその地を去るように祈った。それでワニの害は絶えたという。そのときの祭文が「鱷魚文（鱷魚とはワニ）」として、いまに伝わっている。

二　航海

丙が郷里を出てから久しくなりましたので、甲氏は帰国を促しました。夫人が乙に丙の出帆を見送るよういいつけましたところ、ワニも急いでついてくるのです。大勢の見送り人をおどろかすからだめよ、と申しましたがどんどん先に行ってしまいます。しかたなく、ワニの頭を布で覆い、乙におんぶさせて出かけたのですが――

水を見ると、ワニの本能が目ざめたのか、ドボン！　ととびこんで泳ぎまわりました。乙が、岸に上がれと叫びましたが、知らん顔です。するうちに汽船は出帆、ワニは追いかけて行ってしまいました。しかたなく乙は家に帰り、母に報告しました。

さて、ワニは船のすぐ横を泳いでいました。丙がしきりに追いやるのですが去ろうとしません。迷子になったら、と心配して舷（ふなべり）から言いきかせました。

「父母に育てられて十年あまり、その膝下を離れたことがないのに、いま離れたら不孝になるぞ。さあ、さっさと家に帰るんだ。親に心配かけるな。ところで、おまえの母に頂いたこの指環だが、こいつをくわえて帰ってくれ。いずれまた再会できるだろう」

人魚雙生二

甲以丙離鄉已久促之歸婦飭其子送之
登輪魚亦緊隨之
有相送意婦恐其异頗驚人欲不許而魚
已跳躍先去婦無奈
令乙以巾蒙其首負之而行既至河干魚
甫見水即觸本性使
躍下以游以泳乙喚之登岸亦弗應俄而
輪船啟行魚遂水而
去乙歸述其狀婦亦無如之
何魚在輪旁
而屢揮之不去慮有它
失因傍船舷
而告之曰父母育尔十
餘年未嘗相
離今一旦弃之是爲不
孝与其兄弟
義重孰若母子恩深尔
宜速回家中
免致倚閭之望予有
金約指一事
乃尔母賜之者今可
御歸以爲信

(二) 航海

とて指環を投げると、ワニは口で受けとめ、点頭して別れを告げるや去って行きました。

三　横死

折しも嵐になりましたが、ワニはなんとか上陸しました。日はすでに西に沈んでいます。家を出てからまる一昼夜たったのです。ワニは家にたどりつくと、爪で門をガリガリとひっかきました。

「あら、坊やが帰ったんだわ」とて、夫人は門をあけ入れてやりましたが、ワニのからだが一丈ほどにも大きくなっていました。びっくりしてそのわけをたずねますと、しばらく甘えてから伏せ、指環を吐き出しました。兄さんが恋しいと言いたかったのです。

しかし、夫人は、ワニが兄を食い殺してきたと思いました。甲氏はまさかという気持が半ばありましたが、夫人はかんかんに怒りました。棒でワニを折檻したので、痛さのあまりワニはとびはね、室内の調度品がたくさんこわれました。びっくりして目をさました乙も、わけを知るや母といっしょになってワニをなぐりつけました。こうして、ワニはその傷がもとで死んでしまったのです。

ワニの冤魂は母にこそ祟りませんでしたが、乙はしばしば病気になりました。それと悟って位

人魚變
生三
維時烟波浩淼風浪甫天鼓鬣揚鬐浮游而
上北登岸日已
西沉蓋去家一晝夜矣尋路歸家舉首扣
門爪抓作響
婦聞而訝曰噫嘻嘻回來啟門納之見魚身
已驟巨至尋
丈不覺見大駭並因適水性故也婦詢其何故
久戲不回魚
昂首作伏吐出約指於地
意以為同戀
兄之故藉此見信婦乍
覩約指竟疑
魚中途害兄其夫某甲
尚在疑信參
半而婦勃然大怒執棍
責之魚負痛
亂跳亂滾圍室器具
多被撞翻破
碎乙夢中驚醒詢知其
故亦以為然

相與毆魚、不已魚、被重
傷而死、後
冤魂不散崇母與乙
幾致病不起
於是方知其誤許立魚
位而奉祀之
乃吞無恙自是以後凡
吉靈埠內華
商生育男子皆須崇
奉娃、爲神
即以其名称之始獲平
安否則不能
長養也語雖荒誕不
經姑錄之以
見遠邦風俗之異
金桂

(三) 横死

牌を立て供養したところ丈夫になりました。以来ケランの華僑は、男児が生まれるとワニの子を祀るようになりました。

（中野美代子 訳）

宇宙山海経(せんがいきょう)

江　希張

〔著者〕

江希張（Jiang Xizhang）一九一一？――？

これは中華民国初期にひとりの神童がかいま見た、全宇宙のカタログである。正式なタイトルは『大千図説』。神童江希張編著、全三巻、煙台誠文信書坊印行。冒頭に掲げられた神童の小伝によれば、彼は山東省歴城の人。一、二歳で字を読み、三、四歳で文を書き連ね、五、六歳で道教、仏教、キリスト教、イスラム教の各経典に注釈を施し、さらには時局、科学の書にも言い及び、時の名士たちから奇才とうたわれた。『大千図説』は一九一六年初版刊行。当時編著者は五歳であった。奇書とうたわれ、一世を風靡したという。「中国民間信仰資料彙編・第一輯第二九冊（附録第二種）」（台湾学生書局、一九八九）の影印本による。

〔太陽星系〕

水星

水星は、太陽からの距離は一億六百万里（ここでは華里。約½キロメートル）。太陽に一番近い惑星である。太陽をめぐること、一周およそ八十八日で、これを一年とする。自転周期はおよそ二十四時間で、これを一日とする。毎秒およそ九十里進む。星の直径は八千八百八十六里。人類がいて、すでに申会の初に到っている(注)。地表は水が二分の一を占め、その周囲を高山がめぐっている。山の高さは約三万五千尺。大気は、最も厚いところで二百十里、最も薄いところで一百六十里である。そこに生息する人類は、高さが五尺、言語は鳥に似て、山の洞窟に住んでいる。草の芽や小獣を取って食料とするが、乾かしたり、焼いたりして食べる。鳥の足をもって文字を書き、木の板を紙の代わりにしている。その言語と文字は、ここに示すように、たいへん簡素である。

天地日星草木鳥羽東西左右上下禽獣人物山水

第一の大山は「」山という。これに次ぐものを「」山という。第一の河川は「」水という。これに次ぐ河を「」水という。その人類は、顔が真っ黒で、体は暗い赤である。地は八つの区域に分かれ、「」界、「」界、「」界、「」界、「」界、「」界、「」界、

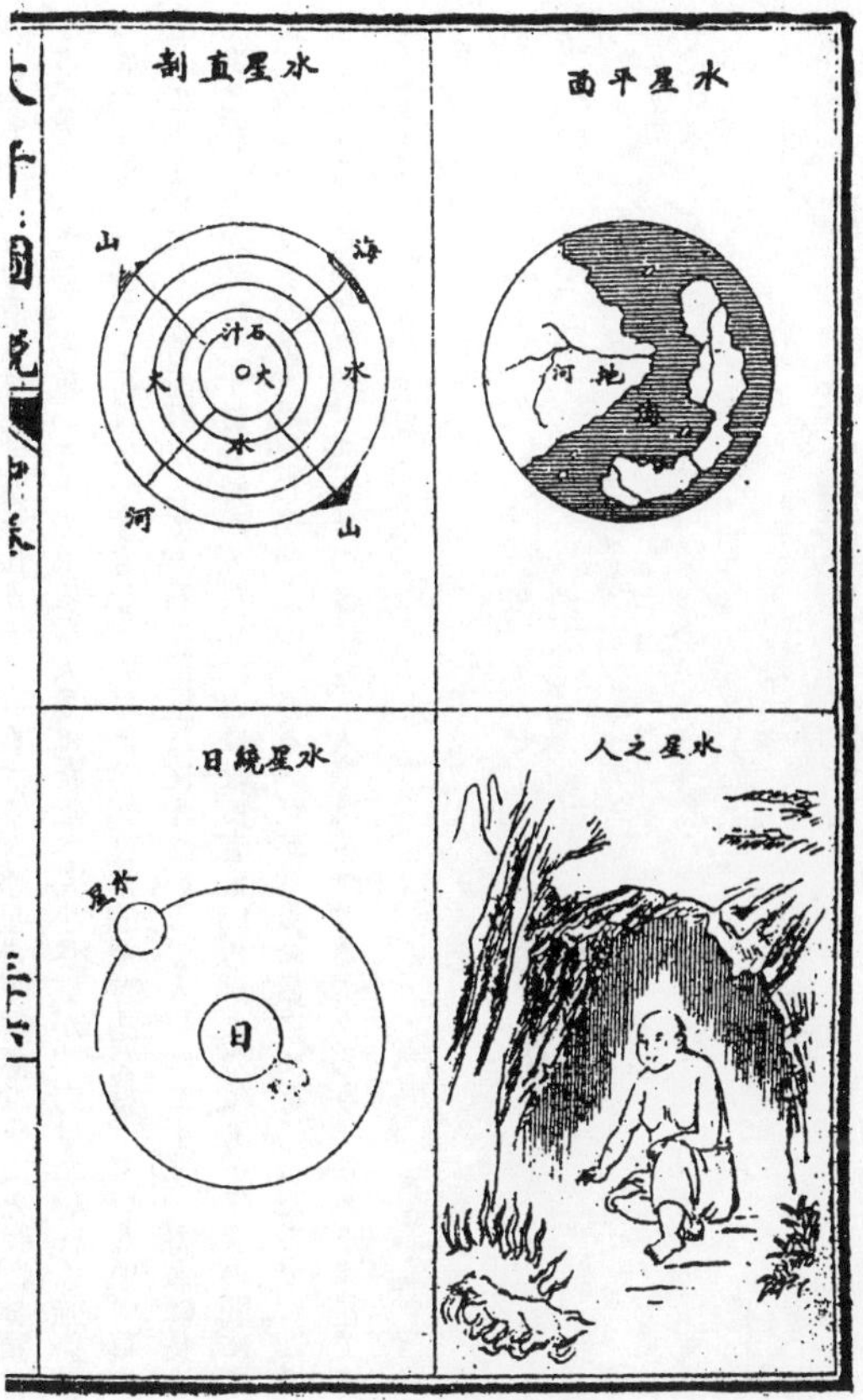

〔水星〕

「ϱ」界である。四つの大きな河があり、「↑」水、「↙」水、「↗」水、「←」水である。死火山が六百八十あまり存在する。活火山が五つ存在する。水星の不思議なところは、体積はきわめて小さいのに、たいへん重いことである。人類はたいへん小さいが、力はたいへん強い。商業はいまだ発生せず、農業、工業にたずさわる人はいず、文学的な言語を持っていない。草木を身にまとって木を靴にし、竹を冠にして、石の部屋に住んでいる。人口は二十兆。寿命は長くて七十歳であるが、なかには三十歳で髪がみな真っ白になる者もいる。この星も、午会(ごかい)の間にあった頃には、私たちの世界のように美しかったのである。だが、気の衰亡に近づいたので、このような様相を呈しているのである。四万年の後には、人類は絶滅するであろう。これが水星である。

注　中国人が構築したひとつの宇宙論においては、一個の宇宙（ここではそれぞれの星）の寿命を十二万九千六百年とし、これをさらに、十二の「会」（一会＝一万八百年）に分け、それぞれに「子、丑、寅、卯……」の十二支の名をあてている。地球の場合、現在は午の会にあたっている。

金星

金星は地球にたいへん近い。また、太陽から二番目に近い星である。古くは太白と呼ばれていた。朝には東方にあって啓明となり、夕には西方にあって長庚となる。体積は地球よりも小さく、質はたいへん軽い。太陽を一周するのにおよそ七ヵ月半かかり、これを一年とする。自転は一周およそ二十三時間十五分で、これを一日とする。直径は二万五千五百三十里。太陽からの距離は一億九千三十九万三千里。星の表面は水が五分の二を占め、陸地は五分の三を占める。衛星はない。大河があり、長さは六万里あまりで、星をぐるりとめぐっている。人類が生息しており、すでに午の会のなかばに達している。かれらは翼を持ち、五里以内の空中を飛行することができる。水に入っても死なず、火に入っても焼かれない。体は紙のように軽く、言語は蜂に似ている。身長は五尺、寿命は五十歳がふつうである。その文字は次のようである。

天地日星水山北南東西上下人物禽獣

みなナイフを用いてダイヤモンドの板に刻みつけるので、文献は永久的に破損することはない。人類は仙人のようで、草木はたいへん小さい。樹木の高さは七尺にすぎず、草はわずかに三寸ばかりである。だが法術がたいへん発達していて、魂を入れ換えたり、移動させたりすることができる。人倫は整っていて、父子夫婦の分別がある。これが金星である。

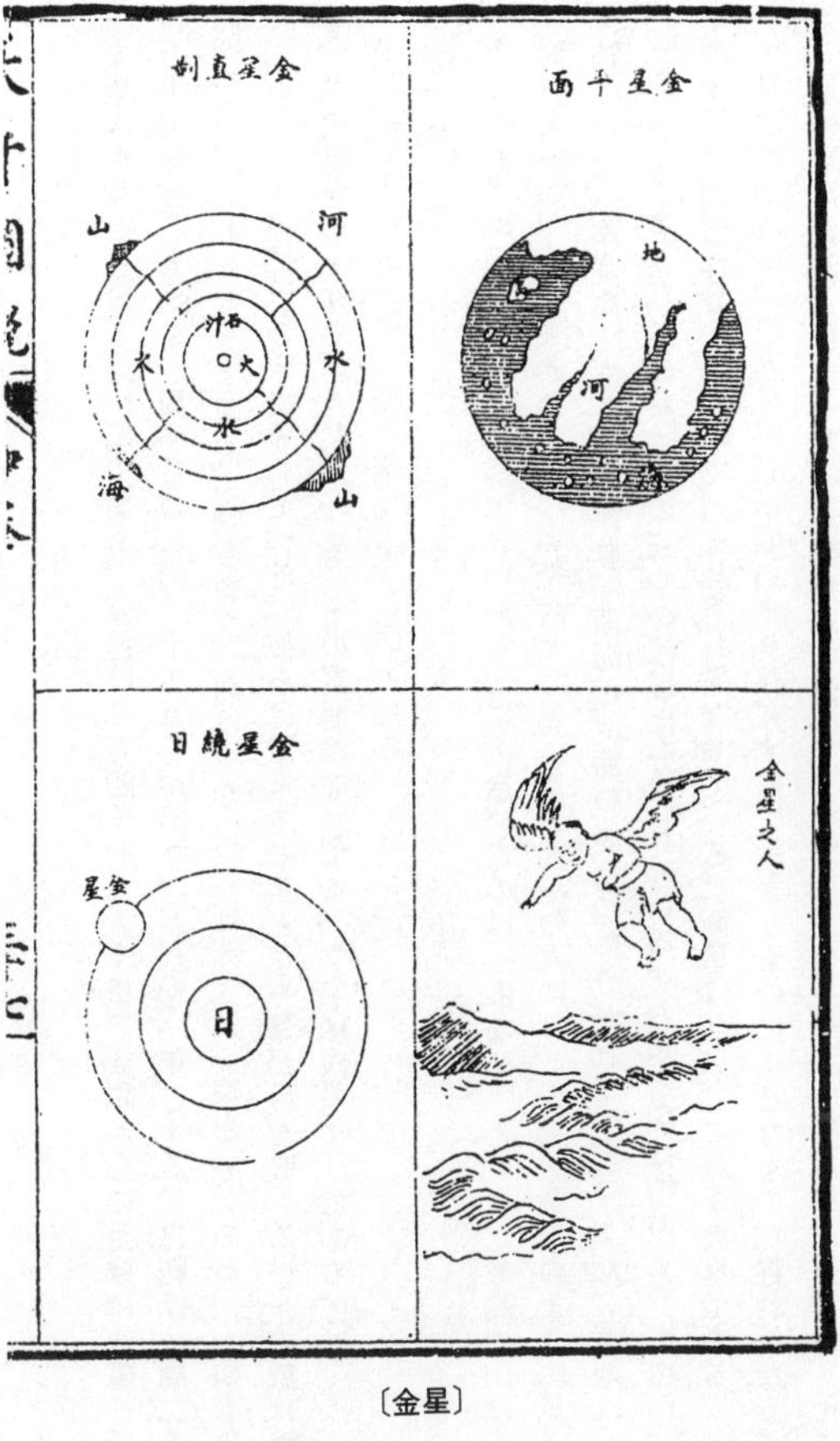

〔金星〕

火星

火星は地球から最も近い星である。直径は一万四千七百六十里。太陽からの距離は四億一千七百万里である。太陽を一周するのに約二十三カ月かかり、これを一年とする。自転は一周二十四時間半で、これを一日とする。陸が多く、海は少ない。「紅洲」と「緑海」がある。人類も生息していて、すでに巳の末に達している。彼らは獣と木の葉と草や藁だけを食べる。米の飯は食べず、草の種を飯とする。身長は一丈。その言語は虎に似て、文字は次のようである。

天　地　日　星　山　水　東　西

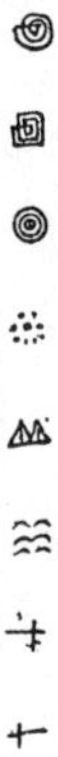

火星の最大の河川は「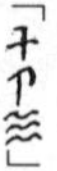」といい、次に大きいものは「」という。最高の山は「」といい、次に大きなものは「」という。火星の人には、太陽が茶碗のように見え、気候はたいへん寒冷である。海洋は、南海と北海のふたつに分かれている。また、陸地は「」界、「」界、「」界の三つの区域に分かれている。人類の顔は雪のように白い。火星の大気は四層に分かれていて、それぞれ異なっている。衛星はない。これが火星である。

火星の外側には、小惑星が七千個あまり存在する。大きなものに小さなもの、群れをなして進む。形は球形だが、色はそれぞれ異なる。最大のものは「穀女星」、「女王星」であり、そこにも山や河があるが、人類は生息していない。そのほかはみな円い球である。

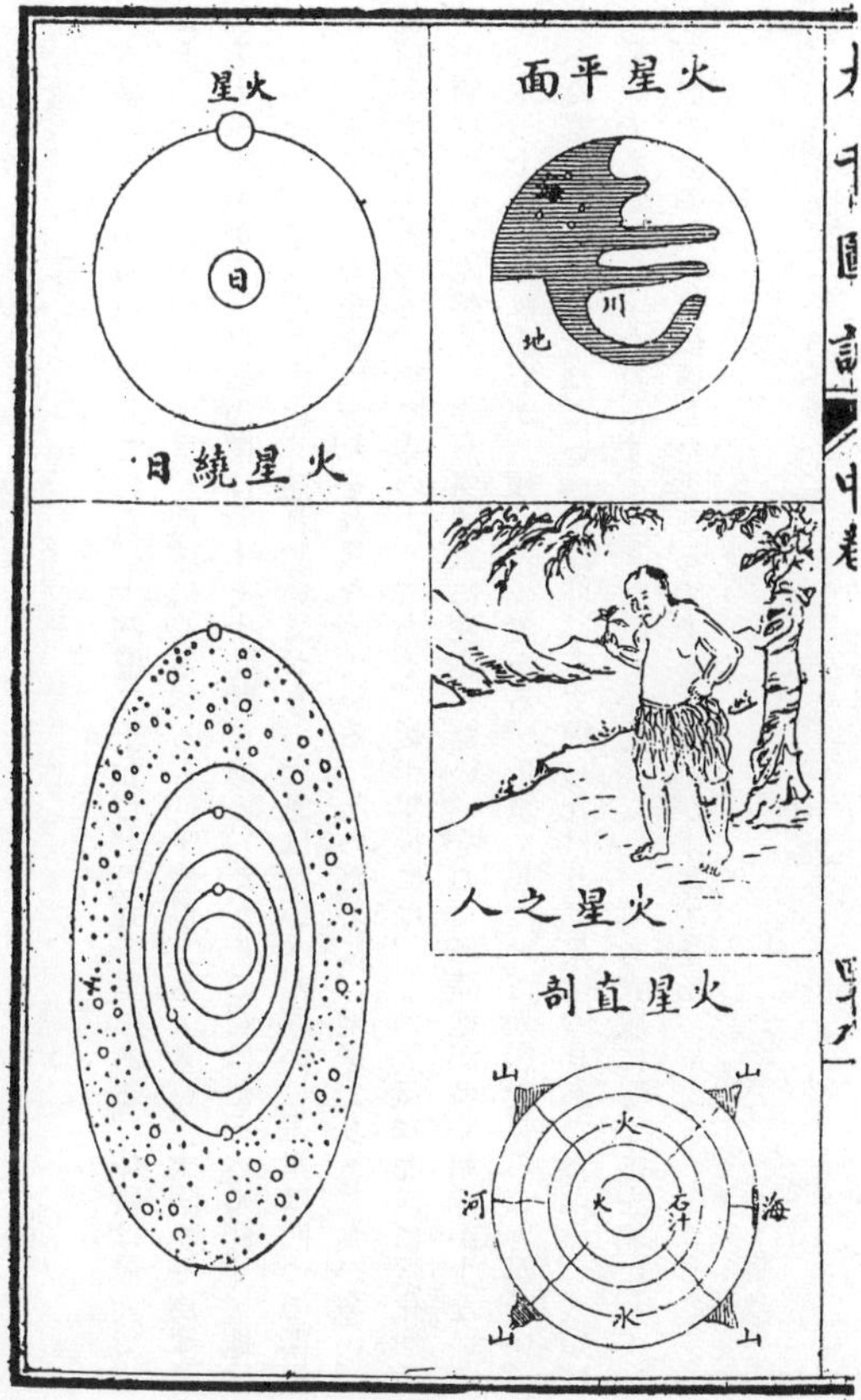

〔火星〕

木星

木星は太陽から遠く離れている。十四億二千七百七万九千里である。体積は最大で、直径はおよそ二十五万六千一百七十里。地球にくらべると、千倍以上も大きい。太陽を一周するのに、およそ十二年かかる。自転周期はおよそ十時間である。だがその質はたいへん軽く、地球の四分の一しかない。星は常に大きく揺れ動いており、大気はたいへん厚い。木星は四つの衛星を持っていて、木星からの距離はそれぞれ異なっている。そのために、地球よりも月食が多い。惑星上には白い大気があって、雲や霧のようである。数十年後には、この大気は海洋に変化するのである。その質はたいへん熱く、水蒸気は水に変化しない。そのため陸地が多く海洋が少ないのである。また木星上は、地は広いが人類は希少である。千里にわたって人影を見ることがない。気候はたいへん寒冷で、水や土はたいへん深い。五丈掘らなければ泉につきあたらない。人類は獣のように蒙昧である。文字を持たず、生きた獣しか食べない。草を衣服にし、木を家にしている。ちょうど辰(しん)の会のなかばに達したところである。これが木星である。

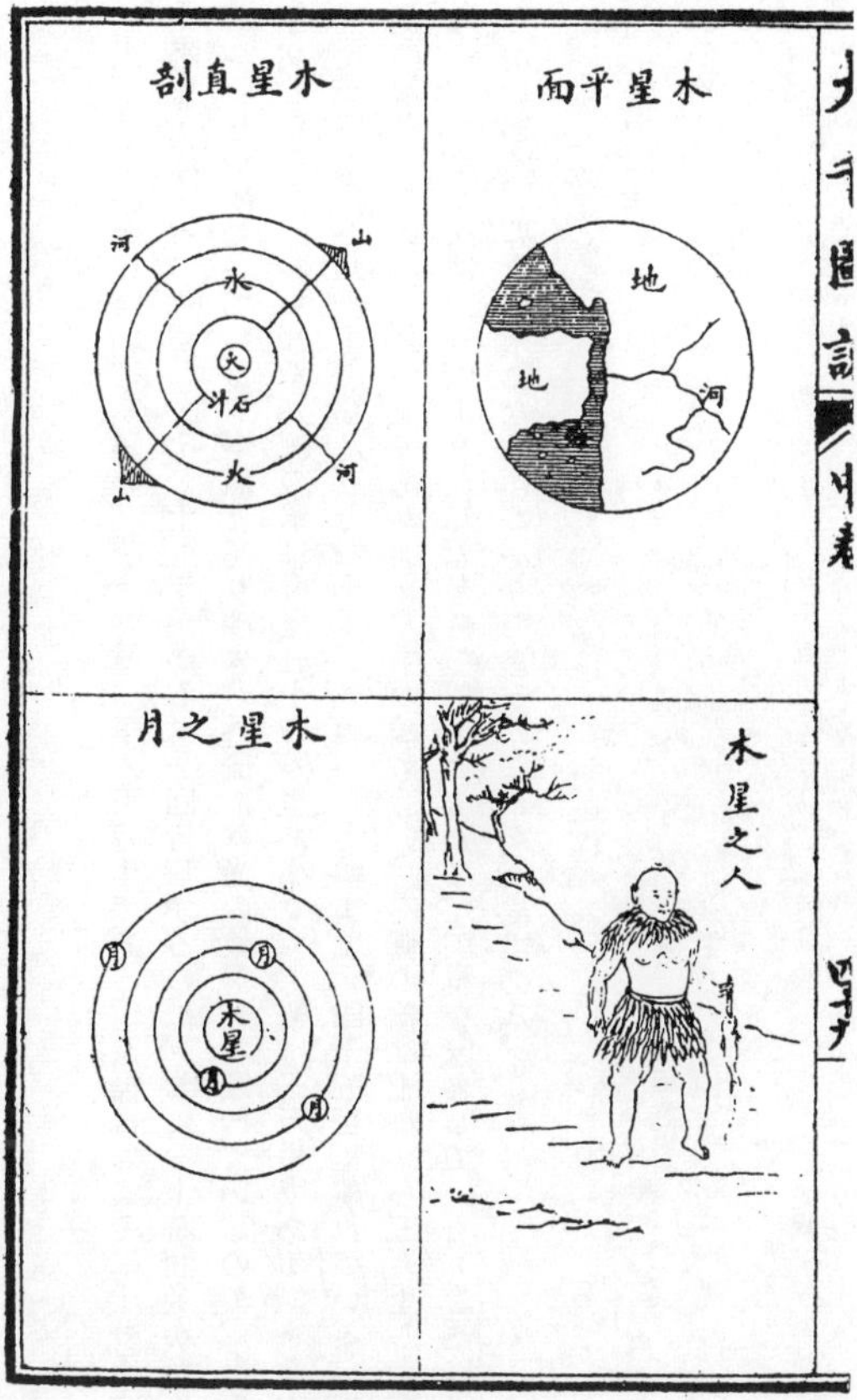

〔木星〕

土星

土星は太陽からたいへん遠い。二十六億一千六百万里である。直径はおよそ二十一万六千里。太陽を一周するのに、およそ二十九年かかる。一回自転するのに、およそ十時間半かかる。また、八つの月がめぐっている。燦然と光り輝き、外側には光の輪が三本回っているので、ものがはっきりと見える。いちばん外側の輪は直径五十一万里あまりで、幅は三万里である。まん中の輪は直径が四十三万八千里、幅は五万四千里。外輪から中輪まで、四千五百里離れている。さらに内側の輪は、たいへん薄い光であり、まん中の輪に近い。内側の輪は土星から三万里しか離れていない。土星の人は、神のような知恵を持ち、果物を食し、洞窟を家としている。言語は澄んで清らかである。卯(ぼう)会の末になったばかりである。これが土星である。

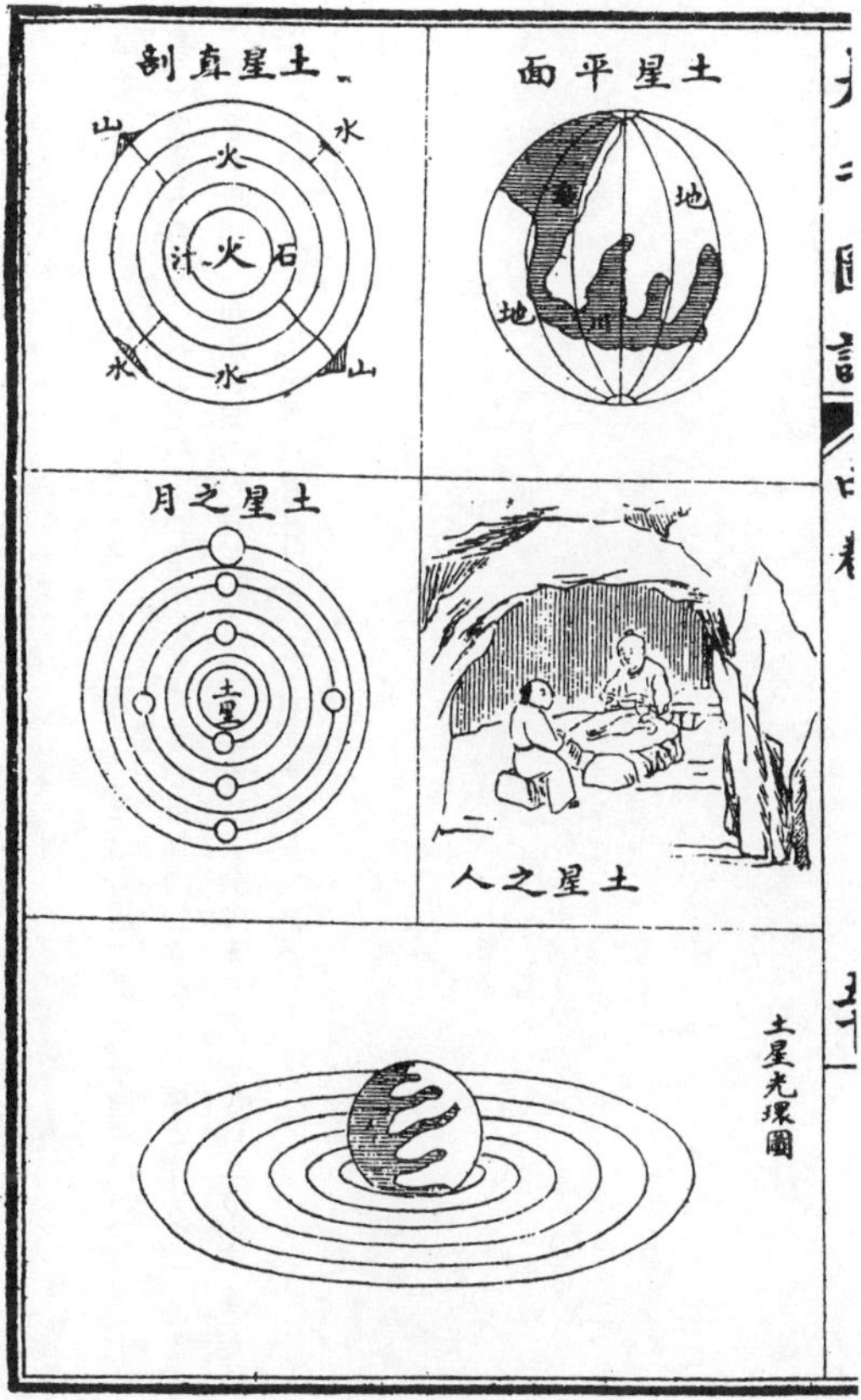

〔土星〕

天王星

天王星は太陽からたいへん遠い。五十二億六千二百万里である。直径は九万九千七十二里。太陽を一周するのに、およそ八十四年かかる。その自転の向きは、地球と逆方向である。自転周期はおよそ十時間。周囲を四つの月がめぐっている。丑会(ちゅう)の末に届いたばかりで、まだ人類は生息していない。ただ、山や河は存在する。これが天王星である。

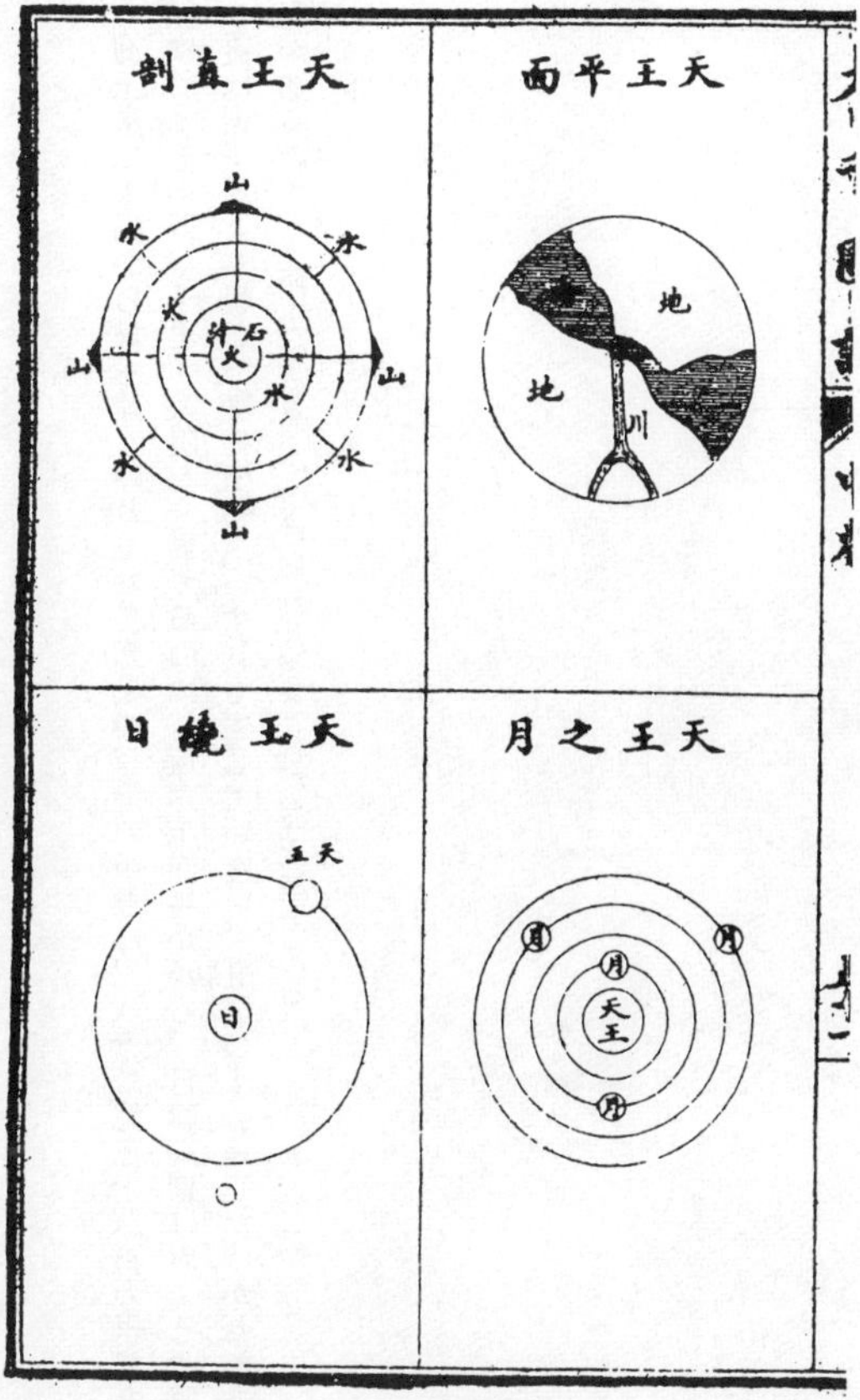

〔天王星〕

海王星

海王星は太陽から最も遠く離れている惑星で、その距離は、八十二億三千八百万里である。直径はおよそ十万一千里。太陽を一周するのに、百六十四年かかる。自転周期はおよそ十時間。その質は天王星より軽い。動物植物、いずれも生じていない。丑会（ちゅう）の末に達したばかりである。大海があるので、「海王」の名がつけられた。これが海王星である。

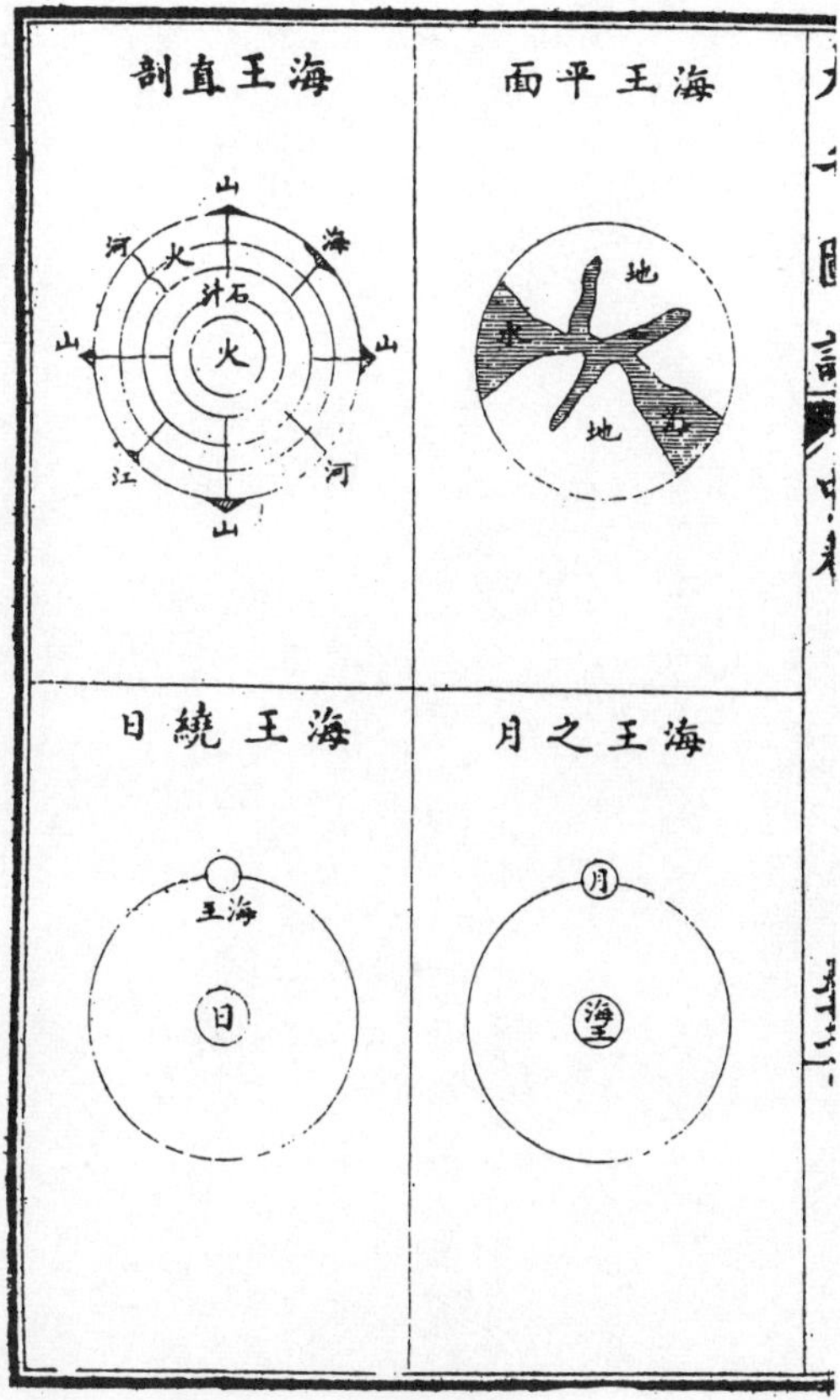

〔海王星〕

〔北極星系〕

太尊星

太尊星。直径は五万里。山河が星をめぐり、鳥獣が群生している。海洋は少なく、陸地が多い。気候は温暖である。ここに生息する人類は、獣に似て獣にあらず、鳥に似て鳥にあらず、二枚の翼と四本の足を持ち、人面でサルの尾が生えている。からだじゅうに毛が生え、両肩からはそれぞれ一本の角が生えている。四つの足には、いずれも何枚かの鱗が生えている。森林で生活し、高さは一丈二寸。飛んだり走ったりすることができ、たいへん敏捷である。言語を操り、文字も持っている。いつも水で泳いだり、山に登ったりしている。石を持ち上げ、木を引き抜くほどの力を持っているいっぽう、小さなことでも良く明察する。衛星はなく、夜になれば真っ暗で何もわからないというのが欠点である。これが太尊星である。

〔太尊星〕

三師星

三師星には、樹木は生えず、ただ微小な禽獣がいるのみである。気候はたいへん熱い。この星に生息する人類は、巨大で重く、高さは八尺ほどである。胸には小さな穴が開いていて、縄を通すことができる。髪は一寸ほどしか伸びず、それ以上は長くならない。生まれたばかりの時はひげが生えているが、年をとると抜け落ちる。砂石に鳥獣、食べないものはない。寿命はわずか三十歳。知力は莫大で、言語と文字を持っている。たいへん器用であるが、商業はまだ存在しない。その声は虎のようで、文字は以下のようである。水が八割、山が一割を占める。

人　地　天　物　月　獣　禽　星　石　左　右　上　下

外部を三つの月がめぐっている。自転周期は二十八時間。天の北極を一周するのに、地球時間で百年かかる。その直径は六万里。これが三師星である。

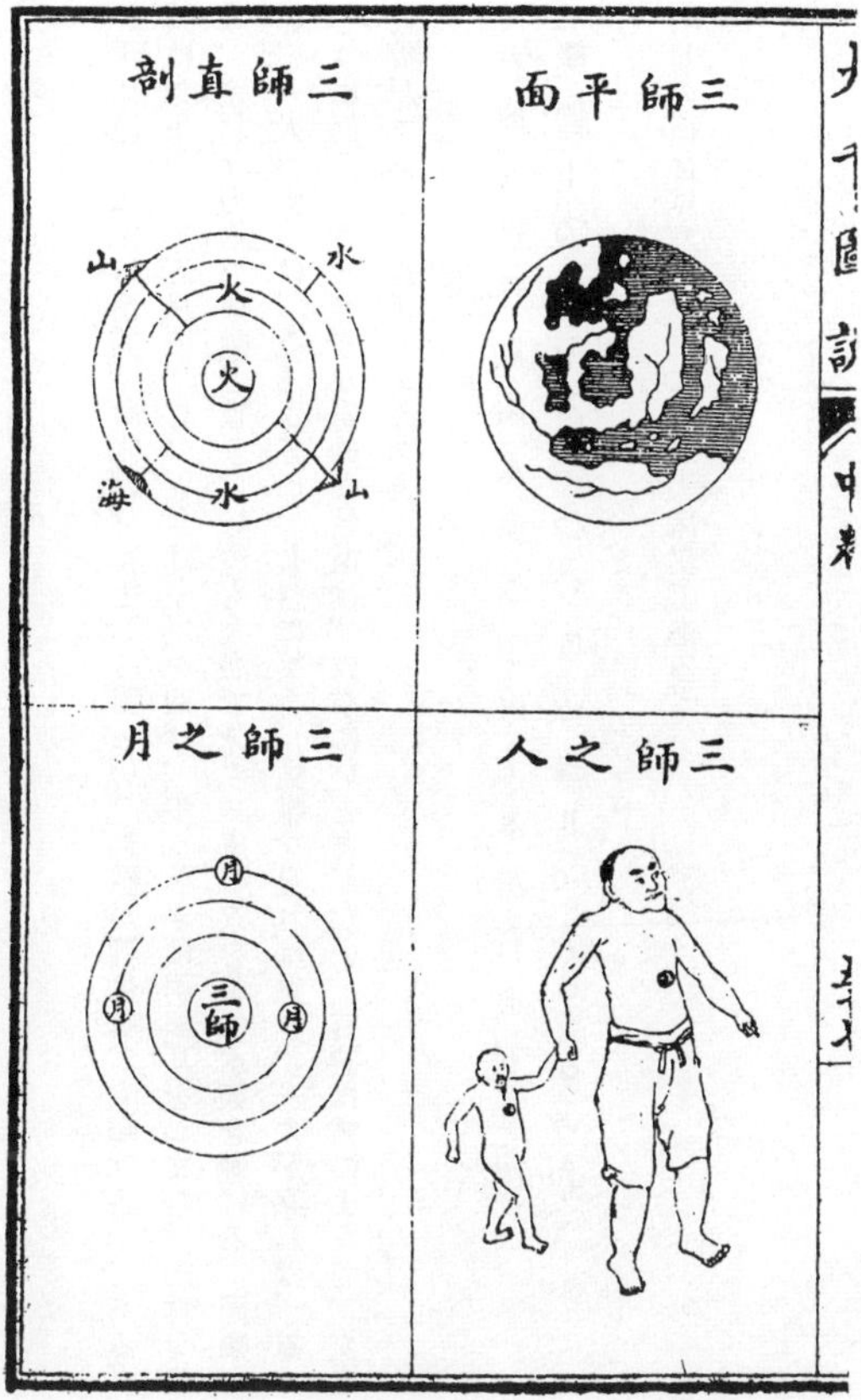

〔三師星〕

天床星

天床星。山水は清秀、草木は馥郁として芳しい。鳥獣が群生し、人類は希少である。この星の人は身長が一丈五尺で、立つときは左足を曲げ、歩くときは両の耳をつまむ。山林を歩くのを好み、鋭利な刃物で猛獣と戦う。いつも大海で泳ぎ、皮の衣を着て水族を避ける。同類を見れば笑い、一人が笑えば、みんなでいっしょに笑う。猛獣を見れば怒り、一人が怒れば、みんなでいっしょに怒る。さまざまな奇妙な習慣は、枚挙にいとまがない。言語は雷のようで、文字はたいへん簡単であり、以下のようである。

天地人物月星山水禽獣中火土木左右上下草花

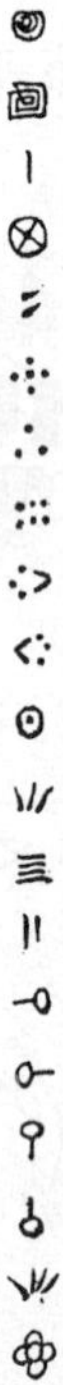

星の直径は六万里。これが天床星である。

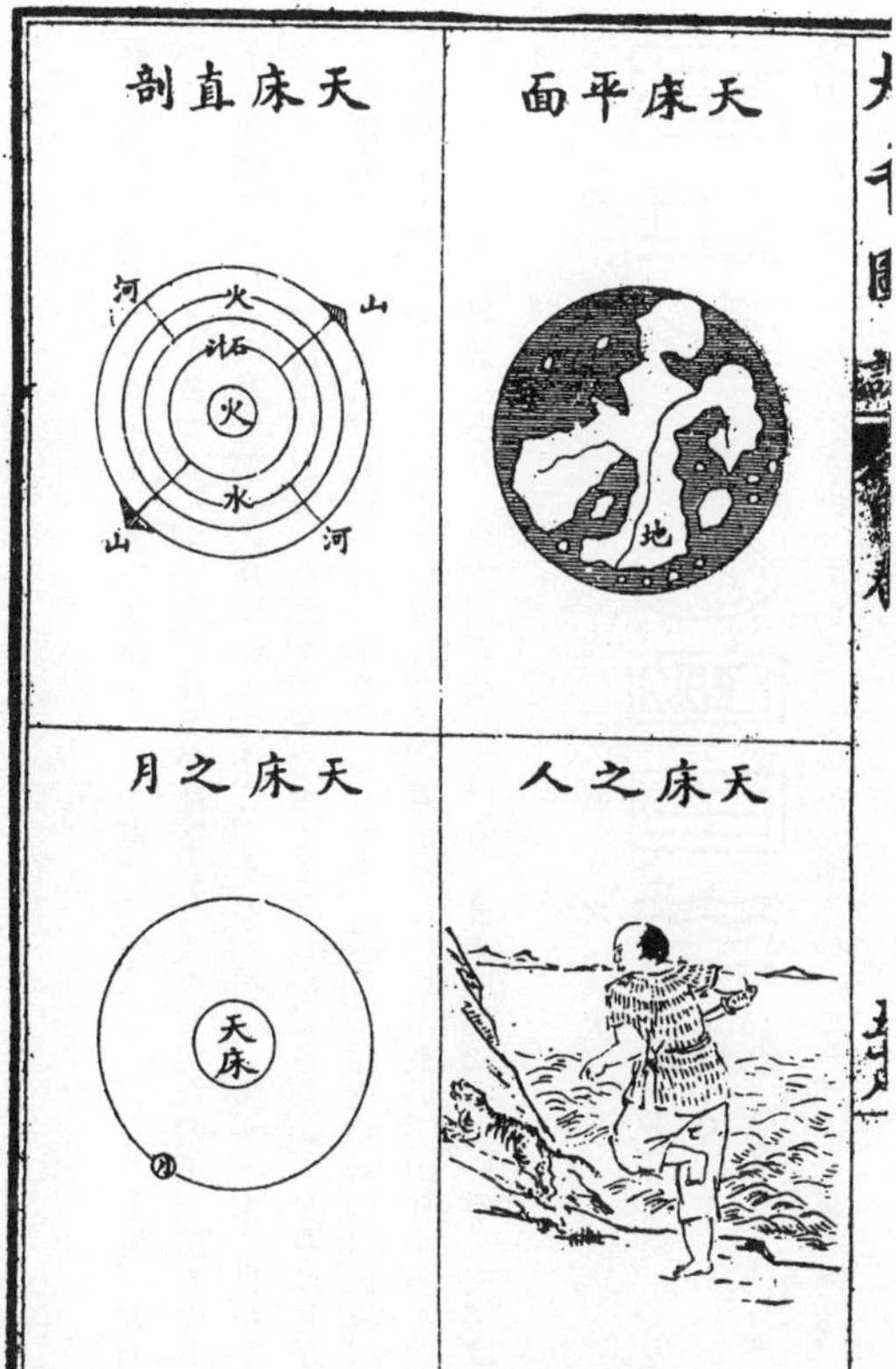

〔天床星〕

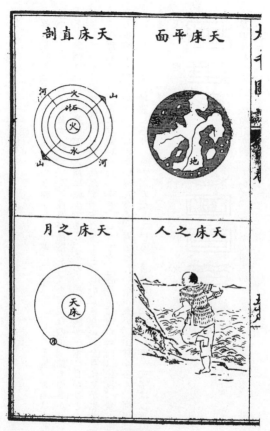

揺光星

揺光星は直径が五万五千里。天の北極からの距離は二億二千二百万八千里。大地は水晶でできていて、みずから光を放つ。ただ、その性質が揺揺として不安定なので、揺光の名がついたのである。気候はたいへん寒冷で、人類は微小である。その人類は、腕が一本に目がひとつ、尾と角が生えている。姿は禽獣に似て、ただまっすぐ歩くことしかできない。全身に毛が生えていて、身を保護している。鼻には鋭い突起があり、これで身を護る。深山の岩山に住み、食べるものは木の葉や草の皮である。人口はたいへん多く、寿命はたいへん長い。山林が多く、河川はあまりない。井戸や池は無数にあり、草木が繁茂している。言語は鳥に似ている。文字は以下のようである。

天　地　林　月　星　井　池　水　火　人

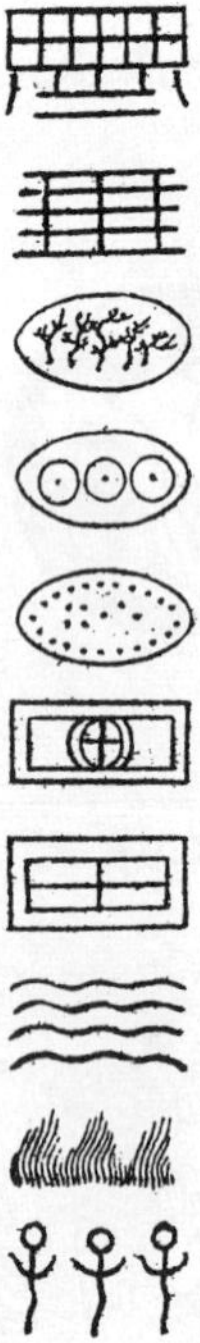

星のまわりには三つの月が回っていて、たいへん明るい。これが揺光星である。

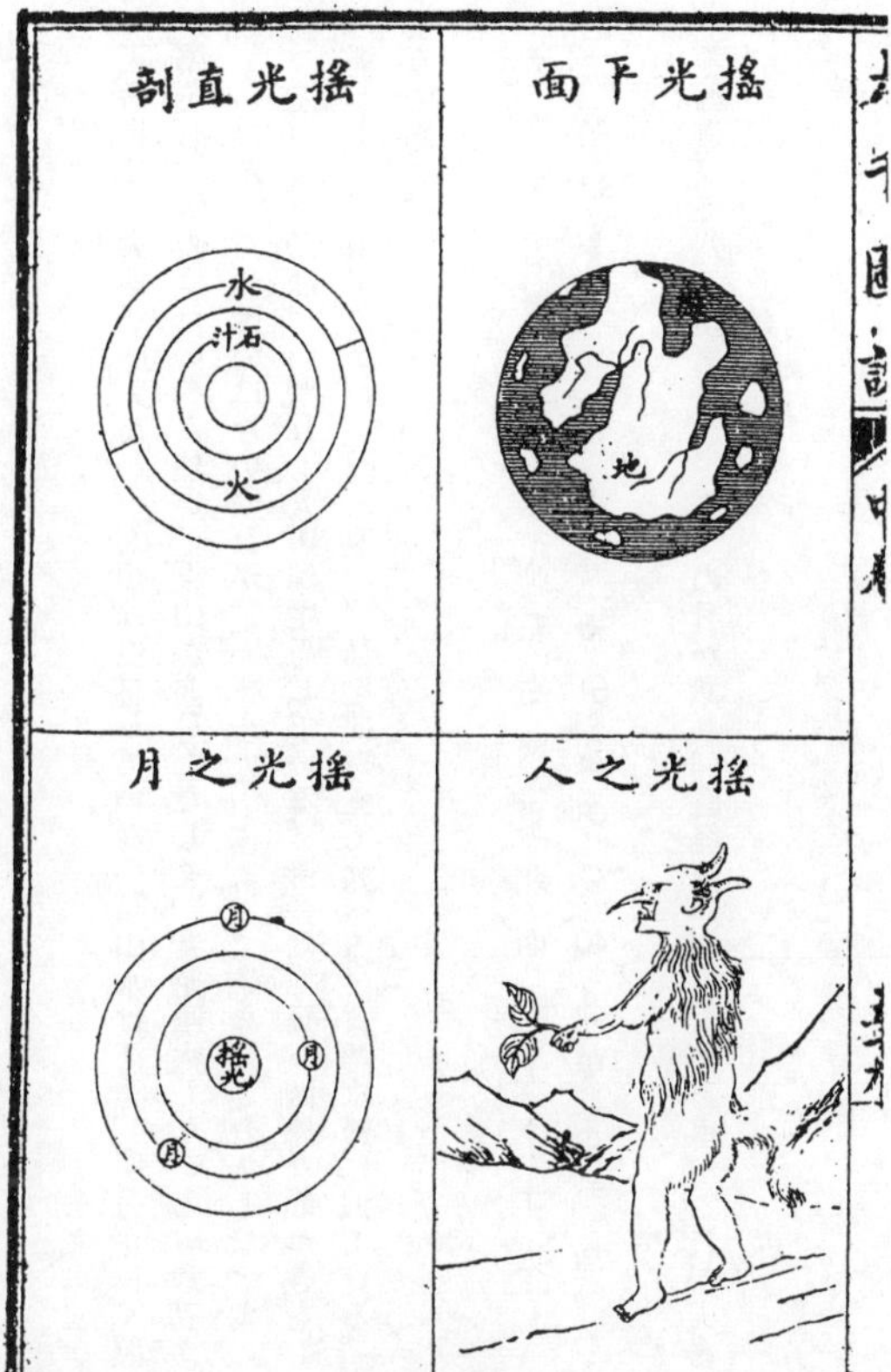

〔揺光星〕

天舎星

天舎星は、大地が広大だが、人類は生息していない。山水は清秀、明月が白く照りはえ、草木が繁茂し、気候はたいへん熱い。火山がおびただしく、常時噴火している。最初から人類が生息していなかったわけではないのだが、いまや火山によって焼き殺されてしまったのである。この星の三つの月には、いずれも人類が生息している。身長は二尺、凶悪な顔つきをしている。二枚の翼があり、飛ぶのがたいへん速く、鳥を捕らえて食べる。言語は蜂に似ている。文字は以下のようである。

天地物月星山水草木左右南東北西人上下土火

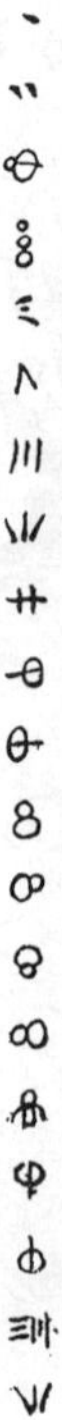

その直径は八万里あまり。三つの月があり、直径はいずれも一万里。これが天舎星である。

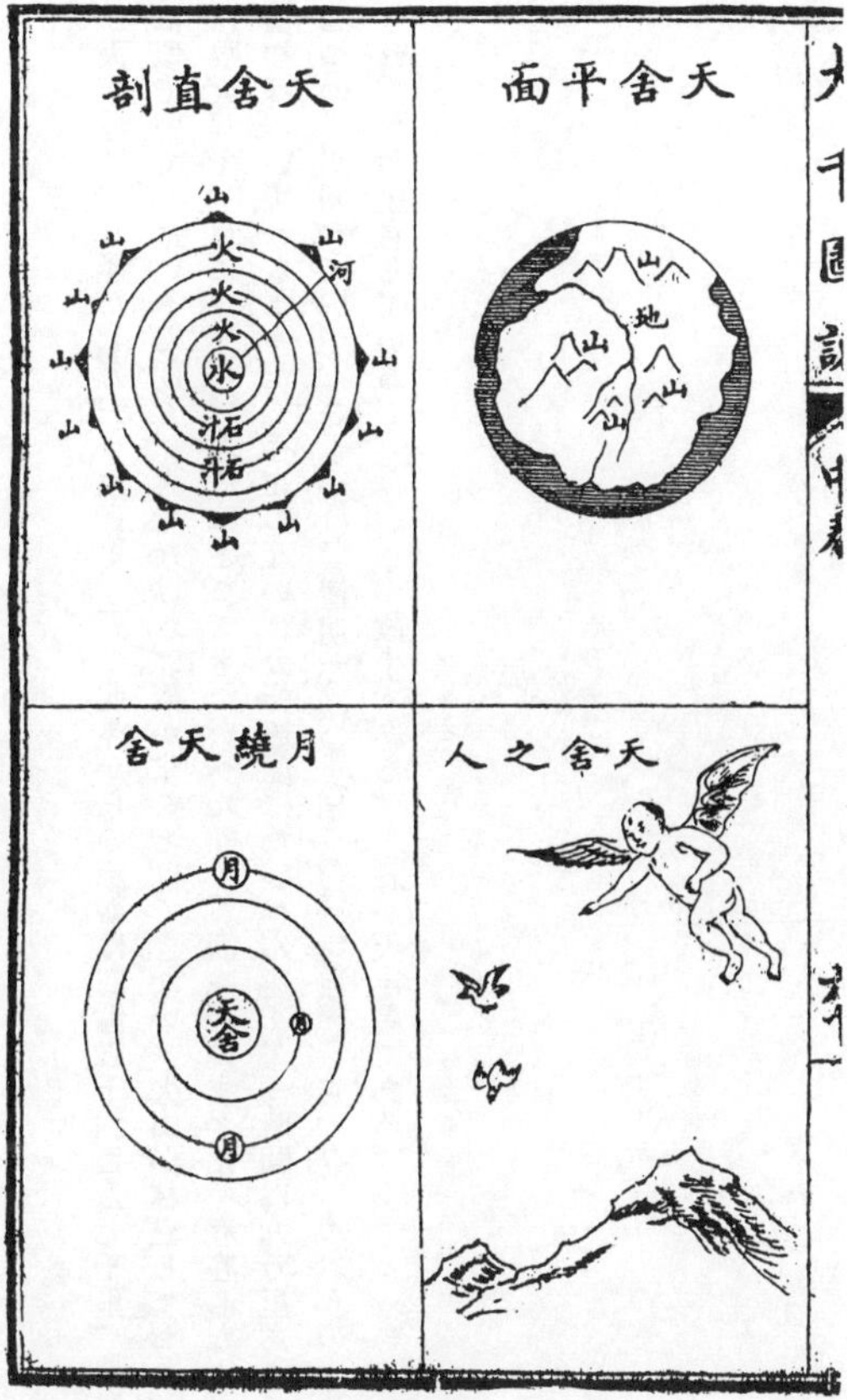

〔天舎星〕

天牢星

天牢星は、直径が七万三千六百里。天の北極からの距離は四億五千六百万七千里。地質は白銅に似ていて、たいへん硬く、火でなければ溶かすことはできない。火山が林立しており、日中には噴火して、夜にはやむ。地殻はどこでもたいへん熱く、海や河はまったく存在しない。動物や植物は、いずれもまったく存在しない。公転速度はたいへん速く、一時間に九万里あまり進む。二つの月が回っていて、ひとつは「清明」、いまひとつは「清潔」という。それらの上にはそれぞれ人類が生息しているが、たいへん微小である。これが天牢星である。

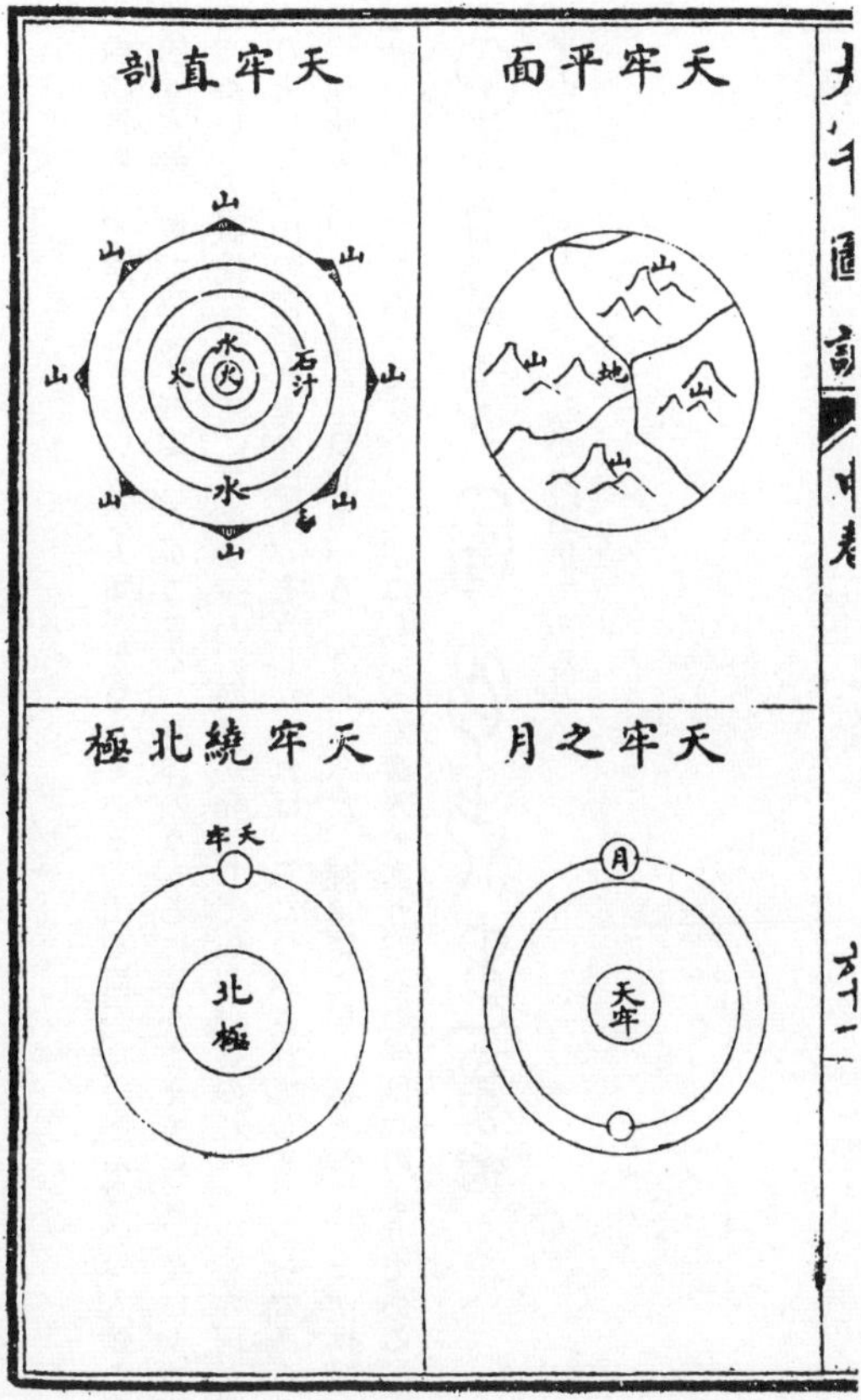

〔天牢星〕

内階星

内階星には、おびただしい数の人類が生息している。山や河がたいへん多い。人類の身長は一尺四寸六分。翼で空高く飛ぶことができる。身体のうしろに尾が生えている。姿はサルに似ていて、たいへん敏捷性がある。文字を持ち、商業が発生している。この星は土や石の雨が降るので、人びとはみな山の洞窟に身を隠す。そうしなければ、石につぶされてしまうからである。また別に、地球人に似た人種も生息している。身長は八尺。腕は膝に届くほど長く、ヒゲは股に届くほど長い。地に穴を掘って住む。文字はたいへん複雑であり、その形は次のようである。

星の直径は七万里。これが内階星である。

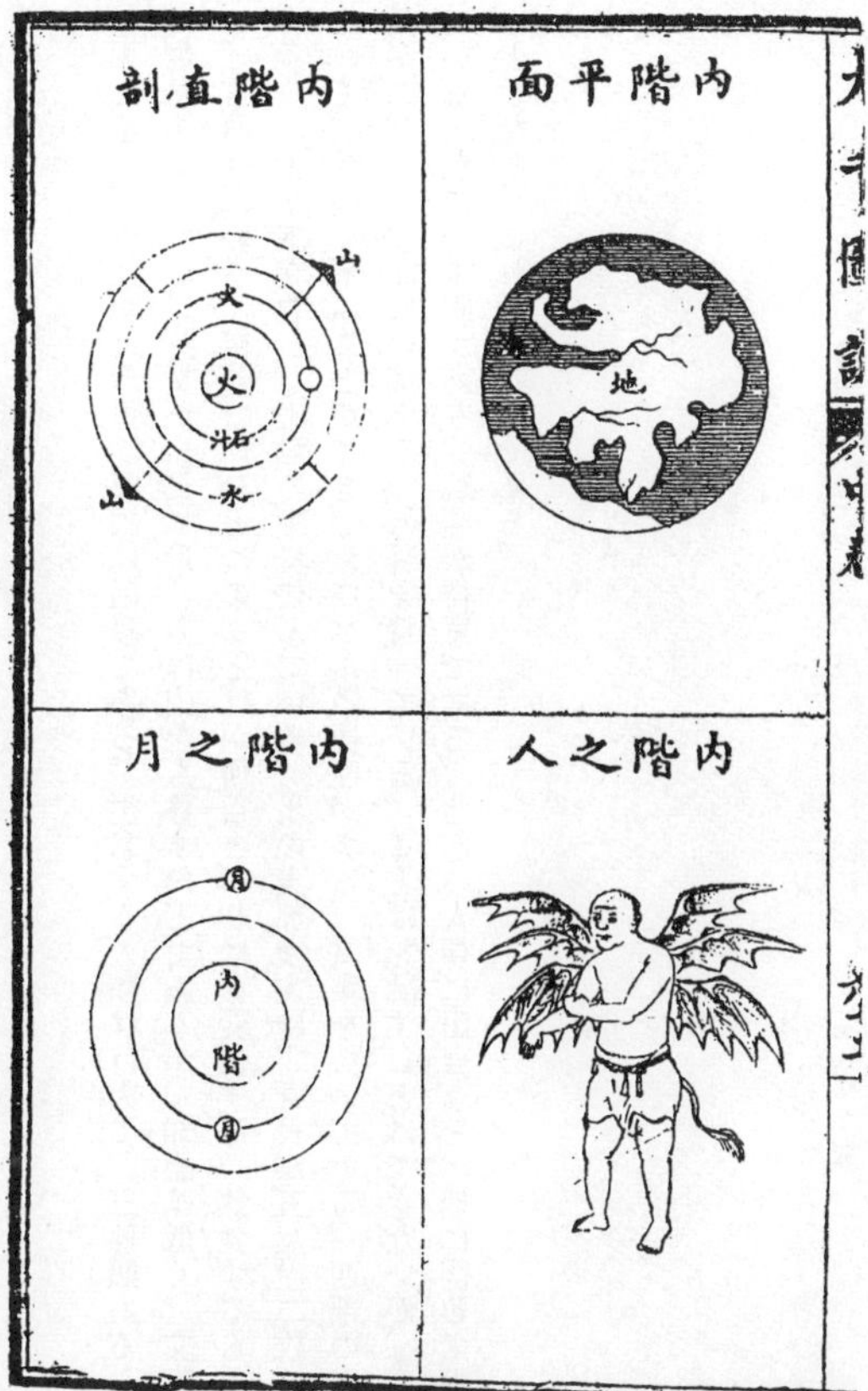

〔内階星〕

天虹星

天虹星は、直径が九万里、気候は温暖である。生息する人類は巨大で、三種類ある。星の北部に生息するものは、身長が一丈二尺。力は山をも移すほどであるが、知能は低く、文字を持たない。言語はたいへん複雑で、ひとつのことばが何百とおりにも変化する。飲食するものはたいへん多く、土や木を食べ、山洞の中に住んでいる。星の東部の人は、身長が五尺。二枚の翼が生えていて、空高く飛ぶことができ、たいへん敏捷性がある。文字を持っている。西部の人類は、身長が二、三尺。四枚の翼と三つの目を持っている。ことばを話すことはできないが、文字は持っている。左に一本腕があり、跳躍が得意である。北部の人類に出会うと、地に伏して少しも動こうとしない。これが天虹星である。

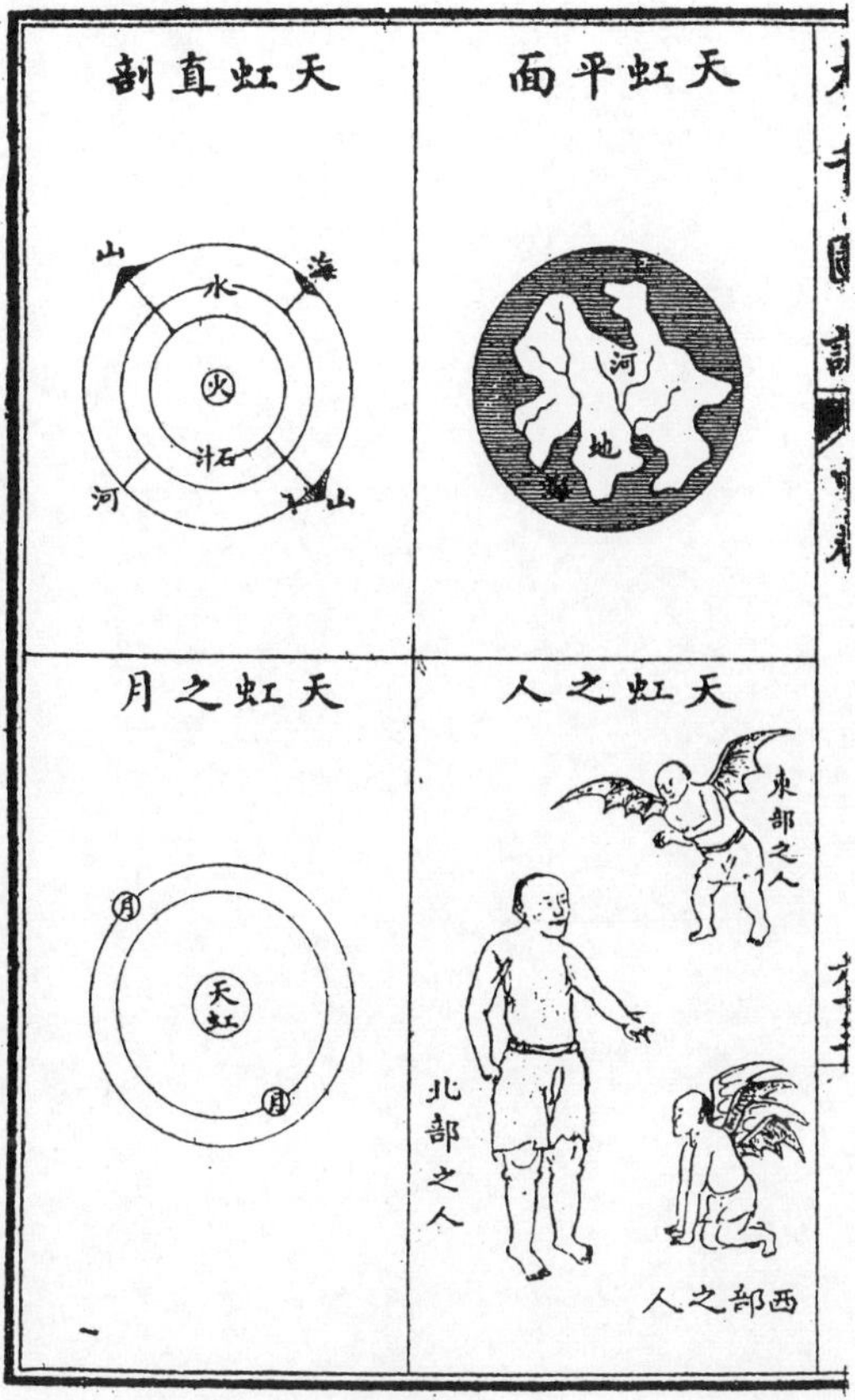

〔天虹星〕

〔南極星系〕

天笛星

天笛星は、大地は広いが人間は少なく、陸地は多いが水は少ない。天の南極から隔たること二億三千八百五十六万七千里。気候はたいへん熱い。人類は巨大で、翼と角と毛と尾が生えている。鳥のようでもあり、獣のようでもある。力はたいへん強く、大量の物を食べる。顔は恐いが、心はやさしい。たいへん器用であるが、文字は持っていない。二つの月が回っているが、それらの地質は水晶に似ていて、みずから光を発している。それぞれ小さな人類が生息していて、ひとつは「精明」、一つは「精霊」と呼ばれている。両者の文字はたいへん奇妙なもので、次のようである。

天　地　人　山　水　星　草　木

星の直径は八万里あまり。二つの月の直径は、いずれも二万里あまり。これが天笛星である。

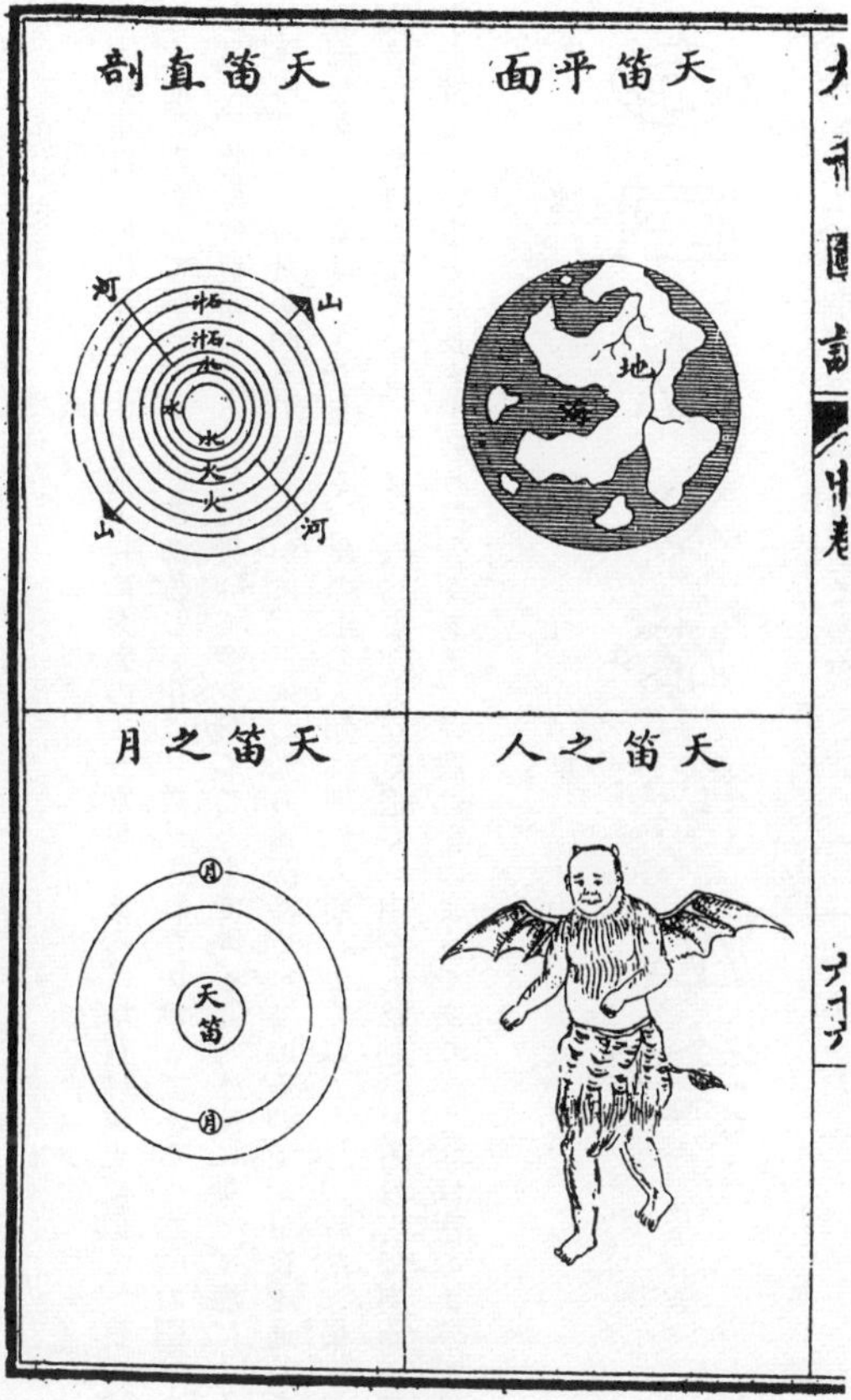

〔天笛星〕

天鐘星

天鐘星は、南極星系の中でも、特に楽園のような星である。地質は黄土に似て、良い田、肥沃な土地が広がっている。美しい草に芳しい花は、数えきれないほどである。水陸の割合もちょうど良く、物産は豊富にある。鳥に乗って空を飛ぶこともできるし、水族に乗って海に入ることもできる。七つの月が回っているほかに、三本の光の輪がめぐっているので、日夜を通じて明るく、微細なものでもはっきり見える。星の上の人類は地球人類とよく似ていて、みな、果物や樹木を栽培し、食料にしている。力はくらべようもなく強く、山をも移動させるほどである。彼らは文字を持っている。年長者を敬う風習がある。言語は雷のようであり、文字は次のようである。

天　地　人　物　月　星　山　水

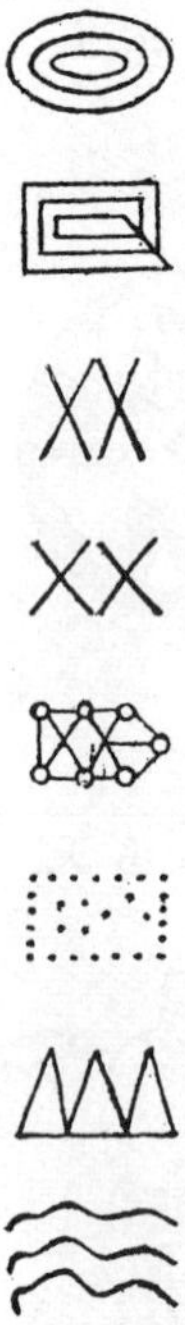

星の直径は五万里。これが天鐘星である。

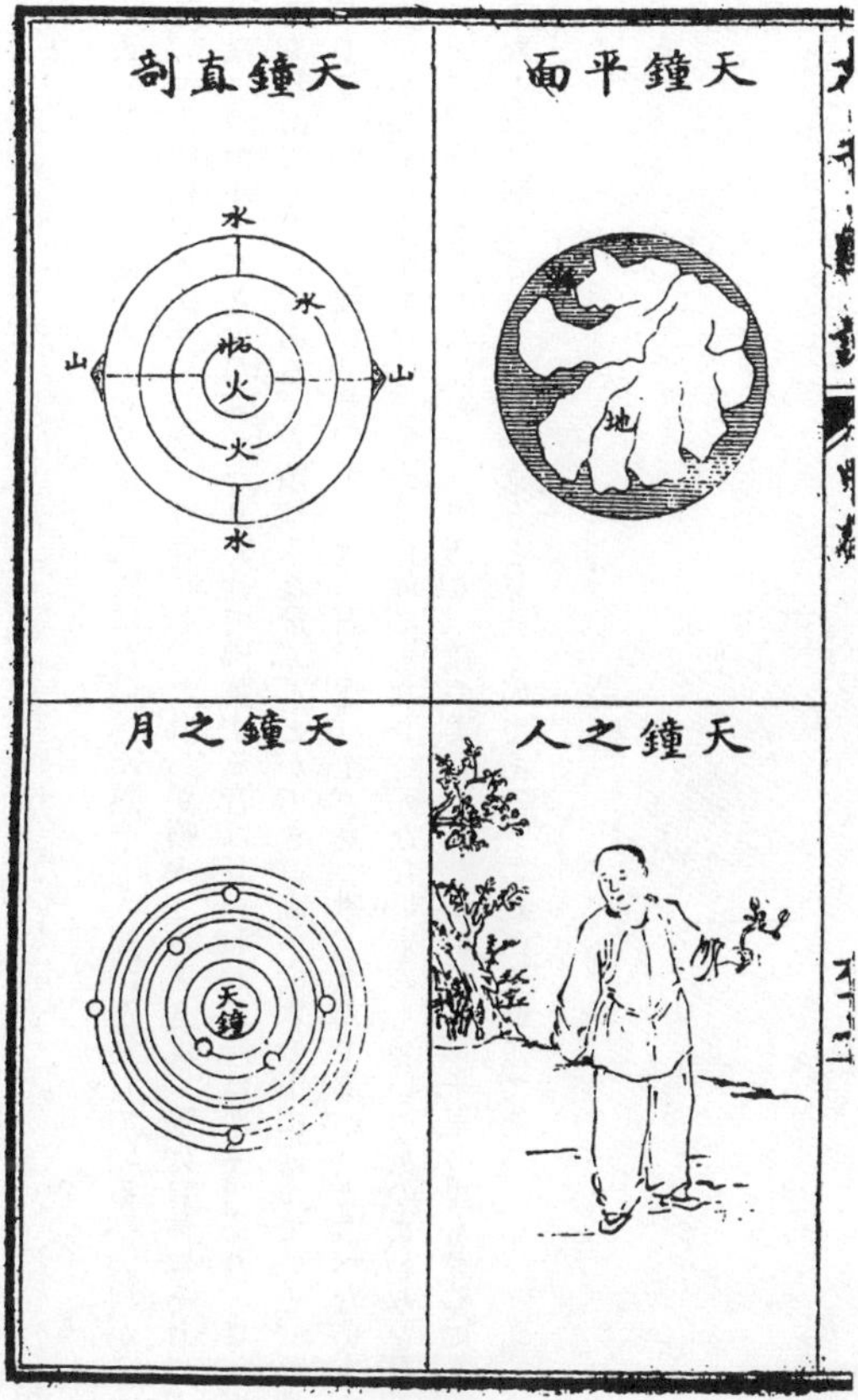

〔天鐘星〕

天鼓星

天鼓星は、直径が六万七千里。気候はたいへん熱い。人類が密生している。大河がめぐっている。河の中には火山が二百あまり存在し、これらが噴火するときは、噴火自体はそれほど激烈ではないのだが、水と火がぶつかりあって沸騰する音は耳をおおわんばかりであり、これが平地にあふれ出てくるのである。人類はみな飛ぶことができ、高い樹木の上に住んでいる。人類は身体が小さいが、力は強い。草、木、砂、石、泥、土、鳥、獣、なんであろうと食べないものはない。文化がなく、文字もない。寿命は百歳にもなり、死なないものも多い。星のまわりを月がめぐっていて、その地質は水晶のようであり、鏡のように光を反射する。千里万里も遠くにある物でも、みなこれに照らされて、はっきりと見えるのである。これが天鼓星である。

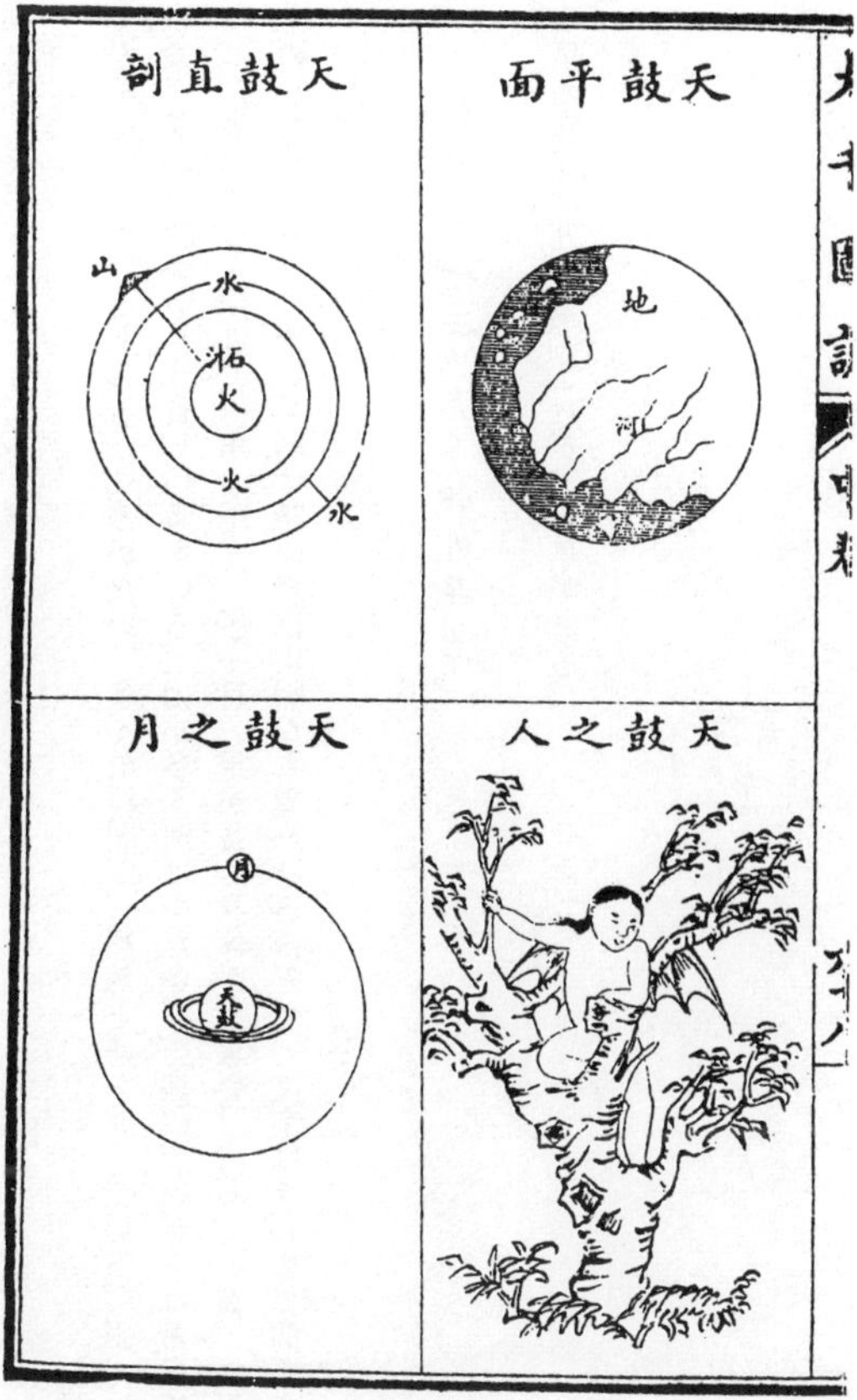

〔天鼓星〕

天簫星

天簫星は、地球と変わるところがない。多くの楼閣が、整然と建ち並んでいる。王がいて民がいて、富める者がいれば貧しい者もいる。山が多く河は少ない。土地は広いが人は希少である。ここに生息する人類は、一角一尾、一手一目、足が長く身体が大きい。六耳、二翼。病気というものがなく、商業はない。話す時の声は山脈をも震わせるほどで、文字はきわめて簡略であり、その形は次のようである。

星の直径は九万里。これが天簫星である。

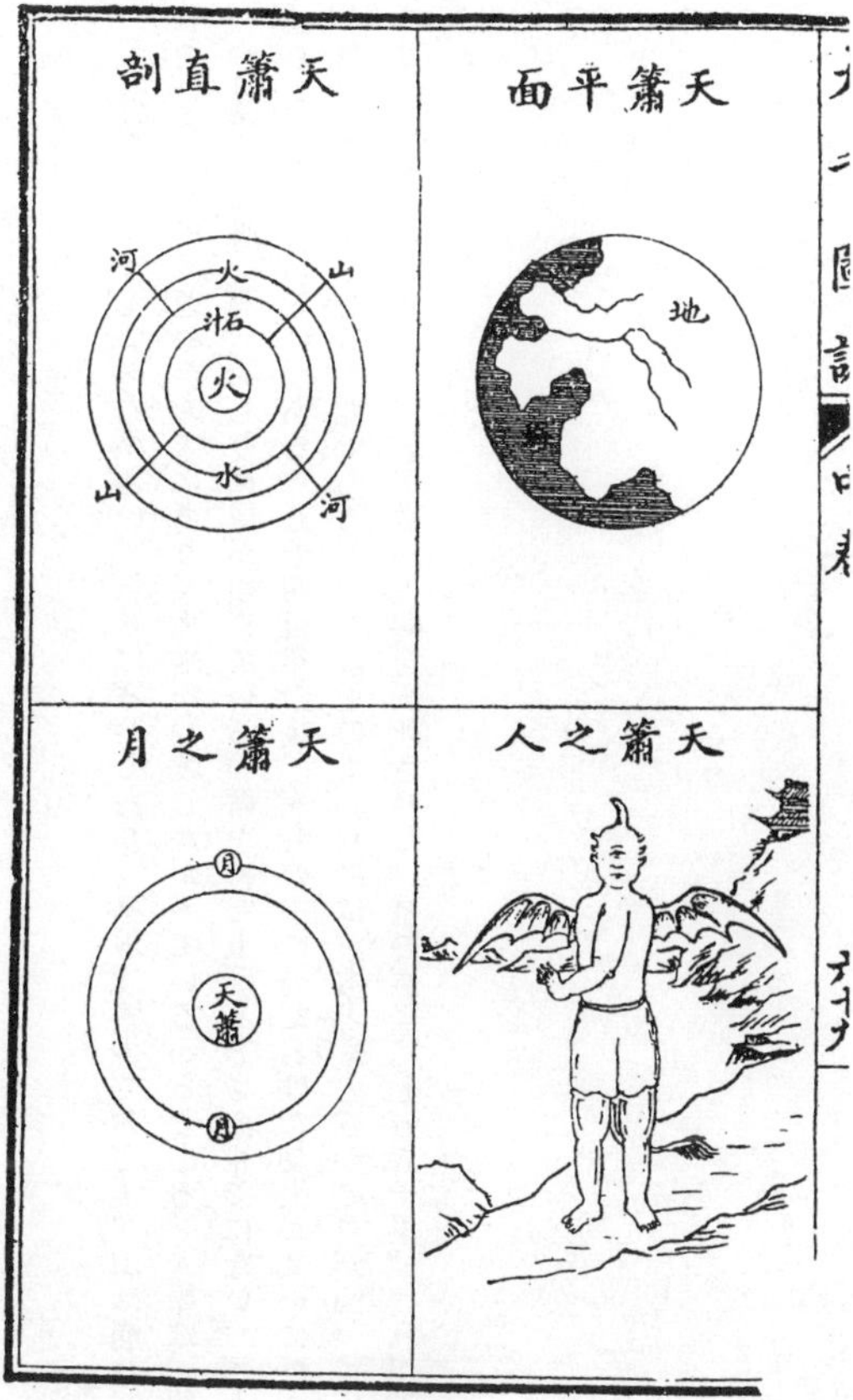

〔天簫星〕

天答星

天答星の人類はたいへん小さい。気候は寒冷であり、草木は繁っておらず、山は崩れ、河は枯れている。すでに酉(ゆう)の会の末にあり、大地が消滅しかかっているからである。人類は、翼が四枚、一つ目で、二脚一耳。おしりに尾が生えている。薪を持ち上げる力さえすでにない。まもなく絶滅しようとしているのである。五千四百年の後、戌(じゅつ)会の中に当たれば、劫火(ごうか)が大いに燃え上がり、人類は存在しなくなることであろう。この星のまわりには、もともと五つの月が回っていたが、今はすでに三つが落下し、若干数の人間を圧死させた。星の直径は七万五千里。これが天答星である。

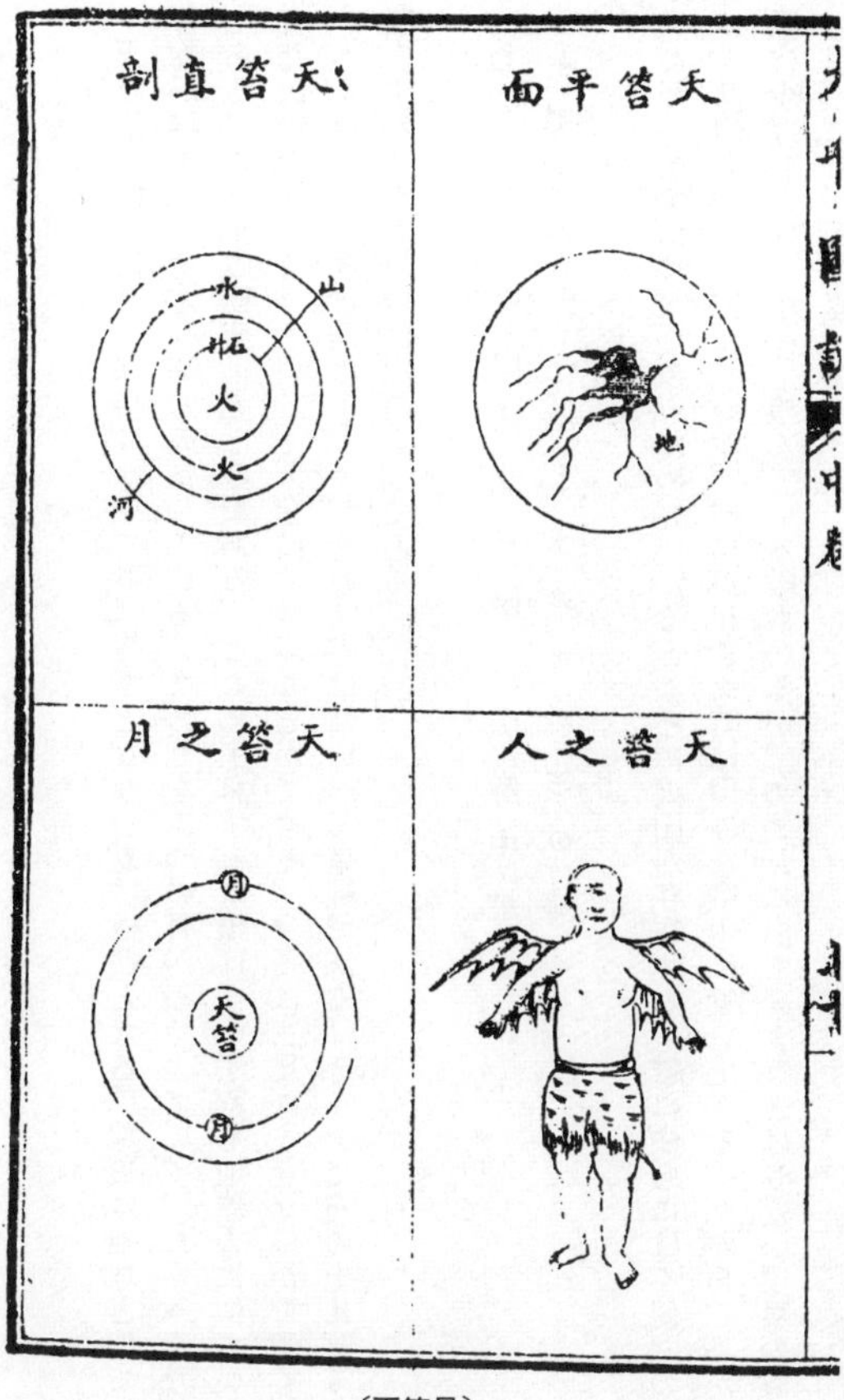

〔天笞星〕

天竽星

天竽星では気候が一様ではない。冬は極寒となり、夏は極熱となる。地質は地球と似ている。万物が群生し、草木は高く成長している。まわりを二つの月がめぐっていて、たいへんな明るさである。この星は極楽世界なのである。ここに生息する人類は、いずれも地球人に似ているが、ただ四枚の翼を持っていて、天空高く飛ぶことができる。身長は三尺にすぎないが、歩くのがたいへん速い。言語は鳥のようで、その文字はたいへん単純である。ナイフで石の上に刻み、鉄を筆とする。文字の形は次のようである。

上 下 天 地 東 西 南 北 鳥 獣 人 山 水 中 星 金 木 土

ただ、地中には火が多いため、いたるところに火山が存在する。家に住むには不便なので、人びとは深い洞窟に住んでいる。地震が起きた時は、みな空中に舞い上がる。だから、鳥が多く、獣は少ない。穴の中深く棲んでいる獣もいるが、めったに出て来ようとはしない。星の直径は十万里。これが天竽星である。

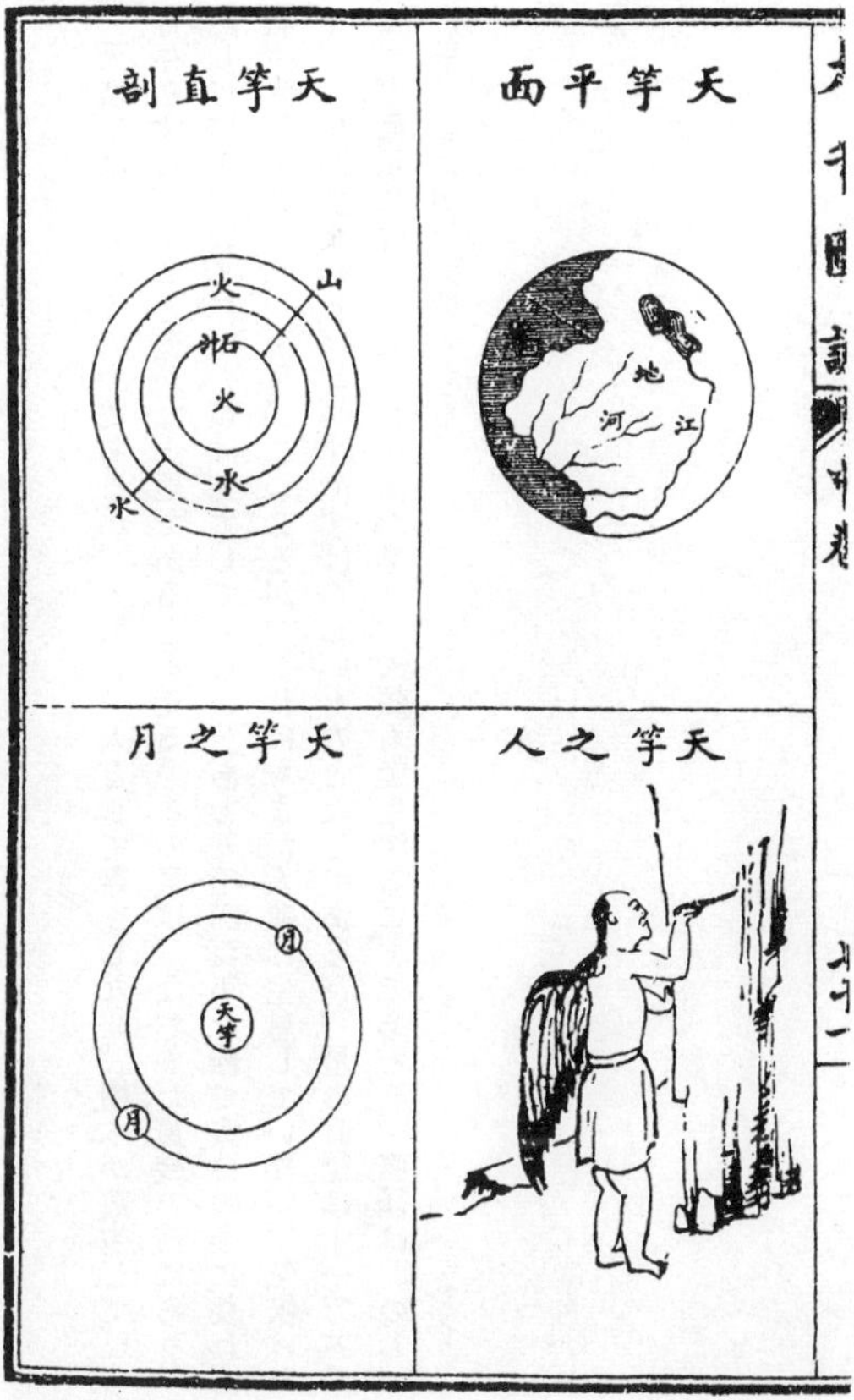

〔天竿星〕

天楽星

天楽星は、大地は広大であるが、人類は一人として存在しない。樹木が叢生している。山も河も存在する。まこと豊かな土地であると言える。この星は、なおまだ寅会(いん)の初にあり、天地が開闢(かいびゃく)して以来、いまだに人類は発生していない。あと五千四百年を経て寅会の中になれば、人類が誕生するであろう。衛星が二つあるが、これにもまた人類は生息していない。気候はたいへん熱く、人類が生まれれば、必ずやすばらしいものとなるであろう。星の直径は十一万五千八百里。二つの衛星には、それぞれ山河があり、人類も誕生することであろう。直径はおのおの二万三千余里。これが天楽星である。

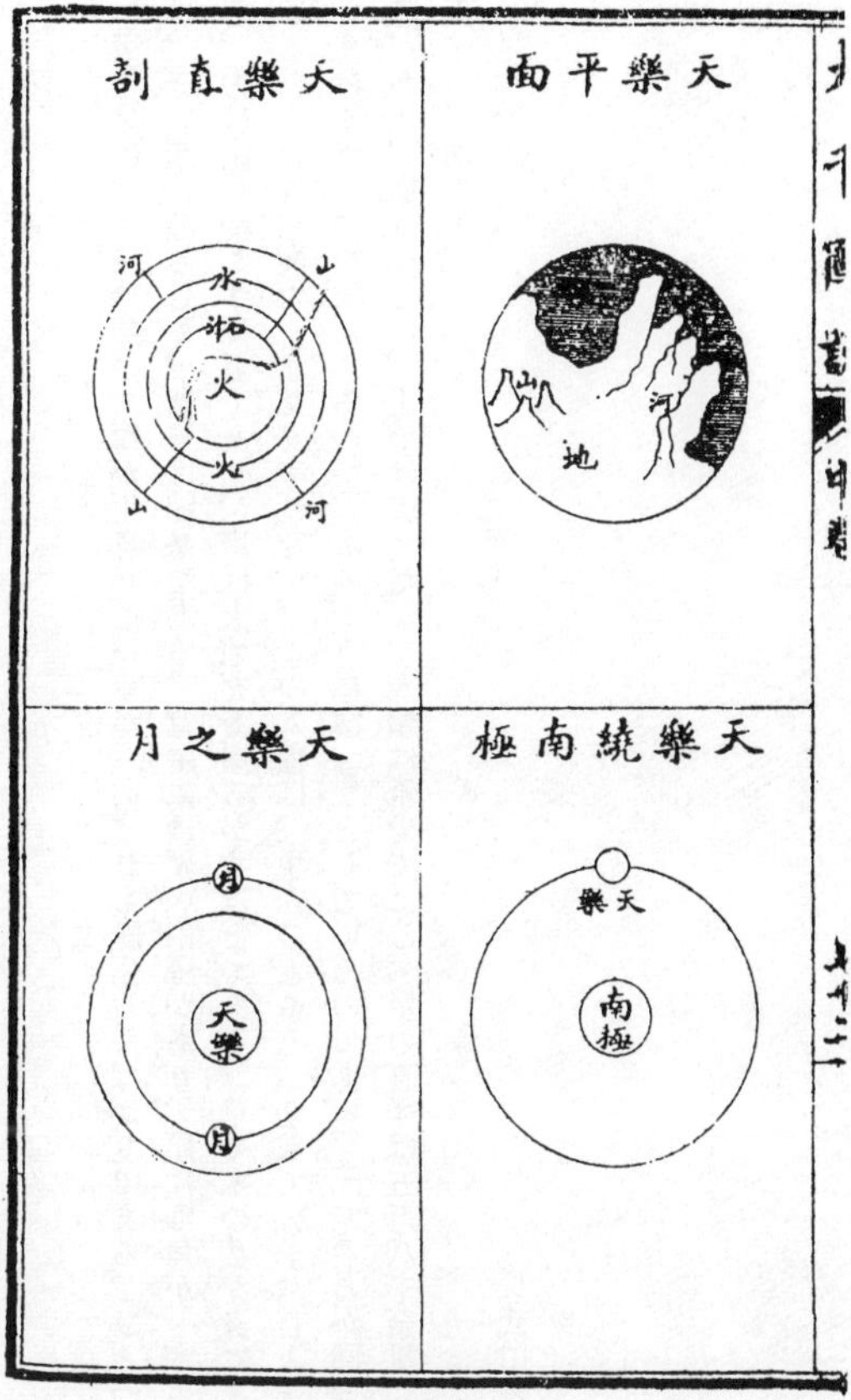

〔天楽星〕

天竿星

天竿星には、三種類の人類が生息しているが、いずれも誕生したばかりである。ひとつの人種は、赤い顔に緑の目で、性質は凶暴である。背中には硬い甲羅(こうら)があり、頭には角が一本生えている。力は山を動かすほどであり、声は天地をも揺るがすほどである。草や木の葉を身にまとっている。文化は未開で、まだ文字はない。この人種は、現在のところ、全部で五千八百人ほどいる。いまはまだ寅会(いんかい)の末にあるので、このように寥寥(りょうりょう)としているのである。三つの月が回っていて、陸が多く、海は少ない。土地は広大だが、人類は希少である。星の直径は五万八千余里。これが天竿星である。

（武田雅哉 訳）

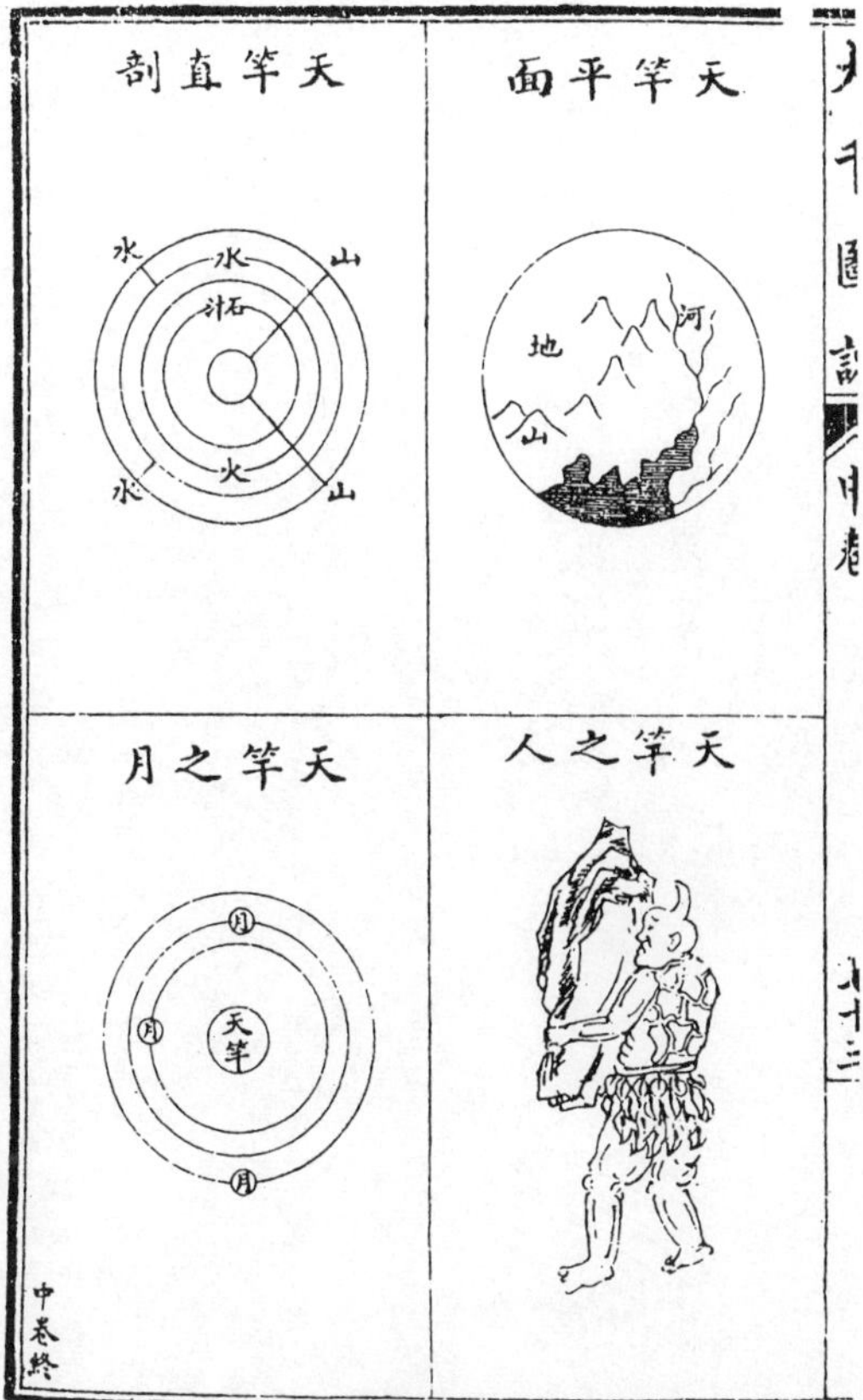

〔天竿星〕

薬

魯迅

魯迅（Lu Xun）一八八一――一九三六

浙江省紹興の人。本名は周樹人。五〇種以上のペンネームがあるが、魯迅が最もよく知られている。二十代には日本に留学し、東京、仙台で医学などを学ぶ。

一九一八年、最初の小説「狂人日記」を発表し、中国人の精神を束縛しているゴーストの存在を指摘して以来、五・四新文学運動とともに「薬」（一九一九）、「阿Q正伝」（一九二一）以下、多くの小説、評論を書き続けた。また、『中国小説史略』（一九二三、二四）などによって古典小説の分析を提示しながら、外国文学の紹介にもつとめた。作品集には、『吶喊』、『彷徨』、『野草』などの小説、詩集のほか、『朝花夕拾』、『熱風』など、多くの評論・エッセイ集がある。原題同じ。

一

秋の夜中過ぎ、月は沈んだが、日はまだのぼらず、青黒い空だけがひろがっていた。夜徘徊するもののほかは、すべてが眠っていた。華老栓（ホワラオシュワン）はつと身を起こし、マッチをすり、油まみれの灯皿に火をともした。茶館の二間間口の部屋を、青白い光が照らし出した。

「父さん、出かけるのですか」年老いた女の声がした。奥の小部屋からも、ひとしきり咳きこむ音が聞こえた。

「うん」老栓は奥の気配を気にしながら、そう答えつつ、服のボタンをかけ、手を伸ばして、「出してくれ」といった。

華大媽（ホワターマー）は枕の下をまさぐっていたが、やがてひと包みの銀貨を取り出して、老栓にわたした。老栓はそれを受け取ると、震える手でふところに入れ、二、三度上からおさえた。それから提灯に火をつけ、灯皿の火を吹き消して、奥の部屋にはいっていった。部屋では身じろぎする音がしていたが、つづいてひとしきり咳の音が起こった。老栓は咳がおさまるのを待って、低い声で呼んだ。「小栓（シアオシュワン）。……起きるんじゃない。……店かい。母さんがちゃんとやってくれるから」

老栓は息子がそれ以上何もいわない気配なので、安心して眠ったのだと考えた。そこで戸口を抜けて、外の通りに出た。通りは真暗で誰もいなかったが、灰白色の路だけがひとすじ闇の中に見わけられた。提灯の明かりは、前になり後になり動いていく彼の両足を浮かび上らせた。時どき犬に会ったが、一匹も吠えなかった。家の中よりずっと寒かった。しかし老栓はかえってさわやかだった。自分が急に若返り、他人に生命を与える神通力を授けられたような、そんな気がして、大股でずんずん進んでいった。その上、道もますますはっきりし、空も明るくなってきた。

老栓はひたすら歩きつづけていたが、ふとぎくりと立ち止まった。前方にはっきりと丁字路になった突き当たりがさえぎっているのが見えた。彼は数歩後じさり、戸を閉じた一軒の店の軒下にはいりこむと、戸を背にして立ちどまった。ずっと立っているうちに、身体が寒くなってきた。

「ふん、年寄りのくせに」

「物好きな……」

老栓はまたぎくりとした。よく見ると、数人の男が彼の目の前を通り過ぎていった。一人がふりかえって彼を見た。姿はよく見えなかったが、まるで餓えた者が久しぶりに食物を見るように、眼がつかみかからんばかりの光を放っていた。気がつくと提灯の火はすでに消えていた。老栓はふところを押さえてみた。たしかに固い物に触れた。顔を上げてあたりを見まわすと、多くの奇怪な者たちが、三々五々幽霊のように徘徊していた。しかし眼を凝らしてもういちど見ると、それは何の変哲もない人間たちであった。

やがて、数人の兵が向こうに現れた。軍服の胸と背についた大きな白い円が、遠くからもはっきり見えた。目の前を通り過ぎるときは、軍服の暗紅色の縁取りまでが見てとれた。――おおぜいの足音がして、まばたきする間に、どっと一群の人間が通り過ぎていった。あの三々五々徘徊していた者たちも、たちまちひとかたまりになると、潮の流れのようになって追い掛けたが、丁字路の広場の口まで行くと急に立ち止まって、ぐるりと半円をつくった。

老栓もそちらを見た。だがひとかたまりになった人間の背中が見えるだけだった。彼らはいちように首を長く伸ばし、それはまるでたくさんのあひるが、見えない手で首をつかまれ、引き上げられているかのようだった。しばらくしんとした。何か声がして、またざわめきが起こった。ボンと音がすると、彼らはいっせいに後じさった。どっと老栓の立っている場所までさがってきて、彼は、押し倒されそうになった。

「おい。金と物と引き換えだ」

全身黒い男が、老栓の目の前に立っていた。二本の刃のような眼光に射すくめられて、老栓は縮み上がった。男は大きな手を、彼の前にひろげた。もう一方の手には真赤な饅頭（マントウ）がつかまれていた。赤い物からはまだぽたぽたと滴がたれていた。

老栓はあわててふところから銀貨の包みを取り出し、震える手で男にわたそうとしたが、男の品物にはなかなか手が出なかった。業を煮やした男がどなった。「何をこわがってる。何で取らねえんだ」老栓がそれでもためらっていると、黒い男は提灯をひったくって、ばりっと紙張りをはがし、それで饅頭をくるんで、老栓の手に押しつけ、別の手で銀貨の包みをつかみ取り、指で確かめてみたあと、身を翻して立ち去った。「この老いぼれ……」とつぶやきながら。

「誰の病気を治すんだ」と誰かがたずねる声を老栓も聞いたような気がしたが、返事をしなかった。彼の心は、今はただ手の包みの上にそそがれていた。十代も一人息子がつづきかろうじてつながってきた家系の赤子を抱いているような気持で、他の事はいっさい眼中になかった。彼は今この包みの中の新しい生命を、彼の家に移植し、多くの幸福を手に入れようとしていた。日ものぼった。目の前には大きな道が開け、彼の家の中までつづいていた。後ろでも、丁字路の突き当たりにかけられた古い扁額の「古□亭口」といううす暗い四つの金文字が、光に照らされていた。*1

二

老栓（ラオシュワン）が帰りついたときには、店はきれいに掃除され、並んだテーブルもつやつや光っていた。だが客はいなかった。小栓（シアオシュワン）がひとり奥の方のテーブルで飯を食べていた。大粒の汗が額から落ち、袷の上着も背中に貼りついて、高く突き出た肩胛骨が浮彫りの「八」の字をつくっていた。老栓はその様子を見て、開いていた眉間に思わず皺を寄せた。妻が湯沸し場から小走りに出てきた。眼を大きく開け、口元がいくらか震えていた。

「手にはいった?」

「はいった」

二人は湯沸し場にはいり、しばらく相談したのち、華大媽（ホワターマー）が出ていった。間もなく、彼女はしおれた蓮の葉を持ってもどってきて、テーブルの上にひろげた。老栓も提灯の紙を赤い饅頭からはがし、蓮の葉で包みなおした。飯を食べ終わった小栓に、母親があわてていった。

「小栓――そのまま座ってな。ここに来ちゃだめだよ」

かまどの火を加減しながら、老栓は緑色の包みと、赤白まだらの破れ提灯をいっしょにかまどに押しこんだ。赤黒い炎がひとしきり立つと、店の中に不思議な匂いが流れた。

「いい匂いだ。何を食べてるのかね」これはせむしの五少爺(ウーシャオイエ)がやってきたのだ。この男は毎日決まって茶館ですごした。いちばん早くきて、いちばんおそく帰る。この時ちょうど通りに面した壁際のテーブルにやってきて、腰を下ろしたあとたずねたのだが、誰も答えなかった。「炒り米の粥かい」と聞いても、やはり返事がない。老栓があわてて出てきて、茶をついだ。

「小栓、はいっておいで」華大媽が小栓を奥の部屋に呼んだ。部屋の中央に腰掛けが置いてあり、小栓はそこに腰かけた。母親は真っ黒なまるい物を皿にのせて持ってくると、小声でいった。

「食べな――病気がなおるから」

小栓はその黒い物をつまみ上げて、ながめた。自分の生命を手に持っているような、不思議な気持ちだった。注意深く割って開くと、焦げた皮の中からひとすじの白い湯気が上がり、湯気が散ると、ふたつに割れた白い小麦粉の饅頭が現れた。――いくらもたたぬうちに、すっかり腹の中におさまってしまったが、どんな味だったのかおぼえていない。眼の前に空になった皿がのこっているだけである。彼のわきには、一方に父親が、一方に母親が立ち、二人の眼光は、彼の身体に何かを注ぎこみ、また何かを取り出そうとするかのようだった。彼は思わず心臓がどきどきしはじめた。胸を押さえ、またひとしきり咳をした。

「しばらく眠りな――すぐによくなるからね」

小栓は母の言いつけに従い、咳をしながら眠った。華大媽は彼の息づかいがおさまるのを待って、彼の上にそっとつぎだらけの布団をかけてやった。

三

店の客がふえ、老栓（ラオシュワン）も忙しくなった。大きな薬缶（やかん）をさげ、くりかえし客に茶をついでまわった。眼のまわりに、黒いくまができていた。

「老栓、気分がわるいのか――病気か」

ごま塩ひげの男がいった。

「いや、どこも」

「そうか――にこにこしていて、わしもそんなはずはないと思ったが……」ごま塩ひげの男は自説を取り下げた。

「老栓は忙しいだけさ。もし息子が……」せむしの五少爺（ウーシャオイエ）の話が終らぬうちに、突然顔中肉のひきつった凶暴な人相の男がはいってきた。黒木綿の上着をはおり、ボタンをかけずに幅広の黒い腰帯で乱暴に結えていた。入口をはいってくるなり、老栓に向かって大声でいった。

「食べたかい。よくなったか。老栓、おまえさんまったく運がよかったよ。運のいい男さ、おれの耳が早くなかったら……」

老栓は片手に薬缶をさげ、片手はうやうやしく下に垂らして、にこにこしながら拝聴した。店の客たちもみならうやうやしく拝聴した。華大媽(ホワターマー)も眼元に黒いくまをつくったまま、にこにこしながら湯呑と茶の葉を持ってきた。橄欖の実もひとつ加えた。老栓が湯を注いだ。

「まちがいなくなおるさ。これは並みのものじゃねえんだ。考えてもみな。熱いうちに持ってきて、熱いうちにたべるんだからな」顔の肉のひきつった男がしゃべりまくった。

「ほんとです。康大叔(カンターシュー)が目をかけてくださらねば、どうして……」華大媽もひどく感激して礼をいった。

「まちがいなし、まちがいっこなし。こんな熱いのを食うんだからな。とびきりの人血饅頭(マントウ)だ、どんな肺病だってまちがいなくなおらあ」

　華大媽は「肺病」という言葉を聞いたとき、ちょっと顔色を変えた。いやな気持がしたらしい。だがすぐに笑顔をつくり、とりつくろってその場を離れた。康大叔の方はそれに気づかず、声を張り上げてしゃべりつづけた。その声で、奥で眠っていた小栓(シアオシュワン)もいっしょにコンコンと咳をはじめた。

「なんだ、おまえさんとこの小栓がそんないい目に会っていたのか。この病気はむろん必ずなおるさ。どうりで老栓がずっとにこにこしてると思ったよ」ごま塩ひげの男が、そういいながら、康大叔の前にいき、丁重な口調でたずねた。「康大叔——今日処刑された犯人は、夏(シア)家の息子だという話ですが、誰の息子なんでしょう。いったいどんな事件で」

「誰のだと? 夏四奶奶(シアスーナイナイ)の息子に決まっているさ。あの若造め」康大叔はみんなが耳をそばだてているのを見て、得意になり、ひきつった顔の肉をふくらませ、ますます大声でいった。「このチンピラめ、命知らずの奴だった。命がいらなきゃいらんでかまわん。だが今度はおれは何もいいところはなかった。剝ぎ取った服も、みんな牢番の赤眼の阿義(アイー)に持っていかれちまった——何たっていちばんの運は老栓さ。二ばんめは夏三爺(シアサンイエ)だ。真っ白な銀貨二十五両の恩賞金を独り占めだぜ。一文も使わずにさ」

　小栓がのろのろと小部屋から出てきた。両手で胸をおさえ、しきりに咳をしている。湯沸し場にきて、冷飯を碗に盛り、湯をかけると、腰かけて食べはじめた。華大媽があとから出てきて、そっとたずねた。「小栓、少しはよくなったかい——やっぱりお腹が空くかい……」

「だいじょうぶ、まちがいなくなおるさ」康大叔は小栓にちらと眼をやったあと、またみんなの方を向いていった。「夏三爺はまったく抜目のない男さ。[*2] あの男が先に訴えて出なかったら、一族皆殺しになっちまうところだ。それが今ではどうだ。銀貨さ。——それにあの若造もひどい奴だ。牢屋にぶちこまれていながら、牢番に謀反をそそのかしやがった」

「ありゃ、そいつはとんでもないことだ」うしろのテーブルに腰かけていた二十歳あまりの若者が、憤慨した様子でいった。

「いいか、赤眼の阿義は取調べにいったのだ。それなのにあべこべに話をしかけてきおった。この大清の天下はわれわれみんなのものだとよ。おい、これが人間のいうことか。赤眼の阿義はあいつの家に年寄りのおっ母ひとりしかいねえってことはわかっていたが、あんな貧乏とは思ってもみなかった。油一滴しぼれやしない。それでいいかげん癪にさわっていたところへ逆毛をなでるようなことをいったんで、パンパンと二、三発くれてやった」

「阿義兄貴は拳法の達人だ。そいつはきっとこたえただろうよ」壁際のせむしの五少爺が突然うれしそうな声をあげた。

「あん畜生め、それが打たれてもこわがらんで、かわいそうだとぬかしおった」

ごま塩ひげの男がいった。「そんな奴、打たれたってかわいそうなものか」

康大叔はばかにしたように、冷笑しながらいった。「おまえさん、おれの話のどこを聞いてたんだ。あいつの口ぶりじゃ、阿義がかわいそうだってんだ」

聞いている者たちの眼玉が突然うごかなくなり、話も止まった。小栓はすでに飯を食べ終えた。食べただけで汗みずくになり、頭にも湯気が立った。

「阿義がかわいそうだと――気ちがいざただ、狂っちまったんだ」ごま塩ひげの男がにわかに悟ったようにいった。

「狂っちまったんだ」二十歳あまりの男も、にわかに悟ったようにいった。

店の客たちは、急に活気をとりもどし、談笑しはじめた。小栓もざわめきにまぎれて、一所懸命咳をした。康大叔が近寄ってきて、彼の肩をたたいた。

「まちがいなくなおるぞ。小栓――そんなに咳をするんじゃない。かならずなおる」

「狂ったんだ」せむしの五少爺がうなずきながらいった。

四

西門外の城壁沿いの土地は、もともと官有地であった。その中をくねくねと一本の細い道が通っているのは、このんで近道をする人たちが、鞋底（くつぞこ）で踏みならしたものだった。だが、それがおのずから境界線をなしていた。道の左側には刑死者や獄死者が埋葬され、右側は貧乏人たちの墓地となっていた。どちら側もすでに累々と土饅頭が連なり、さながら金持の家の老人たちの誕生祝いにつくられる饅頭（マントウ）の山のようだった。

この年の清明節*3は、とても寒かった。柳はようやく米粒半分ほどの新芽をつけたばかりだった。夜が明けてまだ間もないのに、華大媽（ホワターマー）はすでに右側の新しい土饅頭の前にいた。四皿の料理とひと碗の飯を並べ、声をあげて泣いた。紙銭（しせん）を燃やし終ると、何かを待っているように、ぼんやりと地面に座っていた。何を待っているのか自分でも口に出していうことはできなかったが。微風が起こって、彼女の短い髪をそよがした。たしかに去年より白髪がずっとふえていた。

小道にまたひとり女の姿が現れた。同じく半白の髪で、ぼろぼろの服をひきずり、ひとつながりの紙銭を外にかけた古い朱塗りのまるい破れ籃をさげ、立ち止まり立ち止まりしつつやってきた。ふと地面に座って自分を見ている華大媽に気づくと、彼女は少しためらいを見せた。青白い顔に、恥ずかしそうな表情が浮かんだ。だがついに気を取りなおし、左側にあるひとつの土饅頭の前までできて、籃を置いた。

その墓と小栓の墓は、小道ひとつを隔てるだけで、真一文字に並んでいた。華大媽は老女が四皿の料理とひと碗の飯を並べ、立ったままで哭泣し、紙銭を燃やすのを見て、ひそかに「あの墓にはいっているのも息子にちがいない」と思った。老女はうろうろと歩き回っていたが、少し離れて墓を眺めたとき、突然手足をわなわなと震わせた。よろよろと後ろにさがり、呆けたように目を見はった。

華大媽はその様子を見て、彼女が悲しみのあまり気が狂うのではないかと心配になり、思わず立ち上がると、道を越えて、そっと声をかけた。「あのう、もし、あんまり悲しまぬ方が――さあいっしょに帰りましょう」

老女はうなずいたが、眼は大きく見開いたまま上の方を見つづけていた。そしてやはり小声でどもりながらいった。「ほれ、見てください。いったい何でしょう」

華大媽は彼女のさす指にそって、視線を前方の土饅頭に移した。墓はまだ草が生えそろわず、あちこち黄色い土がむき出しになって、ひどくみっともなかった。だが、眼を上の方に移してよく見たとき、思わずぎくりとなった――紅白の花が輪になり、その尖った頂を囲んでいた。

二人の眼はもう何年も前からかすんできていた。だがこの紅白の花ははっきりと見えた。花の数もあまり多くなく、円く輪をつくって、しおれかけていたが、きれいにそろっていた。華大媽はちらと自分の息子や他人の墓を見てみた。だが寒さにつよい、青白い小さな花がぽつぽつ咲いているだけだった。心に何か足りない、空しい感情が浮かんできて、これ以上つきつめてみたくはなかった。二、三歩近寄って、つぶさにながめていた老女がつぶやいた。「根がない。ここに生えたものじゃないようだ――こんなとこにいったい誰がきたんだろう。子供たちが遊びにくるわけはないし、親戚だってとっくになくなっている――いったいどうしたんだろう」あれこれ考えているうちに、突然涙がこみ上げてきて、彼女は大声でいった。

「瑜児（ユィアル）や。みんなしておまえに濡衣を着せたんだ。おまえはどうしても忘れられず、悲しくてたまらなくて、今日わざわざ霊験を示し、わたしに教えようとするのだね」彼女はあたりを見まわした。一羽の鳥が葉のない木にとまっているのを見ると、言葉をついだ。

「わかったよ――瑜児。かわいそうにあいつらに罪をなすりつけられて。あいつらきっと報いを受けるよ。おてんとさまはお見通しさ。安心して眼をおつぶり――おまえほんとうにここにいるんだったら、私の話を聞いてるんだったら――私の眼の前で、あの鳥を飛ばし、おまえの墓にとまらせておくれ」

微風はすでに止んでいた。枯草は針金のように一本一本ぴんと立っていた。枯草の震える音が、空気中でしだいに小さくなっていって、やがて聞こえなくなると、死のような静寂が訪れた。二人は枯草の間に立って、鳥を見上げていた。鳥も枝にまっすぐ止まったまま、首をすくめ、鋳物のように動かなかった。

長い時間がたった。墓参の人がしだいにふえ、年寄りや子供の姿がいくつか土饅頭の間に見え隠れした。

華大媽は、なぜか、ほっと肩の荷をおろしたような気になり、帰らなければと思った。そこで彼女に声をかけた。「いっしょに帰りましょう」

老女はため息をひとつつくと、のろのろと碗と皿をしまい、それでもしばらくためらっていたが、とうとうゆっくりと歩きはじめた。「いったいどうしたんだろう……」とつぶやきながら。

二、三十歩もいかぬうちに、突然背後で「カァー」と大きな鳴き声が聞こえた。二人はびくっとしてふりかえった。鳥は両の羽をひろげ、つと身をかがめると、遠くの空に向かって矢のように飛んでいった。

一九一九年四月

（丸尾常喜　訳）

訳注

(1) 「古□亭口」は、「古軒亭口」の二字めが薄れたもの。魯迅の故郷浙江省紹興に「軒亭口」と呼ばれる実在の丁字路があり、「古軒亭口」と書いた扁額のかかる牌楼（はいろう）（わが国の鳥居に似た装飾建造物）があった。一九〇七年にこの地で、革命組織光復会に属する女性革命家秋瑾が処刑された。後出の「夏瑜」には秋瑾の姓名が託されている（瑾も瑜もともに玉の一種）。「瑜児」というのは「瑜」という名に「児」をつけて呼ぶ愛称である。また華老栓の姓「華」と夏瑜の姓「夏」を重ねると「華夏」（中国の別称）となる。

なお秋瑾に先んじて、安徽省で蜂起した同じ光復会の徐錫麟は安徽巡撫の恩銘を殺害したのち、捕らえられて殺されたが、恩銘の部下によって心臓を食われたという。

(2) 魯迅は、彼自身とも交友のあった二人を、この作品によって記念した。夏三爺は夏四奶奶の息子である夏瑜（シアユィ）にとって伯父にあたる。

(3) 節季の一つ。四月上旬にあたり、墓参をする。

阿Q正伝

魯迅

第一章　序

私が阿Qのために正伝を書こうと思うようになったのは、ここ一、二年のことではない。だが書こうと思うかたわらで、いやよそうと思いかえしたりする。これをもってしても、私が「不朽の言を世にのこす」ような人物でないことがわかろうというものだ。昔から不朽の筆は不朽の人物を伝えるべきものである。だからこそ、人は文によって伝わり、文は人によって伝わり――となると結局誰が誰によって伝わるのか、だんだんはっきりしなくなってくるが、ともあれついに私は阿Qの伝記を書くことにおちついた。どうやら私の脳裏に幽霊がとりついているようなのである。

ところが、この速朽の文章を書こうとして、筆を取ったとたんに、深刻な困難に思いいたった。第一に文章の名称である。孔子曰く、「名正しからざれば言順ならず」[*1]と。これはゆるがせにはできないことだった。伝記の名称は実にさまざまだ。列伝、自伝、内伝、外伝、別伝、家伝、小伝……、残念ながらすべてふさわしくない。「列伝」ではどうか、これはたくさんの偉い人物たちとともに「正史」の中に並べられるような文章ではない。「自伝」ではどうか、これも私は阿Q本人ではない。「外伝」とすれば、「内伝」はどこにある。「内伝」を用いても、阿Qは決して神仙ではない。[*2]「別伝」ではどうかとなると、阿Qには大総統の上諭によって国史館に「本伝」を立てるよう宣布された事実はない——英国の正史に「博徒列伝」なるものはないのに、文豪ディケンズは『博徒別伝』という本を書いたことがあるが、[*3]これは文豪だからいいのであって、私などの許されることではない。次は「家伝」であるが、私は阿Qと同族かどうかわからぬし、彼の子孫の依頼を受けたこともない。「小伝」というのもあるが、阿Qに他に「大伝」のあろうはずがない。結局この文章が「本伝」ということになるのであるが、私の文章のことを思えば、文体が卑しく、「荷車で豆乳を売り歩く輩(やから)[*4]」の用いるものであるから、これを僭称するのもはばかられる。そこで三教九流に入れてもらえぬ小説家たちの常套句「閑話はさておき、話を正伝にもどしまする」から、「正伝」の二字を取って、名称とする。たとえ古人の著書『書法正伝』の「正伝」[*5]と字づらの上でまぎらわしくても、そこまでかまってはおれない。

　第二は、伝記を書く通例として、冒頭はたいてい「某、字(あざな)は某、某地の人なり」[*6]というのが決まりである。ところが、阿Qの姓が何か私は知らないのである。いつぞや、趙(チャオ)[*7]のようだと思われたことがあった。だが翌日はもうあやしくなった。あれは趙旦那の息子が秀才に受かったときのことだった。銅羅をジャンジャン鳴らして村に知らせがやってくると、酒をふた碗ひっかけたところだった阿Qは、有頂天になってよろこび、これは彼にとってもたいへん名誉なことだといった。なぜなら彼と趙旦那はもともと同族で、しかも細かくたどると彼のほうが秀才より三世代上になるのだという。これを横で聞いていた数人の者たちも、粛然として尊敬の念をいだいた。ところが翌日になると、保長[*8]がやってきて、阿Qを趙旦那の家に連れていった。趙旦那は阿Qを見るなり、顔中真赤にしてどなりつけた。

「阿Q、このたわけめ、おれがおまえの一族だと」

阿Qは口を開かなかった。趙旦那は見ているうちにますます腹が立ってきて、二、三歩つめよっていった。「よくもでたらめをいいおって。おれにどうしておまえみたいな同族がいるものか。おまえが趙だと」

阿Qは口を開かなかった。うしろにさがろうとしたとき、趙旦那がとびかかって、一発平手打ちを食わせた。

「おまえがどうして趙なんだ――おまえなんか趙であってたまるか」

阿Qは自分はまちがいなく趙だとは抗弁しなかった。手で左頬をさするだけで、保長といっしょにひきさがった。趙家を出たところで、保長にたっぷり灸をすえられ、おわびに酒手二百文を出させられた。そのことを知った人びとはみな、阿Qはあまりにむちゃだ、たたかれたのも阿Qがわるい、あれはたぶん趙ではあるまい、たとえほんとうに趙だとしても、趙旦那がおられるのだから、こんなだいそれたことをいうべきではなかった、といった。これ以後彼の氏素性を問題にする者はなかった。だから私は阿Qの姓が結局何なのかついに知らないのである。

第三に、私は阿Qの名がどう書くのか知らない。生きていたとき、人びとはみな彼のことを阿Quei と呼んだ。死んでからは阿 Quei の名を口にする者はいなくなった。したがって「これを竹帛に著す」ことなどありえようか。「これを竹帛に著す」ということでは、この文章が初めてということになる。そのためまずこの最初の難関にぶつかったのである。

私はかつて仔細に考えてみたことがある。阿Queiは、阿桂か、それとも阿貴か。もし彼の字が月亭であるとか、八月に誕生祝いをしたという事実があれば、きっと阿桂である。[9]だが彼に字はなかったし——あったかもしれぬが、誰もそれを知らない——誕生日を記念する詩文の依頼状を配ったこともない。だから阿桂と書くのは、独断にすぎる。またもし阿富という名の令兄あるいは令弟がいたら、そうすればきっと阿貴である。だが彼はひとりである。阿貴と書くのも証拠がない。その他のめったに使われないQueiという音の字では、もっとあたらない。昔、私は趙旦那の息子の秀才先生にたずねてみたこともある。ところが博学なる先生にして、ついによくわからなかった。だが彼の結論によれば、陳独秀が『新青年』を発行してローマ字を提唱したため、国粋が亡び、それで調べようがなくなった、ということであった。私は最後の手段として、やむなく同郷人にたのんで阿Qの犯罪記録を調べてもらうことにした。八カ月たってようやく返事があったが、事件記録には阿Queiと発音の近い名前の人物はいないということであった。ほんとうにいないのか、それとも調べなかったのかわからぬが、これ以上別の手立てはなかった。注音字母[10]はきっとまだ通用していない恐れがあるから、やむをえず「洋字」を用い、英国で行われている表音法にもとづいてこれを阿Queiと書き、略して阿Qとすることにする。『新青年』に盲従するきらいがあり、自分でも申し訳なく思うけれども、秀才先生にさえわからなかったものを、私ごときにどんな名案があろうか。

第四に、阿Qの本籍である。もし彼の姓が趙だったら、このんで地方の名望を称する当今の例にならい、『郡名百家姓』の注解にしたがって、「隴西天水（ロンシーテイエンショエ）郡の人なり」とすることもできようが、いかんせんこの姓が心もとない。だから本籍も決めがたい。彼は未荘（ウェイチュワン）に住んでいることが多かったが、しょっちゅうよそにも泊まった。したがって未荘の人間とはいうわけにもいかぬ。たとえ「未荘の人なり」と書いても、やはり歴史の筆法にもとるところがある。

私がいささか自ら慰める点があるのは、のこる「阿」の字だけは、きわめて正確、こじ付けやあて字の欠点がまったくなく、十分に識者の指正を仰ぐに足ることである。[*11] だがこの余のことは、とうてい浅学のよく穿鑿するところではない。「歴史癖と考証癖」[*12]を有する胡適之（フーシーチー）先生[*13]の門人たちが、将来あるいは多くの新しい糸口を見つけだしてくれるかもしれないことを希望するのみ。ただし私のこの「阿Q正伝」は、そのときにはとっくに消えてなくなっているかもしれぬ。

以上をもって序とする。

第二章　優越と勝利の記録

阿Qは姓名、本籍がはっきりしないばかりではなく、それまでの「行状（ぎょうじょう）」[*14]さえもはっきりしなかった。というのは未荘（ウェイチュワン）の人びとの阿Qに対する態度は、彼を手伝いに雇うか、からかうかするだけで、彼の「行状」を気にとめる者などかつていなかったからである。阿Q本人もまた語ろうとしなかった。ただ他人と口げんかになって、ときどき眼を剝(む)いていうことがあった。

「おら昔は——おまえなんかよりずっとえらかったんだ。おまえなんか何だい」

阿Qには家がなく、未荘の土地廟(びょう)[15]に寝泊りしていた。決まった職業もなく、あちこちの家に雇われて日雇いの仕事をした。麦を刈れといわれれば麦を刈り、米を搗(つ)けといわれれば米を搗き、船をこげといわれれば船をこいだ。仕事が少しながびくときは、そのときの雇い主の家に泊めてもらうこともあったが、仕事が終るとそれきりだった。だから忙しくなると人びとは阿Qのことを思い出したが、思いだすのは仕事をさせることであって、「行状」ではない。いったんひまになると、阿Qの存在さえ忘れてしまった。「行状」などいうまでもない。ただ一回だけ、ひとりの老人が、「阿Qはなかなか仕事ができる」と賞めた。そのときの阿Qは上半身裸の、痩せこけた身体で、けだるそうに老人の前に立っていたのだから、他人はその言葉が本気なのかそれともからかっていったのか、理解しかねた。しかし阿Qはひどくよろこんだ。

阿Qは自尊心がすこぶるつよく、未荘の住民などはまったく眼中になかった。二人の「文童」にたいしてさえ、一笑にも値しないと思っているふうだった。そもそも文童なる者は、将来あるいは秀才に変じるかもしれぬ者たちである。趙(チャオ)旦那や銭(チェン)旦那が大いに住民の尊敬を受けているのは、金持であるという理由のほかに、どちらも文童の父親であるからだ。それなのに阿Qだけは精神的に格別の尊崇を示さなかった。おれの息子はずっとえらくならぁと彼は考えた。加えて阿Qは何度か城内[16]にいったことがあったから、当然ますます自負するところがあった。それでいながら彼は城内の人間もひどく軽蔑していた。たとえば長さ三尺幅三寸の木の板で作った腰掛けを、未荘では「長凳（チャントン）」と呼び、彼も「長凳」と呼んだが、城内の者は「条凳（ティアオトン）」と呼ぶ。これはまちがっている、なってない、と彼は思った。大頭魚（タートウユイ）の空揚げに、未荘では半寸ぐらいに切った葱を添えるのに、城内では葱の千切りを添える。これもまちがいだ、なってない、と彼は思った。だがそれにしても、未荘の連中ときたらまったく世間知らずのおかしな田舎者たちだ。彼らは城内の魚の空揚げさえ見たことがないのだから。

阿Qは「昔はえらかった」し、見識があり、その上「なかなか仕事ができる」から、本来ならほとんど「完全な人間」の部類にはいる人物であったが、惜しいかな身体上に少々欠点があった。最大の悩みの種は、頭にいつできたのかわからぬ疥癬のあとの禿が何か所かあることである。これは自分の一部ではあったが、阿Qにとってどうやらありがたくないもののようだった。なぜなら彼は「禿」および「はげ」に近い発音の言葉いっさいをタブーとしたからである。あとではそれが広がって、「光」もだめ、「明るい」もだめ、さらにあとでは「明かり」「蠟燭」までもタブーになった。タブーを犯した者にたいしては、故意と過失の別なく、阿Qは頭のかさ禿のすべてを真赤にして怒った。相手が口下手な者だと見るとののしり、力が弱いと見るとなぐりつけた。しかしどういうわけか、結局阿Qが損を見るときの方が多い。そこで彼はしだいに方針を転換し、おおむね黙ってぐいとにらみつけるやり方に改めた。

ところがあにはからんや、阿Qがにらみつけ主義を採用すると、未荘のひま人たちはますます彼をからかうようになった。顔を合わせると、彼らはわざとびっくりしたふりをしていう。

「おや、明るくなったぞ」

阿Qは例のごとく腹を立て、ぐいとにらみつけた。

「なんだランプがあったのか」彼らはいっこうに恐れない。

阿Qはやむなく仕返しの言葉をさがそうとする。

「何だい。おまえなんかにゃ……」このときは、自分の頭にあるのは、高尚で名誉ある禿なのであって、並みの禿ではないような気になっていた。だが前述のとおり、阿Qには見識があった。はっとタブーに抵触することに気づいて、あとの言葉を飲み込んだ。

ひま人はそれでもやめず、挑発をつづける。そこでとうとう殴り合いになった。阿Qは形式上は敗れた。相手に色つやのわるい辮髪をつかまれ、壁に四、五回ゴッンゴッンと頭を打ちつけられた。ひま人はそこでようやく意気揚揚と引き上げた。阿Qはしばらく立っていたが、心の中で思った。「息子に殴られたようなもんだ。今の世の中は実になっとらん……」かくして彼も意気揚揚と引き上げた。

阿Qは心の中に思ったことを、あとで口に出していってしまう癖があった。だから阿Qをからかったことのある者たちは、ほとんど全員阿Qがこの精神勝利法というものの持ち主であることを知ってしまった。それ以来人びとは彼の辮髪をつかまえるたびに、いつも先手を打っていった。

「阿Q、いいか、これは息子が父親を殴るんじゃないぞ。人間さまが畜生を殴るんだ。いってみろ。人間さまが畜生を殴るんだと」

阿Qは両手で辮髪の根元をおさえ、首をすくめていった。

「虫けらを殴るんさ。なあ、いいだろう。おらぁは虫けらさ――もう勘弁してくれよ」

だが虫けらであっても、ひま人は許してくれなかった。いつものようにそこらへんに五、六回阿Qの頭を打ちつけて、意気揚揚と引き上げた。阿Qのやつ今度こそまいったろう、と彼は思った。ところが十秒もたたぬうちに、阿Qもまた意気揚揚と引き上げたのである。阿Qは自分が自分を軽蔑することのできる第一人者であるような気がした。「自分を軽蔑する」を勘定に入れなければ、のこるのは「第一人者」である。「状元」[17]だって「第一人者」ではないか。「おまえなんか何だっていうんだ」

阿Qはかくのごとき妙法によって怨敵を克服したのち、上機嫌で居酒屋までやってくると、いく碗か酒をひっかけ、さらに他人をからかい、口げんかをし、また勝利を得て、上機嫌で土地廟にもどり、ひっくりかえって寝てしまった。金があるときは、そのまま押牌宝（ヤーパイパオ）[18]に出かける。ひとかたまりの人間たちが地面にしゃがんでいるところへわりこみ、阿Qは顔中汗まみれになって声をはり上げる。声は彼がいちばん大きい。[19]

「青竜（チンロン）に四百！」

「いいかぁ……開けるぞ……それっ」胴元は、つぼの蓋を開け、これも汗まみれになって声をはり上げる。「天門（ティエンメン）だぁ——角（チャオ）はもどし——人（レン）と穿堂（チュワンタン）はあき——阿Qの銭はいただきぃ——！」

「穿堂に一百——一百五十！」

阿Qの銅銭はこんな唄声とともに、同じく顔中汗まみれになった別の人物の胴巻の中にしだいに吸収されていく。最後はしかたなく囲みを分けて外に出る。そして後ろに立って賭場が終るまで他人のためにやきもきしつづける。賭場が終ると未練げに土地廟にもどり、翌日は眼をはらしたまま仕事に出かけるのである。

だが「人間万事塞翁が馬」とはまことによくいったものだ。阿Qは不幸にしていちど勝った。そしてあやうく敗北するところだったのである。

あれは未荘の祭の夜であった。その夜いつものように舞台がかかった。舞台の近くにもいつものようにたくさんの賭場が出た。芝居の銅羅や太鼓は、阿Qの耳にはまるで十里も外の音だった。彼には胴元の唄うような声しか耳にはいらなかった。彼は勝ちに勝った。銅銭が十銭銀貨に変わり、十銭銀貨が一円銀貨に変わり、一円銀貨がさらに山をつくった。彼はすっかり興奮してしまった。

「天門に二百!」

誰と誰がなぜけんかをはじめたのかわからなかった。ののしり声、殴る音、足音が入り乱れ、何が何だかわからなくなってしまった。彼がようやく地面から身を起こしたときには、賭場は姿を消し、人間たちもいなくなっていた。身体のあちこちがどうも痛むようであった。殴られたり、蹴られたりしたようだ。何人かがけげんそうに彼を見ていた。何か失くし物をしたような気持で彼は土地廟にもどってきた。気を静めて考えたとき、自分の銀貨の山がなくなってしまったことに気づいた。しかし祭のときに賭場を出すのはたいてい余所者であったから、どこにいって調べようがあろう。

白く光る銀貨の山! しかもそれは彼のものなのだ――それが消えてしまった。息子に持っていかれたようなものだといってみても、空しく物悲しかった。自分が虫けらだといってみても、やはり空しく物悲しかった。今度こそ阿Qは敗北の苦痛を実感した。

しかし彼はたちまち敗北を勝利に変えてしまったのである。彼は右手を持ち上げ、パンパンと自分の頬を力いっぱいたたいた。ひりひりと痛かった。だがたたいたあとは、気持がおさまってきた。たたいたのが自分で、たたかれたのは別の自分で、やがては自分が他人をたたいたような気になり——まだひりひりはのこっていたが——意気揚揚として横になった。

彼はぐっすり眠った。

第三章　続優越と勝利の記録

しかしつねに人よりすぐれ、つねに勝利していたとはいえ、阿Qが有名になったのは、趙旦那（チャオ）のビンタを頂戴してからのことである。

彼は保長に二百文の酒手を払ったあと、むしゃくしゃして横になった。その後考えた。「今の世の中はなっとらん。息子が親父を殴る……」すると、趙旦那の威厳のある姿が頭にうかんだ。今やそれが自分の息子ということになるのである。彼はだんだん得意になってきた。のそのそ起き上がると、「若後家の墓参り」[*20]を唄いながら、居酒屋へ出かけた。このとき、彼にはまた趙旦那が人よりいちだんとりっぱな高等な人物に思われてきたのである。

奇妙なことだが、このこと以来、はたしてみんなは彼にたいしても格別に敬意を払うようになった。このことは、阿Qからすれば、彼が趙旦那の父親だからだということになろうが、実はそうではない。未荘（ウェイチュワン）のならわしとして、阿七（アチー）が阿八（アバー）を殴ったとか、李四（リースー）が張三（チャンサン）をたたいたなどというくらいでは、もともと事件の数にはいらない。たとえば趙旦那のような名士と関係があってこそ、はじめて人びとの噂にのぼるのである。そしてひとたび噂にのぼると、たたいた方が有名人なのであるから、そのお蔭をこうむってたたかれた方も有名人になる。非が阿Qの方にあることは、改めていうまでもない。なぜかというと趙旦那に非があろうはずはないからである。だが阿Qに非があるのに、人びとが彼に格別の敬意を払うようなのはどうしてか。これはなかなか難問である。あれこれ考えてみるに、あるいは、阿Qが趙旦那の同族だといっている以上、たたかれたとはいえ、いくらかはほんとうかもしれぬと恐れ、それで尊敬しておいた方が無事だと考えたのかもしれぬ。さもなくば、孔子廟の太牢[*21]のように、もともと豚や羊と同じ畜生なのに、聖人さまが箸をつけられたために、後世の学者たちがめったなことはできぬようになったのと同じかもしれぬ。

ともかく阿Qはこのあと何年も得意であった。

ある年の春、彼はほろ酔い機嫌で通りを歩いていた。すると塀の下の日溜まりで、ひげの王（ワン）が上半身裸になって虱を取っているのに出会った。彼は急に身体がかゆくなってきた。このひげの王は、かさ禿でかつひげを生やしていたので、ほかの人びとはみな禿ひげの王と呼んだが、阿Qは禿を省略して呼んだ。しかもひどく彼をさげすんだ。阿Qの考えでは、禿はさしてめずらしくもないが、このもみあげまでつながったひげだけは、珍妙すぎて、どうもいただけない。彼はやおら並んで腰を下ろした。もしそれがほかのひま人であれば、うかつに腰を下ろすようなことをするはずもなかったが、このひげの王の横など、何のこわがることがあろうか。正直なところ、横に座ってやるだけで、目をかけてやったも同然なのだ。

阿Qもぼろの袷の上着を脱ぎ、ひっくり返して捜してみた。洗ったばかりだからか、それとも粗忽なせいか、ながい時間かかって、三、四匹しかつかまえられなかった。ひげの王はとみると、一匹また一匹、二匹また三匹、次つぎに口に放りこんではプチップチッと音をたてた。

阿Qは最初がっかりしたが、後ではむしゃくしゃしてきた。どうにもいただけないひげの王すらあんなに多いのに、自分はこんなに少ない、これでは面子(メンツ)まるつぶれではないか。彼はなんとか一、二匹大きな奴をつかまえたいと思ったが、しかしいなかった。やっと中ぐらいのを一匹つかまえ、こん畜生とばかり厚ぼったい口の中に放りこんで、思いっきり噛むと、プチッと音がしたが、ひげの王の音にはかなわなかった。

彼は疥癬の痕の禿ひとつひとつを真赤にすると、服を地面にたたきつけ、ペッとつばを吐いていった。

「このけだもの野郎!」

「かさはげ犬め、誰のことをいってんだ」

ひげの王はさもばかにしたようにじろりと見上げていった。

阿Qは近来わりと人から尊敬され、彼自身もいっそう得意になってはいたが、このけんか慣れしたひま人連中とかかわり合うのはやはり苦手だった。ところが今日に限って、彼はひどく勇敢だった。こんなひげだらけの奴が、よくも生意気なことをぬかしたな。

「いわれたと思った奴がいわれた奴さ」彼は立ち上がり、両手を腰にあてがっていった。

「殴られてえのか」ひげの王も立ち上がり、上着をはおりながらいった。

阿Qは彼が逃げるものと思い、踏み込んで一発食らわせた。ところがその拳骨がとどかぬうちに手をつかまれ、ぐいと引っぱられた。阿Qはよろよろと前につんのめり、たちまち辮髪をつかまれた。そして塀の前まで引っぱっていかれ、例のごとくゴツンゴツンとやられそうになった。

「『君子は口を出し手を出さず』！」阿Qは首をすくめていった。

だがひげの王は君子ではないらしい。いっこうに取り合わず、つづけざまに五回も打ちつけたあと、力いっぱい突きとばした。阿Qが六尺あまりもつんのめると、やっと満足して引き上げた。

阿Qの記憶の中で、これがおそらく生涯最初の屈辱であった。ひげの王は頬ひげの欠点のために、阿Qによってばかにされこそすれ、阿Qをばかにするようなことはこれまでついぞなかった。まして手出しすることなど。その男が手出ししたのである。実に意外であった。町の噂では、皇帝が科挙の試験をお取り止めになり、秀才や挙人はもういらぬといわれたそうだが、そのため趙家の威風が衰え、そのためみんなが阿Qまでも甘く見るようになったのだろうか。

阿Qは、どうすればいいかあてもなく立っていた。

向こうからひとりの男が現れた。彼の敵がまたやってきた。これもまた阿Qのもっともきらいな人間、つまり銭(チエン)旦那の長男だった。彼は以前城内にいき、そこの洋学堂に入学したが、どういうわけかさらに日本にまで出かけ、半年後にもどってきたときには、脚もまっすぐになり、辮髪も消えていた。彼の母親は十数回も声を上げて泣き、女房も三回井戸に跳びこんだ。のちに母親はあちこちで、「あの子の辮髪は、悪い男にむりやり酒を飲まされ、切られてしまったのですよ。そうでなかったらえらいお役人になれたのに、今じゃ伸びてくるのを待つしかありません」といった。しかし阿Qは信じようとせず、彼のことを「にせ毛唐」と呼び、「外国の廻し者」ともいい、彼を見かけると必ず腹の中でひそかにののしった。

阿Qが特に「徹底的に憎んだ」のは、彼のかつらの辮髪だった。辮髪がかつらであったら、人間たるの資格はない、女房が四回目の跳びこみをはからぬのも、りっぱな女とはいえない。

その「にせ毛唐」が近づいてきた。

「禿、驢馬……」阿Qはこれまでは腹の中でののしるだけで、口に出していったことはなかったのだが、ちょうどむしゃくしゃしていたし、仕返ししたいと思っていたところだったので、思わず小声でいってしまった。

思いがけずこの禿は茶色に塗った棒——阿Qのいわゆる葬式棒[*22]——を手に、大股で近づいてきた。阿Qはその瞬間、打たれるなと思い、急いで身を固くし、両肩をすくめて待ち受けた。はたして、パンと音がして、どうやら確かに頭をたたかれたようだ。

「あいつのことをいったんだ」阿Qは近くの子供を指さして、いいわけした。

パン！　パンパン！

阿Qの記憶では、これがおそらく生涯二度めの屈辱だった。幸いなことにパンパンと音がしたあと、一件落着したような気になり、かえって気が軽くなった。加えて「忘却」という先祖伝来の宝物も効力を発揮しはじめ、ゆっくり歩いて居酒屋の店先にきかかったころには、早くも上機嫌になっていた。

だがそこへ向こうから静修庵の若い尼さんがやってきた。阿Qはふだんであっても、彼女を見かけると必ずつばを吐いてののしった。まして屈辱のあとである。彼は今までのことを思い出し、むらむらと怒りがわいてきた。

「今日なんでこんなに運がわるいかと思ったら、てめえに会ったせいだな」と彼は思った。

彼は尼さんの前に立ちふさがり、大きな音をたててつばを吐いた。

「カーッ、ペッ」

若い尼さんはいっさい取り合わず、下を向いて歩きつづけた。阿Qは彼女に近づき、突然手を伸ばして彼女の剃りたての頭をなで、うすら笑いをうかべていった。

「禿！　早く帰りな。和尚が待ってるぞ……」

「あんたどうして手出しなんかするの……」尼さんは顔を真赤にしてそういいながら足を速めた。居酒屋の客たちがどっと笑った。阿Qは自分の手柄が賞められるのを見て、ますます調子に乗った。

「和尚は手出ししてよいが、おらだといけねえのかい」彼は彼女の頰をつねった。

居酒屋の客たちがどっと笑った。阿Qはますます得意になり、見物人たちを満足させるためにもういちどぐいとひねり上げると、ようやく手を放した。

阿Qはこの一戦によって、早くもひげの王を忘れ、にせ毛唐のことも忘れてしまった。今日のすべての「悪運」にたいし仕返しできたような気になった。その上不思議なことにパンパンとたたかれたときより身体がずっと軽くなり、ふわりふわりと飛んでいってしまいそうだった。

「跡継ぎなしの阿Q！」遠くから尼さんが泣き声でいうのが聞こえてきた。

「ハハハハッ」阿Qは十分満足げに笑った。

「ハハハハッ」居酒屋の客たちも九分がた満足げに笑った。

第四章　恋愛の悲劇

ある人の説では、ある種の勝利者は、敵が虎や鷹のようであってほしいと願うという。そうでなければ勝利の喜びを感じることができない。羊やひな鶏だったら、かえって勝利の味気なさを感じるそうである。またある種の勝利者は、すべてに打ち勝ったあと、死ぬ者が死に、降伏する者が降伏して、「臣誠に惶(かしこ)み誠に恐る、死罪死罪」*23となってしまうと、敵もなく、競争者もなく、友もなく、われひとり上に立ち、孤独で、わびしく、物さびしい気持にとらえられ、かえって勝利の悲哀を感じるという。ところがわが阿Qは、そんな意気地なしではない。彼は永遠に得意だった。あるいはこれも、中国精神文明の世界に冠たる一証拠かもしれない。

見よ、彼はふわりふわりと今にも飛んでいきそうにしているではないか。

しかし今回の勝利は、彼の調子をいささか狂わせてしまった。彼はふわりふわりとながい時間飛びまわったあと、土地廟にもどり、例のごとくごろんと横になると、すぐいびきをかくはずだった。ところがこの夜、なかなか寝つけなかった。自分の親指と人さし指がどうも変で、ふだんよりすべすべするような気がするのである。若い尼さんの顔にすべすべしたものがくっついていたのか、それとも彼の指が尼さんの顔でこすれてすべすべになったのか……。

「跡継ぎなしの阿Q！」

阿Qの耳にまた尼さんの声が聞こえた。ちがいない、女がいなければならぬ、跡継ぎなしだと、死んだあと飯を供えてくれる者がいない……女がいなければならぬ、と彼は考えた。「不孝に三有り、後（嗣後）なきを大となす」[*24]、「若敖(じゃくごう)の鬼(き)も餒(う)えん」[*25]もまた人生の大きな哀しみである。だから彼のこのような考えも、実はどれもみな聖賢の教えにかなったものだったのである。ただ惜しいことにその後「その放心を収むる能わず」[*26]になってしまった。

「女、女……」と彼は思った。

「……和尚は手出ししてよいが……女、女……女！」と、またしても彼は思った。

われわれは、この夜阿Qがいつごろいびきをかきはじめたか、知ることはできない。だがたぶんこれ以来彼はいつも指がすべすべする感じがし、したがってこれ以来いつもふわりふわりとなって「女……」と考えるようになったようだ。

このことからも、われわれは女が有害なしろものであることを知ることができる。

中国の男は、本来その大半が聖賢になる資格を持っているのだが、残念なことにみな女によってだめにされてしまう。殷は妲己[27]のために亡び、周は褒姒[28]によってだめにされた。秦は……史書にはっきり書かれてはいないが、女のためと考えてまるきりまちがいではあるまい。そして董卓は確かに貂蟬のために殺されたのである。[29]

阿Qも本来は品行方正な人物であった。昔どんなりっぱな先生の教えを受けたのかわからぬが、彼は日ごろから「男女の別」にたいしてきわめて厳格であり、異端――若い尼やにせ毛唐のごとき類――を排斥する正義感がつよかった。彼の学説によれば、尼は必ず和尚と密通するものであり、女がひとりで外を歩くのは必ず浮気な男を誘惑しようとしているのであり、男と女が二人きりで話をしているときは、必ずよからぬことをたくらんでいるのだった。彼は彼らをこらしめてやるために、いつもぐいとにらみつけてやるか、大声でずばりとその「下心を暴露」してやるか、人気のない場所であったら、後ろから石を投げつけた。

ところがあにはからんや、もうすぐ「而立[30]」にもなろうというときに、彼は若い尼さんによってふわりふわりにさせられてしまったのだ。このふわりふわりの精神は、礼教上あってはならぬものである――だから女はまことに憎むべきものなのだ。もし尼さんの頬がすべすべしていなかったら、阿Qが惑わされることにならなかったし、またもし尼さんの顔に布がかかっていたら、やはり阿Qが惑わされることはなかったろう――五、六年前、彼は舞台下の人ごみの中で女の太腿をつねったことがあったが、ズボン一枚隔てていたので、あとでふわりふわりになることはなかった――ところが若い尼さんはちがった。これをもってしても異端の憎むべきがわかる。

「女……」と阿Qは思った。

　彼は「必ず浮気な男を誘惑しようとしている」はずの女にたいして、いつも気をつけてよく見たが、彼に向かって笑いかけてくる者はいなかった。また自分と話をしている女にたいしても、いつも気をつけてよく聞いているが、よからぬことに関する話を持ちだされたことはない。おお、これもまた女の憎むべき点だ。彼女たちはみんな「猫をかぶり」たがるのだ。

　この日、阿Qは趙旦那の家で一日中米を搗き、晩飯を食べたあと、台所に腰かけて煙草を吸っていた。他の家だと、晩飯を食べたら帰っていいのだが、趙家はちがった。晩飯が早く、ふだんは灯りを使うことを許されず、食べ終わるとすぐ寝るのに、いくつか例外があったのである。その一つは、趙若旦那がまだ秀才に受からぬころで、灯りをつけて勉強することが許された。その二は、阿Qが日雇い仕事にやってくるときで、灯りをつけて米を搗くことが許された。この例外条項によって、阿Qは米搗きにかかる前に、台所に腰かけて煙草を吸っていたのである。

　呉媽は、趙旦那の家のただひとりの女中だった。碗や皿を洗い終えたので、長腰掛けに腰をおろし、阿Qを相手におしゃべりをしていた。

「奥さまは、もう二日間飯を食っておられねえだ。旦那様が若い妾を……」

「女……呉媽……この若後家……」と阿Qは思った。

「若奥さまが八月に子を生みなさる……」

「女……」と阿Qは思った。

　阿Qは煙管を置くと、立ち上がった。

「若奥さまは……」呉媽はまだぶつぶつ話をつづけている。

「おらおまえと寝る、おらおまえと寝る！」阿Qは突然前に出て、がばと彼女の前にひざまずいた。

一瞬しんとなった。

「あれぇ！」呉媽は瞬間ぽかんとしたが、急に震えだし、大声を上げて外に駆け出した。駆けながら声を上げ、どうやらあとでは泣き声も加わった。

阿Qは壁に向かってひざまずいたままぽかんとしていたが、やがて両手を誰もかけていない腰掛けについて、のろのろ立ち上がった。どうやらしまったことをしたと思ったらしい。このとき彼は確かに不安を感じ、あわてて煙管をズボンの帯にさすと、米搗きにいこうとした。パンと音がして、頭に太いものがあたった。急いでふりむくと、秀才が大きな竹の棒を持って、彼の前に立っていた。

「おまえふとどきな、……おまえこの……」

竹の棒がまたふり下ろされた。阿Qが両手で頭をかかえると、パンと指の関節にあたった。今度はひどく痛かった。彼は台所の戸口から飛び出した。背中にもう一発食らったようだった。

「ばか者！」秀才が後ろから都言葉でののしった。

阿Qは米搗き場に逃げ込み、ひとりで立っていた。指はまだ痛かった。「ばか者」という言葉も耳にのこっていた。この言葉は未荘（ウエイチユワン）の田舎者は従来使わぬもので、もっぱらお役所に出入りするお偉方たちの使うものであったから、格別にこわく、印象も格別深いのだった。だがこのとき、彼のあの「女……」という思いも消えてなくなった。その上たたかれ、ののしられたあとでは、なにやら一件すでに落着し、かえってさばさばしたような気持になり、米搗きにとりかかった。しばらく搗いていると、暑くなってきたので、また手を休めて服を脱いだ。

服を脱いでいるとき、外からさわがしい声が聞こえてきた。阿Qは生まれつき大の野次馬だったから、すぐに声のする方に出ていった。声をたよりに進むと趙旦那の家の奥庭までやってきた。たそがれていたが、多くの人間の姿が見わけられた。趙家の者は、二日飯を食べていない奥さんまで、みな出そろっていた。そのほかに隣の鄒七嫂（ツォウチーサオ）、ほんとうの同族の趙白眼（チャオパイイエン）、趙司晨（チャオスーチエン）もきていた。

若奥さんが呉媽を引っぱって、話しながら女中部屋から出てくるところだった。

「外へいらっしゃい……部屋に閉じこもって思いつめてちゃいけない……」

「誰だってあんたが真面目な人間だってこたぁ知ってるとも……決して短気を起こしちゃいけないよ」鄒七嫂も横から口を添えた。呉媽は声を出して泣きつづけた。時どき何かいうが、よく聞き取れない。

阿Qは思った。「へん、おもしれぇ。この若後家め何をさわいでるんだ」彼は人にたずねてみようと思い、趙司晨のそばに近づいた。そのときふと若旦那が彼の方に突進してくるのを見た。その上手にあの竹棒を持っていた。阿Qは竹棒を見ると、突然、自分がたたかれたこととこの騒ぎが関係あるらしいことに気づいた。彼はくるりと向きなおり、米搗き場に逃げもどろうとした。ところが竹棒が行く手をさえぎった。そこで彼は向きを変えて歩きはじめ、そのまま裏門を出て、やがて土地廟にもどってきたのだった。

阿Qはしばらく座っているうちに、身体に鳥肌が立って、寒くなってきた。春とはいえ、夜はまだ寒さがのこっていて、裸はふさわしくなかった。上着を趙家に置いてきた記憶はあったが、取りに行くには、秀才の竹棒がこわかった。しかしそこへ保長がはいってきた。

「阿Q、こん畜生！　趙家の女中にまで手を出しおって。これじゃまったく謀反だ。おかげで夜も寝れやしない。こん畜生！……」

ひととおり説教を食ったが、阿Qはむろん反論もなかった。最後に、夜だというので、酒手を倍増して四百文を保長に支払うことになったが、ちょうど現金がなかったので、フェルトの帽子を抵当とし、あわせて五つの条件を取り決めた。

一、明日赤蠟燭――一斤の重さのもの――一対、線香一封を持って、趙家をたずね謝罪すること。

二、趙家では道士にたのみ首吊り亡霊のお祓いをすることとし[*31]、その費用は阿Qの負担によること。

三、今後阿Qの趙家出入りを禁ずること。

四、呉媽に万一の事ある場合は、阿Qの責任とすること。

五、阿Qは賃金および上着の請求をせざること。

阿Qはむろんこれをのんだが、残念ながら金がなかった。幸いもう春で、綿入りの掛布団はいらなかったから、これを二千文で質に入れ、条約を履行した。上半身裸になり叩頭（こうとう）[*32]して謝ったあと、数文のこったが、もう先に抵当にしたフェルト帽を請けもどすのはやめて、全部飲んでしまった。一方趙家の方でも、線香、蠟燭はつかわず、奥さんが寺参りするときのために、とっておくことにした。ぼろの上着の方は、大半は若奥さんが八月に生むことになっている子供のおしめに変わり、のこりのぼろぼろの部分は呉媽の鞋底に化けた。

第五章　生活問題

阿Qは謝罪を終えると、やはり土地廟にもどってきた。日が没するころ、しだいに世間がどうも変だという気がしてきた。よく考えてみて、やっとわかった。原因はどうやら彼が上半身裸でいることにあったのだ。彼はぼろの袷がまだあったのを思い出し、それをはおって横になった。眼をあけたときは、日はすでに西側の壁の上を照らしていた。彼は「こん畜生……」といいながら身を起こした。

起き上がると例のごとく通りをぶらついた。裸のときのように身につきささるほどではなかったが、しだいにまた世間がどうも変な気がしてきた。この日以来、未荘の女たちがみな急に恥ずかしがり屋になったようなのである。彼女たちは阿Qを見かけると、誰もかれも家の中に逃げ込んだ。はてはもう五十に手がとどくような鄒七嫂（ツォウチーサオ）までが、人の後にくっついてもぐりこもうとするばかりか、十一歳の娘まで呼び入れた。阿Qは不思議でならなかった。そして思った。「こいつら急にお嬢さんのまねをはじめやがって。この売女（ばいた）ども……」

しかし彼がいっそう世間が変だと感じたのは、そのあと何日もたってからだった。第一に、居酒屋が掛けで飲ませてくれなくなった。第二に、土地廟の廟守りの年寄りが出ていけといわんばかりのつまらぬことをいうようになった。第三は、これで何日になるかはっきりおぼえていないが、確かに何日ものあいだ、誰ひとり彼を雇いにこないことだった。酒屋が掛け売りをしないのは、がまんすればすむ。年寄りが出ていけというのも、ぶつくさいわせておくまでのことだ。ただ雇い手のないのだけは、阿Qを腹ぺこにさせる。まったく非常に「こん畜生」な事件だった。

阿Qはがまんできなくなった。やむなく今までのお得意の家に出かけてさぐってみることにした――ただ趙家の敷居をまたぐことだけは許されていなかったが――ところが様子は一変していた。必ず男が出てきて、さも迷惑そうな顔付で、乞食にするように手を振っていった。

「ない、ない！　出て行け！」

阿Qはますますおかしい気がした。これらの家ではこれまで彼の手伝いがなくてはやっていけず、今度のように急に仕事がなくなることなどなかった。裏にきっと何かがあるにちがいない、と彼は思った。彼は注意深くさぐりを入れ、ようやく彼らが用があるときはみな小(シアオ)Donを呼んでいることを知った。この小Dは、すかんぴんの青二才で、痩せて意気地なしで、阿Qの眼中において、その位置はひげの王以下の人間だった。この青二才が彼の飯碗を奪うなど誰が想像しようか。したがって阿Qの怒りは、いっそうふだんとはちがった。かっかと腹を立てて歩きながら、突然手を揚げると彼は唄った。

「鋼の鞭を手に持って憎き汝を打ちすえん！……」[*33]

数日後、彼は銭家の目隠し塀の前で小Dに出会った。「仇同士は眼ざとい」、阿Qが立ちはだかり、小Dも立ち止まった。

「畜生!」阿Qがにらみつけていった。口からつばが飛んだ。

「おいら虫けらさ。いいだろう?……」小Dがいった。

この謙遜がかえって阿Qをいっそう怒らせた。しかし鋼の鞭は持っていない。やむなく突っかかって、伸ばした手で小Dの辮髪を引っぱった。小Dは片手で自分の辮髪の根元をつかんで守り、片手で阿Qの辮髪をつかんだ。阿Qも、空いている片手で、自分の辮髪の根元をつかんだ。今までの阿Qであれば、もともと小Dなど物の数ともしなかったのだが、彼はこのごろ腹を空かしていて、痩せて元気がない点では小Dに劣らなかったので、勢力均衡の情勢となった。四本の手がふたつの頭をつかみ、腰を曲げ、銭家の白壁に虹の形をした藍色の影を映し出すこと、半時間のながきに及んだ。

「もうよい、もうよい!」見物人たちがいった。なだめたつもりのようだ。

「よし、よし!」見物人たちがいった。なだめているのか、賞めそやしているのか、それともおりたてているのかわからなかった。

だが彼らはどれも耳にはいらなかった。阿Qが三歩進むと、小Dが三歩退り、どちらも立ち止まった。小Dが三歩進むと、阿Qが三歩退り、またどちらも立ち止まった。ほぼ三十分間——未荘には時計が少ないので、はっきりとはいいかねる。二十分だったかもしれぬ——彼らの頭髪から湯気が立ち、顔から汗が流れた。阿Qの手が放れ、その瞬間、小Dの手も放れた。同時に身を起こし、同時に離れ、どちらも人ごみを分けて出ていった。

「おぼえてろ、畜生……」阿Qがふり向いていった。

「畜生、おぼえてろ……」小Dもふり向いていった。

この「竜虎の闘い」は、どうやら引き分けに終った。見物人たちが満足したかどうかわからない。誰も何もいわなかった。しかし阿Qにはあいかわらず仕事の口はかかってこなかった。

ある日、たいへん暖かく、風がそよそよ吹いて夏のような天気だった。しかし阿Qは寒く感じた。それでもこれはがまんできた。いちばんこたえるのは腹が減ったことだ。綿入りの布団、フェルト帽、木綿の上着はもうとっくになくなっていたから、次は綿入れの上着を売った。ズボンがのこっているが、これは金輪際脱ぐわけにいかぬ。ぼろの袷の上着は、人にくれて鞋底になるくらいで、絶対に金にはならない。彼はとうから路で金を拾わないかと期待していたが、今になるまで見つからない。自分のこのぼろ部屋の中に突然金が出てきはしないかと、あわてて見まわしたが、部屋の中はがらんとして一目瞭然だった。そこで彼は食を求めて出かけることに決めた。

彼は道を歩きながら、「食を求め」ようとした。なじみの居酒屋が眼にはいり、なじみの饅頭(マントウ)が眼にはいったが、いずれも前を通り過ぎた。しばらくも足を止めなかったばかりか、欲しいとも思わなかった。彼が求めているのはこんなものではなかった。自分の求めているものがどんなものなのか、彼自身にもわからなかった。

未荘はもともと大きな村ではない。間もなく村はずれまできてしまった。村の外は多く水田で、見わたす限り、植えたばかりの苗の若緑がつづいていた。その中にいくつかまるい黒点が動いているのは、田仕事をする農夫の姿だった。だが阿Qはこののどかな田園風景を鑑賞しようともせず歩きつづけた。彼は直観的にこれと彼の「食を求める」道とはひどくかけはなれていることを知っていたからである。そのうち彼はとうとう静修庵の塀の外までやってきた。

静修庵のまわりも水田だった。白塗りの壁が新緑の中に浮かび、裏の低い土塀の中は菜園だった。阿Qはしばらくためらい、まわりをちらと見たが、誰もいない。そこで低い土塀にはい上がり、つるどくだみのつるをつかんだ。だが足もとの土がざらざらとくずれ、阿Qの足もぶるぶる震えた。やっと桑の木の枝にすがって、中に跳び下りた。中は青あおと草木が繁っていた。しかし、酒や饅頭やそのほかの食べられる物はなさそうだった。西側の塀寄りに竹藪があって、その下にたくさん筍が出ていたが、残念なことにみな煮えていない。油菜もあったがすでに実がつき、辛子菜は花が咲こうとしていたし、つけ菜ももうしなびていた。

阿Qはまるで落第した文童のようにひどく不満だった。のろのろ菜園の門に近づいていったとき、突然彼は驚喜した。そこにはひと畦(あぜ)古大根が植えられていた。彼はしゃがんで、抜きはじめた。そのときふと門からまんまるい頭がのぞいて、すぐまたひっこんだ。明らかに若い尼だ。若い尼の輩(やから)は本来阿Qにとって雑草も同然の存在だったが、しかし世の中のことは「一歩退って考えてみる」ことが必要だ。そこで彼は急いで大根四本を引き抜くと、青葉をねじり落として、ふところに入れた。だがそのときにはすでに年寄りの尼さんが出てきた。

「南無阿弥陀仏、阿Qおまえどうして、庭にはいりこんで、大根を盗むのかえ！……あれ、罪深いことを、おお、南無阿弥陀仏！……」

「おらがいつ庭にはいりこんで大根を盗った?」阿Qは尼さんを見ながら足を止めないでいった。

「今……ほらそこに」尼さんは彼のふところを指さした。

「これがおまえさんのだと? おまえさんが呼べば返事するかい。おまえ……」

阿Qは最後までいわず、さっと駆け出した。追ってきたのは肥えて大きい黒犬だった。これはもともと表門にいたのだが、どういうわけか裏庭にやってきた。黒犬は吠えながら追ってきて、あわや阿Qの足に咬みつこうとした。幸いふところからぽとりと一本大根が落ちた。犬はおどろいて、ちょっと立ち止まった。そのとき早く阿Qは桑の木にはいのぼり、土塀をまたいで、大根もろとも塀の外にころげ落ちた。後ろでは、黒犬が桑の木に向かって吠えつづけ、尼さんは念仏を唱えていた。

阿Qは尼さんが黒犬を外に放さないかと心配だったので、大根を拾うとそのまま歩きはじめ、途中でいくつか石ころを拾った。だが黒犬はもう現れなかった。そこで阿Qは石ころを放り投げ、大根を食べながら歩いた。そして考えた。ここにもおれの求めるものはない、やっぱり城内へいこう……。

三本の大根を食べ終ったとき、彼はもう城内にいく決意を固めていた。

第六章　中興から末路へ

未荘(ウェイチュワン)にふたたび阿Qの姿が現れたのは、この年の中秋を過ぎてすぐだった。人びとはみな驚いた。阿Qがもどってきたという話を聞いてはじめて、そういえばあいつ今までどこにいってたんだろうと考えた。阿Qは以前にも数回城内にいったことがあるが、そのときはたいていいくまえから得意になって吹聴した。だが今度はそうではなかったので、誰も気に留めた者はいなかったのだ。土地廟の廟守りの老人には話したかもしれぬが、未荘のならわしとして、趙(チャオ)旦那や銭(チエン)旦那や秀才の趙若旦那が城内に出かけるのでなければ、ひとつの事件とはいえない。にせ毛唐の場合さえその数にはいらぬのだから、阿Qなどいうまでもないことだった。だから老人もかわって宣伝してやるようなことはしなかったし、未荘の社会も知りようがなかったわけである。

しかし阿Qの今度の帰還は、今までと大いに異なり、確かに驚くに値するものだった。日も暮れかかったころ、彼はねむそうな眼をして居酒屋の店先に現れた。彼はカウンターに近づくと、ふところから銀貨と銅貨をつかみ出し、カウンターの上に投げ出していった。「現金だ！　酒をくれ」着ているものは新しい袷の上着だし、さらに腰帯には大型の財布を下げ、その重みでたわんだ帯がまるく弧を描いている。未荘では、少し人目を引くような人物に会った場合、侮(あなど)らんよりはむしろ敬せんの態度を取るのがならわしである。目の前にいるのがはっきり阿Qだとわかっていても、ぼろの袷を着たあの阿Qとはどうもちがう、古人も「士別れて三日なれば刮目して相待つべし」[*34]といったではないか、そこで給仕も主人も客も通りがかりの者も、みな疑いつつ敬する態度を示した。主人は、まずうなずいてみせてから、言葉をかけた。

「おや、阿Q、お帰り！」

「ああ、帰ったよ」

「おめでとう、おまえさんどこへ……」

「城内へいってた」

このニュースは、翌日には村中に伝わった。誰もがみな現金と新しい袷の阿Qの中興の歴史を知りたがった。そこで居酒屋や茶館や廟の軒下などでつかまえては探りを入れ、だんだんと聞き出していった。その結果、阿Qは新たな畏敬を受けることになった。

阿Qの話によると、かれは挙人旦那の家で働いていたという。この話を聞いて、みな粛然となった。この旦那はもともと白という姓なのだが、城内で挙人は彼ひとりだったから、姓をつけて呼ぶまでもなく、挙人といえば彼のことだった。それは未荘に限らず、周囲百里の土地みな同じだった。だから多くの者が、挙人旦那というのを彼の姓名だと思いこんでいるほどだ。そのお屋敷で働いていたというのだから、これは当然尊敬に値することだった。だが阿Qがさらにいうところによれば、彼はあそこで働くのはもう二度と真っ平だ、この挙人旦那はまったくもって「こん畜生」だから、というのだった。ここまで聞いて、みなはため息をつき、そして満足した。なぜなら、阿Qなどに挙人旦那のところで働く資格はないし、といって働くのをやめたとはもったいない話だったからである。

　阿Ｑの話では、彼がもどってきたのは、どうやら城内の人間が気に入らぬからのようでもあった。これは彼らが長凳（チャントン）を条凳（ティアオトン）と呼んだり、魚の空揚げに千切りの葱を添えたりすることに加え、最近の観察によってわかった欠点だが、女が道を歩くときに腰をくねらしてみっともない、ということだった。しかしときには大いに敬服する点もある。たとえば未荘の田舎者は三十二枚の竹牌を打つだけで、「麻醬（マーチアン）」*35をやれるのはにせ毛唐しかいないが、城内ではガキだって実にうまい。にせ毛唐なんか、城内の十いくつのガキにかかってさえ、たちまち「閻魔の前の小鬼」さ、といった。この話は、聞いている者を赤面させた。

「おまえら首斬りを見たことがあるか」阿Ｑはいった。「おい、おもしれえぞ。革命党を殺すんだ。ああ、おもしれえのなんのって。……」首を振り振りこういって、つばが正面の趙司晨（チャオスーチエン）の顔にとんだ。この話は、聞く者を粛然とさせた。ところが阿Ｑはまたぐるっと見わたすと、突然右手を持ち上げ、首をさし出して聞き入っているひげの王のぼんのくぼ目がけて打ちおろした。

「バサリ」

　ひげの王はびくっと跳び上がり、同時に眼にもとまらぬ速さで首をすくめた。聞いている者はみなぞっとなり、そして喜んだ。これ以来ひげの王は何日も頭がぼうっとなったばかりか、阿Ｑの側に近づこうともしなかった。他の者も同様だった。

　このとき未荘の村人の眼中における阿Ｑの地位は、趙旦那を超えるとまではいえぬにしろ、ほとんど差がないといっても、決していい過ぎではなかっただろう。

　ところが間もなく、阿Qの名声は突然未荘の閨中にまで広がったのだ。未荘には趙、銭の二氏だけが大家で、そのほかは十中八、九すべて浅閨であったが、閨中は閨中である。だからこれもまたひとつの不思議な出来事だった。女たちは顔を合わせると決まって噂をした。鄒七嫂が阿Qから藍の絹スカートを買った、古いのはむろん古いが、たったの九十銭だったそうだ。趙白眼の母親——一説に趙司晨の母という。考証を待つ——も子供用の真赤な夏物の上衣を買ったが、七分がた新しいのに、三百文しかしなかったそうだ。かくして彼女たちはみなしきりに阿Qに会いたがり、絹のスカートを持たない者は絹のスカートを、夏物の上衣を持たない者は夏物の上衣を買いたいと思った。そして阿Qの姿を見ても逃げないばかりか、ときには通り過ぎたのを追いかけて呼び止め、たずねたりした。

「阿Q、絹のスカートはのこってるかい。ない？　夏物の上衣もいるんだけど、あるだろう？」

　その後この話はとうとう浅閨から深閨にまで伝わった。鄒七嫂が得意のあまり、彼女の絹スカートを趙旦那の奥さまの鑑賞に供したからである。奥さまはこのことを趙旦那に告げ、しかも口をきわめて賞めちぎった。そこで趙旦那は晩飯の食卓で秀才若旦那と討論した。阿Qは確かに怪しい。われわれは戸締まりに気をつけなきゃならん。だがあれの品物は、まだ買えるものがのこってるかどうか、ひょっとして値打ち物があるかもしれぬ、ということになった。それに奥さんもちょうど安くて上等な皮の袖無しがほしいと思っていたので、衆議一決し、鄒七嫂にすぐ阿Qを呼びにいってもらうことになった。そしてこのために新たに三ばんめの例外を設け、この夜も特別に灯りをともすことが認められた。

灯皿の油がだいぶ減っても、阿Qは現れなかった。趙家の家族はみないらいらし、あくびをした。ある者は阿Qはあんまりふらふらしすぎるといい、ある者は鄒七嫂はのろまだといった。奥さんは、春の条件があるのでそれでなかなかこれないのじゃないかと心配したが、趙旦那は、心配はいらん、なぜならこの「わし」が呼びにやったのだから、といった。はたして、やはり趙旦那は見識があった。阿Qがついに鄒七嫂についてはいってきたのだ。

「ないないとばかりいうんです。私は自分でお話ししなというんですが、それでもないの一点張りで。私は……」鄒七嫂ははいってきながら、ハアハア息をきらしていった。

「旦那！」阿Qは笑っているような笑ってないような顔付であいさつし、軒下に立ち止まった。

「阿Q、おまえよそで金もうけしたそうだな」趙旦那は大股で近づき、彼の全身をながめまわしながらいった。「そりゃけっこう、けっこう。ところで、……古着を持っているそうだが、……全部持ってきて見せなさい、……いや、ほかでもない、このわしが……」

「鄒七嫂にいったんでやす。全部なくなっちまいやした」

「なくなった？」趙旦那は思わず声に出していった。「そんなに早くなくなるわけはあるまい」

「友達のもんなんで、もともとあんまりなかったんでやす。みんなが少し買ったら……」

「それでもちょっとはあるだろう」

「もう、長のれんが一枚あるだけで」

「じゃ、長のれんを持ってきて見せなさいよ」と奥さんがあわてていった。

「それじゃ、明日持ってくればよい」趙旦那はあまり熱心でなくなった。「阿Q、これから何か手にはいったら、いちばん先にわしらに持ってきて見せなさい、……」

「値段も決してよそより安くはしないからな」と秀才がいった。秀才の妻がちらと阿Qの顔に眼をやり、彼がありがたがっているかどうかを見た。

「私は皮の袖無しがほしいのよ」と奥さんがいった。

阿Qは返事をするにはしたが、のろのろと出ていった。彼が気にとめたかどうかもわからなかった。このことで、趙旦那はひどく失望し、腹を立て、かつ心配し、あくびも止まってしまった。秀才も阿Qの態度にひどく不満だった。そこで、このばか者は用心しなくてはいけない、保長にいいつけて未荘に住むことを禁じた方がいいかもしれぬ、といった。だが趙旦那の意見はちがった。そんなことをすればかえって怨みを買う恐れがある。ましてこの道の者は、たいてい「鷹は巣のそばのものは食わぬ」で、この村はかえって心配はない。ただこっちで夜ちょっと警戒しておけばすむことだ、といった。秀才はこの「庭訓（ていきん）」*36を聞き、まったくそのとおりだと感心し、阿Q追放の提案を即刻撤回した。そして鄒七嫂にたいし、くれぐれもこの話を外に漏らさぬようといった。

だが翌日、鄒七嫂は早速あの藍色のスカートを黒染めに出す一方、阿Qが怪しいといいふらしてしまった。秀才が彼を追放しようといったことだけは確かにいわなかった。しかし、このことだけでもすでに阿Qにはたいへん不利だった。まず保長がやってきて、長のれんを取り上げていった。阿Qが、それは趙家の奥さんが見せてくれといったものだといっても、保長は返してくれず、それのみか毎月つけとどけをするよう持ちかけてきた。次は、これまで村人が彼にたいしていだいていた畏敬の様子が急に変わった。相変わらず失礼なふるまいをするようなことはなかったが、遠く避けるような素振りが見えはじめた。この素振りには以前の、彼から「バサリ」とやられるのを警戒したときとまたちがって、少なからず「敬してこれを遠ざく[*37]」の要素がはいっていた。

ただ一群のひま人たちだけは、根掘り葉掘り阿Qの真相を探ろうとした。阿Qもべつに隠そうともせず、得意げに自分の経験を語って聞かせた。このことから、阿Qは塀にものぼれず、孔にももぐれず、ただ孔の外に立って品物を受け取るだけのほんの端役にすぎなかったことがわかった。ある夜、彼がひとつの包みを受け取ると、本職の男はまたしのびこんでいったが、間もなく中で大騒ぎがはじまったのが聞こえたので、彼は急いで逃げだし、その夜のうちに城内を脱け出し、未荘に逃げもどってきた、もうあんな仕事はこりごりだ、というのであった。しかしこの話は阿Qにとっていっそう不利だった。村人が、阿Qにたいして「敬してこれを遠ざく」の態度を取ったのは、もともと怨みを買うのを恐れたからである。ところがあにはからんや、もう盗みはこりごりというコソ泥にすぎぬとは。まったくもって、「これまた畏るるに足らざるなり[*38]」である。

第七章　革命

宣統三年九月十四日[*39]——すなわち阿Qが財布を趙白眼（チャオバイイエン）に売った日——午前三時すぎ、一艘の大型烏篷船（くろとまぶね）が趙家の船着場に着いた。船は真っ暗闇の中をやってきたし、村人たちはみなぐっすり眠りこんでいたので、誰も知らなかった。だが出ていったときは明け方近くだったから、何人かがその姿を見た。あちこち探って調べた結果、なんと挙人旦那の船であることがわかった。

この船は大きな不安を未荘（ウェイチュワン）にもたらした。正午にならぬうちに、全村の人心はひどく動揺した。船の使命について、趙家では極秘にしていたが、茶館や居酒屋の客たちはみな、革命党が入城してくるので、挙人旦那がわれわれの村に避難してきたのだといった。ただ鄒七嫂（ツォウチーサオ）だけはこれを否定し、ぼろの衣装箱をいくつかはこんできただけだ、挙人旦那は預けるつもりだったのだが、趙旦那は引き受けずにつっかえしてしまわれた、といった。実際挙人旦那と趙秀才は日頃から仲がよくなく、理屈からいって、「艱難を共にする」ほどの付き合いがあるはずもないし、まして鄒七嫂は趙旦那の隣人で、それだけ見聞も身近なのだから、たぶん彼女が正しいはずである。

しかし風説が盛んにとびかった。挙人旦那はどうやら自分ではこなかったようだが、趙家を「遠縁」あつかいした長い手紙をよこした、趙旦那は腹の中で計算し、どちらに転んでも自分にとってわるい話ではないと思ったので、衣装箱を預かることにし、今は奥さんのベッドの下に隠してある、という[*40]。革命党については、この夜たしかに入城した、みんな白兜（かぶと）白鎧（よろい）をつけていた、これは崇正皇帝の喪に服しているのだ、という者もいた。

阿Qは、もともと早くから革命党ということばは耳にしていたし、今年はその眼で革命党が殺されるのを見たこともある。ところがどこから手に入れたか、革命党は謀反であり、謀反は自分の敵であるという意見を持っており、それでこれまでずっと「徹底的に憎んで」きたのだった。

ところが思いがけぬことに、それは百里四方に名の聞こえた挙人旦那をこれほどまでに恐れさせるものであった。ここにおいて彼もとうとう「魂を奪われ」てしまった。まして未荘の有象無象のあわてふためく様子は、阿Qをいっそう痛快がらせた。

「革命もなかなかいいや」と阿Qは考えた。「こん畜生どもを革命してやるんだ。憎たらしい腹の立つ奴らめ！……おらだって、革命党に投降してやる」

阿Qはこのごろ生活が苦しくなって、いささかむしゃくしゃしていたようだった。加えて昼間空きっ腹にふた碗の酒を飲んだので、いっそう酔いのまわりが速く、考えながら歩いていくうちに、またふわりふわりとなってきた。どういうわけか、急に革命党が自分で、未荘の村人たちはみんな彼の捕虜になったような気がしてきた。彼は得意のあまり、思わず大声で叫んだ。

「謀反だ！　謀反だ！」

未荘の村人はみな驚きおののいた眼付きで彼を見た。このあわれな眼付きは、阿Qの今まで見たことのないものだった。それを見ると、彼は六月に雪水を飲んだような、すかっとした気分になった。彼はますます上機嫌で歩きながら叫んだ。

「よおっし、……おらの欲しいもんはおらのもんだ。おらの気に入った女はおらの女だ。

ドンドン、ジャンジャン

何たることぞ、酒に酔い誤って斬りし鄭賢弟、

何たることぞ、ああ……

ドンドン、ジャンジャン、ドン、ジャンリンジャン

鋼の鞭を手に持って憎き汝を打ちすえん！」[*41]

趙家の二人の男性とそのほんとうの同族の二人も、門前に立って革命を論じていた。阿Qはその姿も眼にはいらず、首を上げて唱いながら通りすぎていく。

「ドンドン……」

「Qさん」趙旦那がおずおずと阿Qの方を向き小声で呼びかけた。

「ジャンジャン」阿Qは自分の名前が「さん」づけで呼ばれることがあろうとは思いもかけず、てっきり自分と無関係な話だと思ったので、そのまま唱いつづけた。「ドン、ジャン、ジャンリンジャン、ジャン！」

「Qさん」

「何たることぞ、……」

「阿Q！」秀才がやむをえず呼び捨てにした。

阿Qはようやく立ち止まり、あごをつき出してきいた。「何だい」

「Qさん、……このごろ……」だが趙旦那の方にも話があるわけではない。「このごろ……景気はいいかい」

「景気？　むろんいいとも。おらの欲しいもんはおらのもんだ……」

「阿……Q兄い、おれたちみたいな貧乏仲間はだいじょうぶなんだろう……」趙白眼がおずおずといった。革命党の口振りを探ろうとするふうだった。

「貧乏仲間？　おまえさんおらより金持さ」阿Qはそういいながら立ち去った。

みんなはがっかりし、何もいわなかった。趙旦那父子は家にもどり、ついに灯りをともすまで相談をつづけた。趙白眼は家にもどると、腰から財布をはずし、妻にわたして、箱の中にしまわせた。

阿Qはふわりふわりと飛びまわり、土地廟にもどったときは、すでに酔いも醒めていた。この夜は、廟守りの老人も意外に親切で、彼に茶をふるまってくれた。阿Qは彼に餅(ピン)[*42]を二個所望して食べたあと、さらに使いのこしの四両蠟燭一本と燭台を出させて、灯りをともし、ひとりで自分の部屋に横たわった。口に出せないほど新鮮でうれしい気分だった。蠟燭の火が元宵[*43]の夜のように勢いよくおどった。阿Qの思いも勢いよく跳ねた。

「謀反だって？　おもしれぇ、……白兜(かぶと)白鎧(よろい)をつけた革命党の一団がやってくる。てんでに青竜刀、鋼の鞭、爆弾、鉄砲、三つ叉の諸刃(もろば)の刀、鈎鎌槍(かぎかまやり)を持って、土地廟の前を通っていく。『阿Q！　いっしょにいくぞ！』と声をかける。それでいっしょにいく……

「そんとき、未荘の有象無象どもめ、なんておかしいんだ。あいつらひざまずいて、『阿Q、お助け』だとよ。誰が許してやるものか。いちばんに死ぬ奴は小Dと趙旦那だ。それから秀才だ。それからにせ毛唐だ。……何びき許してやるか。ひげの王は生かしておいてもいいんだが、やっぱりいらねえや。……

「分捕り品、……ずいっとはいっていって衣装箱を開けるんだ。馬蹄銀[*44]、銀貨、夏物の上衣、……秀才の女房の寧波(ニンポー)ベッドをまず土地廟に運んでくる。それに銭(チェン)のところのテーブルと椅子を並べる――こいつも趙のところのでいいとするか。自分は手を出さない。小Dを呼んで運ばせるんだ。さっさと運べ。ぐずぐずすりゃあ、ひっぱたく。……

「趙司晨の妹はぶすだ。鄒七嫂の娘はまだ四、五年早い。にせ毛唐の女房は辮髪のない男と平気で寝やがって、ふん、ろくな女じゃねえ。秀才の女房はまぶたにあばたがある。……呉媽はながいこと見ないが、どこにいってるんだろう、――惜しいことに足がでかすぎる」

彼は十分に考えが定まらぬうちに、もういびきをかきはじめた。まだ半寸ほどしか減っていない四両蠟燭が、彼の大きく開けた口をあかあかと照らしていた。

「フワワー」阿Qは突然大声を出し、頭を持ち上げ、あわててあたりを見まわした。しかし四両蠟燭を見とどけると、またひっくりかえって眠った。

翌日彼はたいへん遅く起きた。通りに出てみると、何もかもいつもと変わらなかった。彼もいつものように空腹を感じた。彼は考えてみたが、何も思いだせなかった。だが突然考えが決まったらしく、ゆっくり大股で歩いて、いつのまにか静修庵にやってきた。

静修庵は春のとき同様静かだった。白壁と黒塗りの門を前にして、やや思案したあと、近寄って門をたたいた。中から犬が吠えた。彼は急いで煉瓦のかけらをいくつか拾い、また近寄ってやや力を入れてたたいた。黒門にたくさんあばたの跡ができたころ、ようやく誰かが門を開ける気配がした。

阿Qは急いで煉瓦をにぎりなおし、足をふんばって、黒犬との戦いにそなえた。だが門は少し開いただけで、黒犬も飛びだしてこなかった。のぞいて見ると、年寄りの尼さんだけだった。

「おまえまた何しにきたのかえ」彼女はひどく驚いた様子でいった。

「革命だ……知らんのか……」阿Qはもぐもぐとこういった。

「革命革命、革命はもうきたよ。……おまえさんたち、私たちを革命してどうするつもりかえ」

尼さんは眼を真赤にしていいった

「なに?……」阿Qはけげんな気がした。

「おまえ知らないのかえ。あの人たちがもうやってきて革命していったよ」

「誰が?……」阿Qはいっそうけげんな気がした。

「秀才とにせ毛唐だよ」

阿Qは実に意外で、思わず愕然となった。尼さんは彼が意気を挫かれたのを見ると、すかさず門を閉めてしまった。阿Qがまた押してみても、びくともしなかった。たたいてみても、返事はなかった。

それはまだ午前中のことだった。趙(チャオ)秀才は早耳で、革命党がすでに夜のうちに入城したことを知ると、辮髪を頭の上に巻き上げ、朝早くこれまで仲のよくなかったあの銭(チェン)にせ毛唐を訪問した。今や「咸与(みなとも)に維(こ)れ新たなる」*45時代であった。そのため彼らは話がよく合い、たちまち意気投合した同志となり、ともに革命にたずさわる約束をした。彼らはいろいろ考えたすえ、ようやく静修庵に「皇帝万歳万万歳」と書いた竜牌(ロンパイ)*46があるのを思いだした。これこそ急いで破壊すべきものだ。そこで彼らはすぐに静修庵に革命に向かった。年寄りの尼さんが妨害し、あれこれいうので、彼らは彼女を満州政府と見做し、頭上にポカポカ棍棒と拳骨を見舞った。彼らが立ち去ったあとで、尼さんが注意して調べてみると、むろん竜牌は粉ごなに砕けて土間に落ち、その上観音さまの台座の前の宣徳炉[*47]がひとつ姿を消していた。

このことを阿Qはあとではじめて知った。彼は自分が眠ってしまったことを後悔したが、彼らが自分に声をかけてくれなかったのも深く恨んだ。彼はしかし一歩退って考えた。

「あいつらおらがすでに革命党に投降したのを知らんのだろうか」

第八章　革命を許さず

未荘（ウェイチュワン）の人心は日ましに落ちついてきた。伝えられる消息によって、革命党は入城はしたが、格別大きな変化はない、ということがわかった。県知事の大旦那はもとのままで何とかと名前が変わっただけ、その上挙人旦那も何とか官――これらの名前を、未荘の者は誰もはっきりいえなかった――になり、兵隊の指揮をとっているのもこれまでの隊長だった。ただひとつだけ恐ろしい出来事は、何人かよくない革命党がまぎれこんでいて攪乱し、次の日には辮髪切りをはじめたことだった。あの隣り村の船頭の七斤（チーチン）が彼らの手にかかり、ぶざまな格好にされてしまったそうだ。しかしこれもまだ大恐怖とはいえなかった。なぜなら未荘の村人はもともとめったに城内にいかないし、たまたまいきたい者があったとしても、すぐに計画を中止したから、この危険にぶつかりっこなかったからである。阿Qも城内に彼の友達を訪ねるつもりだったが、この知らせを聞いたあとで、やむなく取り止めとした。

しかし未荘にも改革がなかったとはいえない。数日後、辮髪を巻き上げる者がしだいにふえてきた。すでに述べたとおり、最初はむろん秀才先生だった。その次は趙司晨と趙白眼、そのあとが阿Qである。これがもし夏だったら、みんなが辮髪を頭の上に巻き上げたり、うしろにまとめて髷を作ったりするのは何もめずらしいことではなかったが、今は晩秋である。だからこの「季節はずれ」の格好は、辮髪巻き上げ家にとっては非常な英断といわなければならず、未荘にとってもやはり改革に無関係だったとはいえないのである。

趙司晨が首筋もすっきりと歩いてきた。それを見た者たちが大声でいった。

「おお、革命党がきたぞ!」

阿Qはその声を聞いてひどくうらやましかった。彼は秀才が辮髪を巻き上げた大ニュースはとっくに知っていたが、しかし自分にその真似ができようとは思いもしなかった。今趙司晨まで巻き上げているのを見て、はじめて真似をする気になり、実行にうつす決心を固めた。彼は辮髪を巻き上げ、竹箸を挿して頭の上に留めた。それからながい間ためらったのち、やっと勇を鼓して出かけた。

彼は通りを歩いていった。人びとも彼を見たが、べつに何もいわなかった。阿Qははじめおもしろくなかった。のちにはむしゃくしゃしてきた。彼はこのごろたいへん怒りっぽくなっていた。実際は、彼の生活が謀反の前より苦しくなっていたわけではないし、人びとの態度も丁重で、店も現金でなければ売らぬとはいわなかった。しかし阿Qはどうしても自分の志とあまりにちがう気がしてならなかった。革命をしたのに、これだけであっていいものか。そして、小Dの姿を見たとき、彼の怒りは頂点に達した。

　小Dも頭の上に辮髪を巻き上げていた。しかもなんと竹箸を使っていたのだ。阿Qは彼がこんなことをしでかそうとはまったく思いもよらなかったし、阿Q自身彼のこの振舞いを決して許すわけにはいかなかった。小Dめ、いったい何者だってんだ。彼は即刻彼をつかまえ、竹箸をへし折り、辮髪をもとにもどし、さらに数発ビンタを食らわせ、身のほど知らずにも革命党になろうとした罪を懲らしめてやりたかった。だが彼はついに許してやった。じろりとにらみつけ、つばを「ペッ」と吐くだけにとどめた。

　この数日、城内に出かけたのはにせ毛唐ひとりだけだった。趙秀才も衣装箱を預かった縁故によって、自ら挙人旦那を訪問するつもりでいたが、辮髪を切られる危険があるというので、中止にした。彼は特別の「格式にかなった」手紙をしたため、にせ毛唐にたのんで城内に持っていってもらった。同時に彼にたのんで紹介者となってもらい、自由党への入党手続きをした。にせ毛唐はもどってくると、秀才に立て替えた銀貨四円を請求した。引き替えに秀才は銀の桃の実を手に入れ、自分の胸につけた。未荘の村人はみな驚き、これは柿油党[*48]の官位を表わす徽章で、翰林（かんりん）[*49]に当たるのだと敬服した。趙旦那はそのためにわかに羽振りがよくなった。それは息子が初めて秀才に合格したとき以上だった。それでいっさい眼中になくなり、阿Qを見ても眼もくれなかった。

　阿Qはちょうどむしゃくしゃし、その上時々刻々零落の感をいだいていたところだったので、この銀の桃の実のうわさを聴くと、すぐ自分の零落の原因を理解した。革命をするには、単に投降したというだけではだめだ。辮髪を巻き上げるだけでもだめだ。いちばん大事なことはやはり革命党と友達になることである。彼がこれまで知っている革命党は二人しかいない。城内の革命党はもうとっくに「バサリ」とやられてしまった。今はにせ毛唐しかのこっていない。急いでにせ毛唐に相談しにいくほかに、もはや道はなかった。

銭(チエン)家の正門はちょうど開いていた。阿Qはおずおずとはいっていった。中にいって、彼は驚いた。にせ毛唐が庭の中央に立っていた。全身真っ黒なのはたぶん洋服なのだろう。胸のところには銀の桃の実もついていた。手には阿Qがかつて教えをたまわったことのある棍棒を持ち、すでに一尺余りにのびてきた辮髪を解いて肩に垂らし、ざんばら髪の姿はまるで仙人の劉海蟾(りゅうかいせん)のようだった。その前に趙白眼(チャオパイイエン)と三人のひま人が背筋をぴんと立てて、うやうやしく話を聞いているところだった。

阿Qはそっと近づき、趙白眼の後ろに立った。声をかけたいと思ったが、どういえばいいかわからなかった。にせ毛唐と呼ぶのはむろんだめだ。外人もうまくない。革命党もまずい。だったら外国先生と呼ぶべきかもしれない。

しかし外国先生は彼が眼にはいらなかった。白眼をむいて演説に熱中していたためである。

「私はせっかちであります。したがいまして、私どもは顔を合わせますと、私はいつもいいました。洪(ホン)[*50]君、立ち上がろう。しかし彼はいつもNoといいます――これは外国語だから、諸君はわからないが。もし彼がウンといっていれば、とっくに成功していたのです。しかしこれこそ彼の事に当って慎重なところなのです。彼は再三再四私に湖北(フーペイ)にくるよう要請してきますが、私はまだ承知しておりません。といって誰がこの小さな県城で仕事をすることを望みましょう。……」

「えー、……あの……」阿Qは話がちょっととぎれるのを待って、十二分の勇気を奮い、ついに口を開いた。だがなぜだか、外国先生とは呼ばなかった。

話を聞いていた四人がびっくりしてふり向いた。外国先生もようやく彼を認めた。

「何だ?」

「おら……」

「出ていけ!」

「おら、投……」

「出て失せろ!」外国先生が葬式棒を振り上げた。

趙白眼とひま人たちもみなどなった。「先生が出ていけとおっしゃってるんだ。聞こえんのか」

阿Qは手で頭をかばいながら、われ知らず門の外に逃げだした。しかし外国先生も追ってはこなかった。彼は六十歩あまり急いで駆けてから、ようやくのろのろ歩きはじめた。このとき心中に憂愁がどっとこみ上げてきた。外国先生は彼に革命を許してくれなかった。もう道はない。これで白兜白鎧の者たちが彼を呼びにくる望みもまったくなくなった。彼の抱負、意図、希望、前途、そのすべてがバツで消されてしまった。ひま人たちにいいふらされたり、小(シァオ)Dやひげの王(ワン)の連中に笑いものにされることなど、さして重要なことではなかった。

彼はこれほどの味気ない思いを経験したことは、いまだかつてなかったような気がした。自分の辮髪を巻き上げたことも、意味のない、軽蔑すべきことに感じられたらしい。仕返しのために、すぐにでも辮髪をもとにもどそうと思ったが、そこまではしなかった。だが彼は夜までうろつき、掛けでふた碗の酒をひっかけ、それが腹中におさまるころになると、だんだん上機嫌になってきた。彼の脳裏にようやくまた白兜白鎧の片鱗がちらついた。

ある日、彼はいつものように夜がふけるまでぐずぐずすごし、居酒屋が看板になって、ようやく土地廟にもどっていった。

パン、パ〜ン！

彼は突然異様な音を聞いた。爆竹ではなかった。阿Qはもともと大の野次馬で、おせっかいやきであったから、暗闇の中を音のした方に進んでいった。前方に足音がするようだった。耳をすますと、いきなり誰かが向こうから逃げてきた。それを目にするや、阿Qも身を翻しその後ろにつづいて逃げた。人影が曲がると、阿Qも曲がった。角を曲がると、人影は立ち止まった。そこで阿Qも立ち止まった。後ろを見ると、何もなかった。人影はと見ると、それは小Dだった。

「何だ?」阿Qはむかむかしてきた。

「趙……趙家がやられた」小Dが息を切らしながらいった。

阿Qの心臓がどきどきした。小Dはこういうとすぐに行ってしまった。阿Qは二、三回逃げては止まり、逃げては止まりした。しかし阿Qはなんといっても「この道」の経験者だったから、特別大胆だった。彼は曲り角からそっと足を踏みだし、聴耳を立てた。何やらガヤガヤさわぐ声が聞こえた。さらに眼を凝らしてよく見ると、何やら多くの白兜白鎧の者たちが、次から次に衣装箱を運び出し、家具を運び出し、秀才の女房の寧波(ニンポー)ベッドまでも運び出しているように見えた。

だがよく見えない。彼はもっと前に出ようと思ったが、両足が動かなかった。

この夜、月はなかった。未荘は暗闇の中でしんとしていた。しんとして伏義[51]の太古の世のように平和だった。阿Qは立って見ているうちに、しまいにはいらいらしてきた。むこうではさっきと同じように、いってはもどり、いってはもどり、次つぎに運び出しているようだった。衣装箱を運び出し、家具を運び出し、秀才の女房の寧波ベッドまで運び出し、……彼自身自分の眼が信じられないほど彼らは運び出した。しかし彼はもう出ていくことはやめ、自分の土地廟にもどっていった。

土地廟はもっと暗かった。彼は表戸を閉めると、手探りで自分の部屋にはいった。横になってずいぶんたってから、ようやく気を静め、そして自分のことをいろいろ考えた。白兜白鎧の者たちは確かにやってきたのに、声をかけてくれなかった。たくさんのいい物を運び出したのに、おらの分け前はなかった——これはすべて憎むべきにせ毛唐が、おらの謀反を許してくれなかったせいだ。そうでなかったら、今度どうしておらの分け前がないようなことが起ころうか。阿Qは考えれば考えるほど腹が立ってきた。とうとう満身の恨みを抑えきれなくなり、憎にくしげにうなずいた。「おらには謀反をさせず、自分ばっかり謀反する気か。こん畜生のにせ毛唐め——よし、謀反してみろ。謀反は首斬りの罪だぞ。おらが必ず訴えてやる。おまえはしょっぴかれて県の役所に送られ、首斬りだ——一族みんな首斬りだ——バサリ！　バサリ！」

第九章　大団円

趙家(チャオ)の略奪事件は、未荘(ウェイチュワン)の大多数の村人を痛快がらせ、同時に不安におとしいれた。それは阿Qをも痛快がらせ、同時に不安におとしいれた。ところが四日後、阿Qは夜中に突然捕らえられ、城内に送られた。そのときはちょうど闇夜で、兵が一隊、自警団が一隊、警察が一隊、それに五人の斥候が加わり、ひそかに未荘にやってくると、夜陰に乗じて土地廟を包囲し、入口の正面に機関銃をすえつけた。しかし、阿Qは打って出てこなかった。ながい間何の気配もしなかった。あせった隊長は二十貫の懸賞金を出した。そこでやっと二人の自警団員が危険を冒して塀を越え、廟内に侵入し、内外呼応してどっと攻め入り、阿Qを捕まえた。捕まえられた阿Qは、廟の外の機関銃のそばまできて、ようやく眼を覚ました。

城内についたときは、もう正午だった。阿Qは腕をつかまれたまま古ぼけた役所にはいり、五、六回曲がって、小さな部屋に押しこめられた。彼が押されてよろめく間に、丸太作りの格子戸が後ろでギイッと閉まった。他の三方は壁で、よく見ると、部屋の隅にはほかに二人いた。

阿Qは不安ではあったが、それほど苦痛ではなかった。土地廟のねぐらも、この部屋よりいくらもりっぱとはいえなかったからである。他の二人も田舎の者らしく、しだいに彼と話を交わすようになったが、ひとりは挙人旦那から祖父ののこした古い借金を取り立てられ、返せないためだといい、もうひとりは何のためか知らないといった。彼らから問われると、阿Qはきっぱりと答えた。「謀反しようとしたためさ」

午後彼は牢から出され、広間に連れてこられた。奥の方には頭をつるつるに剃った老人が座っていた。阿Qは坊さんかと思ったが、手前に兵が一列に並び、両側にはさらに長衣を着た男が十数人立っていた。その中にはこの老人のように頭をつるつるに剃った者も、にせ毛唐のように一尺ほどの長髪を肩に垂らした者もおり、誰もがひきつった恐ろしい顔でこちらをにらみつけていた。それを見て阿Qは、この老人はきっと身分の高い人物にちがいないと思った。するとたちまち膝の関節ががくがくとして、ひざまずこうとした。

「立って話せ！　ひざまずくな！」長衣の男がいっせいに大声でいった。

阿Qは、いわれていることはどうやらわかったが、どうしても立っておれない感じがし、身体が知らず知らずしゃがんでいって、とうとうそのままひざまずいてしまった。

「奴隷根性！……」長衣の男がまた蔑むようにいった。けれども立てとはいわなかった。

「正直に自白せよ。そうすれば痛い目に会わなくてすむぞ。とっくにわかっているのだ。自白すれば、許してやっていい」坊主頭の老人が阿Qの顔を見すえながら、落ち着いた声ではっきりこういった。

「自白しろ」長衣の男も大声でいった。

「おらもともと……自分から……」阿Qはわけもわからぬまま考えていたが、ようやくきれぎれにこういった。[*52]

「ならば、なぜこなかったのだ」老人がやさしい声でたずねた。[*53]

「にせ毛唐が許してくれなかったんで」

「でたらめをいうな。今どきいってもおそいぞ。今、おまえの仲間はどこにいる」

「何がでやす？……」

「あの夜趙家に押し入った仲間だ」

「あいつら、おらを呼びにこなかった。あいつら自分で運んでいったんで」阿Qは話をするうちに腹が立ってきた。

「どこに逃げたのか。いえば許してやるぞ」老人はますますやさしくなった。

「おら知らねえ。……あいつらおらを呼びにこなかった……」


老人がここで眼くばせをすると、阿Qはまた牢へ連れていかれた。彼がふたたび牢から引き出されたのは、翌日の午前中だった。

広間の様子はまったく変わらなかった。奥の方にやはり坊主頭の老人が座っていた。阿Qもやはりひざまずいてしまった。

老人がやさしい声でたずねた。「まだ何かいいたいことがあるか」

阿Qは考えてみたが、何もなかった。そこで答えた。「ねえです」

すると長衣の男が一枚の紙と一本の筆を阿Qの面前につきつけ、筆を彼の手に持たせようとした。阿Qはこの時ひどく驚き、「魂も飛び散り」そうになった。なぜなら彼の手が筆と縁を持つのは、これが初めてだったからである。彼が持ち方がわからずにいると、男はさらに紙の一か所を指さして署名をするようにといった。

「おら……おら……字を知らねえ」阿Qは筆をぎゅっとつかみながら、おどおどと、そして恥じながらいった。

「じゃ、何でもいい。マルを画け」

阿Qはマルを画こうとしたが、手は筆をにぎったままぶるぶる震えた。それで男は彼のために紙を床に広げてやった。阿Qはその上におおいかぶさり、生涯の力を傾けてマルを画いた。彼は人に笑われまいと、何とか上手なマルを画こうと思っていた。しかし憎むべき筆はひどく重いばかりか、いうことを聞かない。ぶるぶるとマルを画いてきて、やっと最後にマルを閉じようとしたとき、筆が外にはね、西瓜の種のような形になった。

阿Qがマルがうまく画けなかったことを恥じていると、男は何もいわず、さっさと紙と筆を取り上げてしまった。そして彼は多くの男たちに引き立てられ、ふたたび牢に送りこまれた。ふたたび牢に送りこまれても、彼は格別悩みはしなかった。人間この世に生まれたからには、牢にぶちこまれたり、出されたりするときもあるだろうさ、マルを画かされるときもあるだろうさ、と彼は考えた。ただマルがうまく画けなかったことだけは、彼の「行状」の汚点だった。しかし間もなく彼の心のこだわりは消えた。彼は思った。おらの孫ならまんまるのマルが画けるさ。そう思うと、彼はぐっすり眠った。

しかしこの夜、挙人旦那の方は、一睡もできなかった。彼は隊長にたいして腹を立てていた。挙人旦那は、いちばん大事なのは盗品を捜すことだと主張したのに、隊長は、いちばん大事なのは見せしめをすることだと主張した。隊長は、このごろ挙人旦那を眼中に置かなくなっていたので、テーブルをたたき椅子を鳴らしてこういった。「一を懲らしめて百に知らしめるですぞ。見てください。わしが革命党になって二十日もせぬのに、強盗事件がすでに十数件にものぼり、すべて未解決です。わしの面子はどこにあります？　しかもせっかく解決しかかったら、今度はあんたが邪魔をされる。だめです。これはわしの管轄です！」挙人旦那は言葉に窮したが、それでも、「もし盗品の追究をしないのであれば、即刻民政協力の職務を辞退する」といって、つっぱった。ところが隊長は「どうぞご自由に」といった。それで挙人旦那はこの夜ついに一睡もしなかったのであった。だが幸いにして、彼は翌日になっても辞職しなかった。

阿Qが三度めに牢から引き出されたのは、挙人旦那が眠れなかった夜の次の日の午前だった。彼が広間にいくと、奥にはいつもの坊主頭の老人が座っていた。阿Qもいつものようにひざまずいた。

老人はおだやかな声でたずねた。「何かいうことはあるかね」

阿Qは考えたが、何もなかったので、「ねえです」と答えた。

多くの長衣を着た男や短衣を着た男たちが、突然彼に木綿の白い袖無しを着せた。上に黒字で何か書いてある。阿Qはひどく気に病んだ。それが喪服そっくりだったからである。喪服なんて縁起でもねえ。だがそれと同時に彼は両手を後ろ手に縛り上げられ、同時にそのまま役所の外に引き出された。

阿Qは幌のない車にかつぎ上げられた。数人の短衣の男が彼といっしょに乗りこんだ。車はすぐに動きはじめた。前を鉄砲をかついだ一群の兵士と自警団員が進んでいく。両側は口を開けたたくさんの見物人だった。後ろはどうか。阿Qには見えなかった。突然彼は感じた。これは首斬りにいくのではないか。彼はあわてた。両眼がくらみ、耳がグワーンと鳴って、気を失いそうになった。だが気を失ってしまいはしなかった。ときどきはあわてたが、泰然と落ち着いているときもあった。彼は心の中でどうやら、人間この世に生まれたからには、ときには首を斬られるようなこともあるさ、と感じているようであった。

彼はまだ路をおぼえていた。それでいぶかしく思った。何で刑場の方にいかないのだろうか。彼はこれが引き廻しであり、見せしめであることを知らなかった。だがたとえ知っていても同じだったろう。彼は、人間この世に生まれたからには、ときには引き廻しにあったり、見せしめにされることもあるだろうさ、と考えただけにちがいない。

彼ははっと悟った。これは遠回りして刑場へいく道だ、まちがいなく「バサリ」と首を斬られるのだ。彼は茫然と左右を見た。蟻のような人だかりである。と、ふと路ばたの人ごみの中に呉媽の姿を見つけた。久しぶりだった。彼女は城内に仕事をしにきていたのだ。阿Qは不意に自分が芝居の歌のひとつも唱えない意気地なしであることが恥ずかしくなった。さまざまな思いが彼の脳裏を旋風のように駈けめぐった。「若後家の墓参り」では威勢がよくない。「竜虎の闘い」の「何たることぞ」でも意気地がなさすぎる。やはり「鋼の鞭を手に持って憎き汝を打ちすえん」にしよう。彼はそう思うと同時にさっと手を振り上げようとしたが、そのときはじめて両手とも縛られていることに気づいた。そこで「鋼の鞭を手に持って」を唱うのはやめにした。

「生まれ変わって二十年後はりっぱな男……」うろたえきった阿Qの口から、今までいったこともない言葉がとび出した。それは「師匠もなしに自分で悟り」思いがけず出てきた文句だった。「いいぞ」阿Qがおわりまでいわぬうちに、群衆の中から、狼の吠えるような声が発せられた。

車は進みつづけた。阿Qは喝采の声の中をしきりに目を動かして呉媽を見た。しかし呉媽はいっこうに彼を見ず、ただぼんやりと兵士たちの背の鉄砲に見とれていた。

阿Qはそこでふたたびあの喝采した人びとを見た。

その刹那、さまざまな思いが彼の脳裏をまた旋風のように駈けめぐった。四年前、彼は山の麓で一匹の餓えた狼に出会ったことがあった。狼は彼の肉を食おうとして、近くもならず遠くもならず、どこまでも彼の後をつけてきた。彼はそのとき恐ろしさで息も止まりそうだったが、幸い手に斧を持っていたので、それを頼りにやっとのことで気を取りなおし、何とか村までもどってきた。だがあの狼の眼はいつまでも覚えている。残忍でそれでいてびくびくした眼。それが鬼火のように光を放ち、遠くの方から彼の皮肉を突き通すかと思われた。ところが今またこれまで見たこともないもっと恐ろしい眼を見た。鈍いそれでいて鋭利な眼。それがすでに彼の言葉を噛み砕いたばかりか、彼の皮肉以外のものまで噛み砕こうとして、近づきもせず遠くもならず、どこまでも彼の後をつけてくる。

これらの眼がすっと重なってひとつになったかと思うと、もう彼の魂に噛みついていた。

「救けてくれ……」

しかし声にはならなかった。彼はとっくに眼がくらみ、耳がグワーンと鳴って、全身がこなごなに飛び散るのを感じた。

当時の影響はどうかといえば、最大の影響を蒙ったのは、なんと挙人旦那だった。結局盗品の追究はなされず、そのため家族全員で号泣した。その次は、趙家だった。秀才が城内に訴えにいったさい、わるい革命党に辮髪を切られてしまったうえ、二十貫の懸賞金まで負担させられた。そのため家族全員で号泣した。この日以来、彼らの間にはしだいに遺老*54じみた空気がただようようになった。

世論はどうかといえば、未荘ではみな異議なく、むろん阿Qがわるい、銃殺されたのが何よりそのわるい証拠だといった。わるくなければ、どうして銃殺されたりするものか。しかし、城内の世論はかんばしくなかった。彼らの半数以上は不満足だった。彼らは思った。銃殺は首斬りほどおもしろくない。それになんて変てこな死刑囚なんだ。あんなにながい間引き廻されながら、芝居の歌ひとつ唱わないのだから。ついてまわってばかを見た、と。

一九二一年十二月

（丸尾常喜　訳）

訳注

(1) 『論語』子路。名が正確を欠くと言葉がよく通じないという意。
(2) 神仙の伝記も「内伝」と称された。
(3) 『博徒別伝』の原作は実はコナン・ドイル「ロドニィ・ストーン」。
(4) 後出の『新青年』によった陳独秀、胡適らの提唱する白話文学に反対した文学者林紓（リンシュウ）の言。
(5) 正しい伝承の意で「伝」の中国音が異なる。
(6) 字は名（本名）のほかにつけられる呼び名。他人が呼ぶときは一般に字で呼ぶ。
(7) 隋代以来行われるようになった科挙は、時代によってそれぞれ違いがあるが、清代では、本試験の前段階として予備試験が設けられていた。予備試験の合格者は「生員」と呼ばれ、身分上、県学・府学などの学校に所属するものとされた。生員の俗称が「秀才」である。また科挙を目指して準備中の者を「童生」または「文童」と呼ぶ。生員は本試験の受験資格を得るのみで、官僚にはなれないが、種々の特権があった。本試験も三段階に分かれ、それぞれ郷試・会試・殿試と呼ばれ、三年ごとに実施された。郷試は各省の省都で行われ、合格者を「挙人」と呼ぶ。挙人は会試受験の資格を得るとともに、県知事クラスの官職に就くこともできたが、後出の白挙人のように故郷にのこり、種々の政治的、経済的特権を享受、行使する者も多かった。郷試合格者は翌年北京で行われる会試に応じ、その「貢士」と呼ばれる合格者はついで宮中で行われる殿試（皇帝自身が行う）に臨んだ。その合格者が「進士」と呼ばれる。この進士が各部署に配置されて高級官僚群を形成することになる。毎回多いときで合格者四百に満たない激烈な競争試験であった。この科挙制度は清末にはいって、何度か改革が試みられたが、結局一九〇五年に廃止された。

(8) 郷村の治安係。

(9) 旧暦八月は桂月。古くから月には桂樹（もくせい）があるとされた。

(10) 中国で考案された音標文字、一九一八年公布。

(11) 阿は親しみをこめて名や幼名などの前につける接頭語。

(12) 胡適「水滸伝考証」中の語。胡適は魯迅と並んで中国白話小説の近代的研究の創始者でもある。

(13) 適之は胡適（フーシー）の字。

(14) 人の一生の経歴を述べた文書、死後につくられ印刷配布されることが多い。ここでは経歴。

(15) 各地の土地神を祭る廟。

(16) 城壁に囲まれている都市をこういう。

(17) 科挙の最終試験〔殿試〕の首席合格者。

(18) つぼの中のサイコロの目を推定して十の場所〔門〕に賭けさせる賭博の一種。

(19) 以下、サイコロの目は朱雀（天門）・青竜（地）・白虎（人）・玄武（我）の四つで、賭ける門は四方にあたるこの四つに、地・人方向の穿堂と天・我方向の穿堂〔穿は通すの意〕に、四つの角を加えて十門になる。

(20) 芝居の外題。

(21) 祭礼の犠牲で、もとは牛・羊・豚の三種を称したが、後世では牛のみをいう。

(22) 葬式で遺族が身を支えるために持つ棒。阿Qはステッキを指してこういう。

(23) 皇帝への上奏文の最後に用いる常套句。

(24) 『孟子』離婁。

(25) (後嗣を失い) 若敖氏の亡魂たちもあの世で餓えに苦しむことになろうの意。『春秋左氏伝』宣公四年の記述にもとづく。

(26) 『尚書』畢命。

(27) 紂(ちゅう)王の妃。

(28) 幽王の妃。

(29) 『三国演義』の描く虚構であるが、故意にこういう。

(30) 三十歳のこと。『論語』為政。

(31) 縊死をはかる者は身代りを求める縊死者の亡霊にとりつかれていると考えられた。

(32) ひざまずき床に頭をつける礼。

(33) 芝居「竜虎の闘い」の中の一句。

(34) 『三国志』呉書・呂蒙伝注。「刮目して相待つ」はまったく新しい眼で見るの意。

(35) 胡麻みそ。「麻将(マーチアン)」(麻雀) のことを阿Qは胡麻みそという名のゲームと思っている。

(36) 庭の訓(おしえ)、父親の教え。『論語』季氏。

(37) 『論語』雍也。

(38) 『論語』子罕。

(39) 西暦一九一一年十一月四日。辛亥革命勃発後二十五日めにあたる。辛亥革命は、一九一一年十月十日の湖北省武昌における軍隊の蜂起（「武昌起義」）に始まり、またたく間に各地に広がった。十一月四日というのは、歴史的には浙江省杭州府が革命軍に占領され、作者魯迅の故郷であり、当時彼自身そこに住んでいた同省紹興府が清朝からの独立を宣言した日である。この辛亥革命によって中華民国が成立、その臨時大総統に孫文（スンウェン）が就任したが、革命側の実力不足や複雑な構成によって、孫文はやがて清朝の旧臣で軍権を握っていた袁世凱（ユアンシーカイ）にその地位を譲らざるを得ず、共和国の理想はさまざまな挫折を余儀なくされた。

(40) 正しくは崇禎。村人が誤ってこういう。明朝最後の皇帝で、自殺によって明朝と運命を共にした。

(41) 芝居「竜虎の闘い」中の句。前半は明の太祖趙匡胤の唱、最後の一句は彼を仇とねらう呼延賛のもの。阿Qはそれをごたまぜにしている。

(42) 小麦粉などをこねて薄くのばし焼いた食料。

(43) 旧暦一月十五日の夜、街ではにぎやかに灯籠がかかげられる。灯節ともいう。

(44) 馬蹄形の銀貨。

(45) 『尚書』胤征。

(46) 寺ごとに置くことを定められていた木牌。

(47) 明の宣徳年間に作られた香炉。

(48) 自由党を誤ってこういう。

(49) 科挙の成績優秀者を選んで詔勅の文章などを作成させる翰林院のメンバー。

(50) 清朝新軍の旅団長で、のち革命軍都督、中華民国成立とともに副総統となった黎元洪（リーユアンホン）を指すと思われる。

(51) 伝説上の太古の帝王。

(52) 阿Qは自分が革命党に投降するつもりだったことをいおうとする。

(53) 老人は阿Qが自首するつもりだったととる。

(54) 亡んだ前朝の臣下。

〝鉄魚〟の鰓（えら）

許地山

許地山（Xu Dishan）一八九三――一九四一

福建省龍渓の人。本名は許賛堃、あざなは地山。ペンネームは落華生。コロンビア大学やオックスフォード大学で哲学、文学、社会学を学ぶ。帰国後は燕京大学、清華大学教授をつとめ、インドで民俗学などを研究した。作品に「巣を作る蜘蛛」（一九一五）、「春桃」（一九三四）などがある。「〝鉄魚〟の鰓」は、一九四一年二月に雑誌『大風』に発表されたものだが、その年の八月に世を去ることになる許地山の、最晩年期の作品に属する。原題は「鉄魚底鰓」。

その日の昼さがり、警報解除のサイレンはもう鳴りおわっていた。華南のとある大都市のにぎやかな通りの両側には、ひとびとがびっしりと立ち並んでいた。みんなかしこまったようすで、国の防衛にあたる兵士たちの行進を見守っているのだった。隊のなかには、おかしなことだが、ひとりとして銃をかついでいる者はいなかった。頭にかぶっているのは、どこにでもあるような竹の編み笠だし、着ているものは灰色の服である。そのかっこうは、兵隊にも見えず、また百姓にも見えなかった。行進はもちろん、戦意の盛んなさまをうちわに見せつけるためのものなのだろうが、ほかにどんな目的があるものやら、知ることを得ず、だ。

行進が行ってしまうと、みちばたからひとりの年寄りがとび出してきた。髪はぼさぼさで、まるで皮の帽子でもかぶっているようである。身にまとっているのは洋服だったが、つくろいのあとだらけで、もとのようすをとどめていない。手にはなにやら巻きものを抱えながら、あわてるようにして路地裏からとび出てきたところで、不注意にもひとにぶつかってしまった。

「雷さん、ずいぶんおいそぎのごようすで」

年寄りが頭を上げると、それは、それほど親しいわけでもない友人のひとりであった。じっさい雷老人にはともだちがいない。この友人も、いまの行進に行く手をはばまれて、しばらく動けなかったところで、いそいで家に帰ろうとしていたのである。雷は名を呼ばれたものだから、とりあえず立ち止まると、言った。

「おや、黄(ホァン)さんでしたか。しばらくぶり。あんたも防空壕から出てきたところですか？　あのおかたたちは戦闘訓練をする。わたしらみたいな役立たずは、それにくっついて避難訓練をするだけですな」

「まったくです」

　黄は笑ってそう答えた。

　ふたりは知らず知らず立ち話をしてしまったが、黄がかれの手に抱えたものはなにかとたずねると、雷はこう答えた。

「わたしの心血を注いだものですよ。話せば長くなりますな。もし興味がおありでしたら、うちに来ませんか。お見せしましょう。見ていただいて、ご意見をうかがいたい」

　黄(ホァン)は知っていた。雷(レイ)はもっとも早い時期に外国に派遣されて大砲の製造を学んできた官費留学生なのである。帰国したものの、国内には大砲を作る軍事工場がないものだから、生涯、志を得ないままで過ごしてしまったのである。英語や数学の教師もやってみたことはある。工場でもけっこうな年月を、管理の仕事にあたった。最後にはその大都市からそう遠くない割譲島にある海軍の造船所で、しがない職工として働いた。だがそれもとうにやめてしまっていた。黄はこの年寄りの興味が兵器学にあることを知っていた。手にしているものは、きっとまた空想上の兵器の設計図かなにかであろう。黄は心のなかでそう思った。かれは雷老人に向かって微笑むと、言った。

「雷さん、わかってますよ。また〈殺人光線〉とか〈ミサイル〉とかいった新兵器の図面でしょ

う。ちがいますか」その口ぶりは、疑ってかかっているというふうであった。それというのも、

今までにかれが書いた図面は、軍当局に提出しても、ひとつとして採用されたものがなかったか

らである。かれがあまりに空想的にすぎるとか、才能のない人間だとかいうのは、かならずしも

正しいとはいえないが、いずれにせよ、成果をあげてみせてくれたことは、一度もなかったので

ある。

雷は黄に答えて言った。「いや、いや。これはね、そんなものよりも、ずっと重要なものなん

です。どうやら君には興味を抱いてもらえそうにないですね。じゃあ失敬」そう言いながら、か

れは足を踏み出した。

ところが黄は、いまのことばに興味をそそられてしまったのだ。雷のあとについて歩きながら、

こう言った。「新発明なら、ぜひともまっさきに見たいものですね。わたしの家からも遠くあり

ませんから、どうでしょう、うちに来てお話ししませんか」

「おじゃましますまい。この図面を見ただけじゃ、つまらんでしょう。じつはもう、小型の模

型を作ってあるんです。うちに来てくだされ。実験して見せましょう」

黄は、それがいったいなんなのか、たずねるのはもうやめて、とにかくだまってかれについて

いくことになった。ふたりは口もきかずに、並んで歩いた。

ほどなくして、ふたりは雷の家についた。老人はいささか歩き疲れたようすで、さきに客を奥

に通すと、自分は手にしていた図面の巻物を机の上に置き、椅子に腰をおろした。黄がかれの家に来たのは始めてである。みると壁いちめんに、さまざまな設計図が張り付けられている。それらがいったいなんの図面なのか、見当もつかなかった。部屋の奥にはちっぽけな作業台が置かれ、鋸、ペンチ、ドライバーなどの工具が、整然とならべられていた。棚の上に目をやると、そこには小さな木箱がいくつか置かれていた。

「これですよ。わたしが最近考案した潜水艇の模型は」と、雷は黄の向けた視線に沿って棚のほうに歩みよると、三尺ほどの大きさの木箱を取っておろし、これを開けると、なかから一匹の〈鉄の魚〉を取り出した。「もう何年も何年も考えてきた。この潜水艇の特徴はね、まるで魚のように、呼吸のできる〈鰓〉を持っていることなんです」

かれは黄を、部屋の裏にある中庭につれていった。そこにはトタン板を使って自分でこしらえたらしい、大きな桶があった。大きさは八尺ほどで、外側は木の板でおおってあったが、ひとめ見て、輸入品の荷箱を三つばかり使ってこしらえたものであることがわかった。桶のなかには、四尺ほどの深さまで水がたたえてあった。かれは鉄の魚を水に入れる前に、〈魚〉の上部にある蓋を開けて、内部の構造を黄に説明した。かれはこう言った。この〈魚〉の空気の供給法は、いま用いられているしくみとは異なっているのだ。かれの鉄の魚は、酸素を取りだす。本物の魚が水中で呼吸をするのと同じように、である。だから、水中にもぐっていられる時間を長くすることができる。何日も水面に浮上しなくても大丈夫なのだ。そう言いながら、かれは例の設計図を広げた。一枚、また一枚と、指さしながら説明していった。かれは言った。警報が聞こえたら、なにはともあれ、この設計図だけは持って逃げるのだと。そのほかの特徴についても、かれはこう続けた。「わたしのこの魚は、たくさんの〈遊泳カメラ〉を持っています。つまり、どんなに深く、ふつうの潜望鏡なら見ることができないほど深くもぐっても、何個かの〈遊泳カメラ〉を放出し、それらを水面に浮上させておきさえすれば、電流の伝達によって、水面と空中の状況を艇内の画面に映すことができるというわけですね。水面に浮かんだ〈遊泳カメラ〉は小さなものだし、好きなような形に改装できるから、低空飛行をしている飛行機にも簡単には見つけられない。また、潜水艇の魚雷発射管は艇外に備えられています。発射する時には、艇の本体は移動させる必要はなく、そのままどの方向にでも打つことができるし、旧式の潜水艇のように、魚雷を発射する時におこりうるような危険な状況もありえません。そのうえ艇内の乗組員は、ひとりひとりが人工の鰓を持っているから、まんいち艇に事故がおきたとしても、みんなすばやく脱出ハッチから出て水面に浮上することができるのです」

かれはそう言いながら、模型の上の蜂の巣形のハッチを開けて、乗組員がどのようにして脱出できるのかを説明した。ところが黄はもう、いささかたいくつしてきたところであった。かれは言った。「あなたの専門的なお話は、もうけっこうですよ。せっかくお話しいただいても、わたしには、チンプンカンプンなんでね。どうです？　先にそいつを水の中に入れてみせてくださいよ。それから、しくみを説明してもらったほうが、よろしいんじゃないでしょうかね」

「はいはい。わかった、わかった」雷はそう答えながら、小型発電機のスイッチを入れると、模型の上側のハッチをしっかりと閉めて、水の中に入れた。沈んでしばらくすると、はたして一個の小さな魚雷を発射して、そいつはふたたび浮上してきた。かれは言った。「これでは〈鉄の鰓〉のはたらきを説明することはできません。部屋に入ってくだされ。別の模型を見せてあげましょう」

かれは模型の潜水艇を部屋に持ち込むと、机の上に置いた。黄を棚のもういっぽうに連れていくと、木箱の中から、鉄の鰓の模型を取り出した。その模型は家庭で魚を飼うガラスの水槽のようであり、まん中は二枚のガラス板で隔てられ、その間には複雑そうな機械がはさまれていた。かれはいっぽうに水を注ぎ入れると、電線をプラグに接続した。水が入れられたほうのガラス板には、たくさんの細かな縦長のすきまが開いていて、水はそこから浸透していくようになっていた。ほどなくすると、はたしてガラス板にはさまれた仕掛けとポンプとが作動し始めた。水の入っていないほうの板は、艇内の壁の一部を代表していて、いくつものポンプのようなものが、ガラス板の上の多くの管と連結していた。かれは黄に言った。この模型が人工の鰓なのである。水の中から酸素を抽出し、同時に二酸化炭素を排出することができるのだ、と。かれによれば、艇の内部には調節機がついていて、空気を人間の呼吸にちょうどよいように調整することができるという。水圧の問題については、戦闘用の潜水艇は深海にまで潜る必要はない。どうしたら深海探索用の潜水艇を作ることができるかも研究中であるが、まだメドはたっていないということだった。

黄(ホアン)はひとつひとつ、あまり理解できない話を聞いていたが、さりとて質問しようという気にもならなかった。ひとりで好きなだけしゃべらせておき、かれが設計図をしまい、すべての模型をもとのところにかたづけると、ふたたび腰をおろして、別の話でもしようと思った。

ところが雷の興味はまだその〈鉄の鰓〉にあった。かれは自分の発明がどれほど有用か、そして、どのようにして中国海軍の軍備を増強できるかを、とめどなく話し続けるのだった。

「その発明は軍当局に捧げるべきですよ。だれかが注目して、造船所で試作するチャンスを与えてくれるかもしれませんよ」黄はそう言うと、腰をあげた。

雷は、かれが帰ろうとしているのを知ると、おしとどめて言った。「黄さん、ゆっくりしてっていいでしょう。今晩は茶館に行ってなにか食べませんか。おごりましょう」

かれのふところぐあいがよくないことを、黄は知っていた。金を使わせるようなことはしたくない。そこで腰をおろすと言った。「いやいや、けっこうですよ。用事がありますんでね。では、ここでもう少し話しましょうか」

ふたりはいまの話を続けた。話題はその原理に始まり、潜水艇建造の問題にまで及んだ。

雷は黄に、自分が大砲の製造から造船所で働くにいたるまでのゆくたてを話し、いちどとして才能を伸ばす機会がなかったと言った。ほかの人間は学んでいるものが役にたたないものだが、自分の場合は、じっさい、学んだことを役だてる場所がなかったのだ、と。

「海軍の造船所は、あなたのこの発明に注目すべきですよ。どうしてあなたを追い払ったんでしょうかねえ?」

「いいですか、黄さん。あれは他人さまの造船所ですよ。じつのところ、潜水艇への興味も、あそこで働いていたときに生まれたんです。そこで働く前は、靴下工場で管理をしていた。その後、工場がつぶれたころに、ちょうどそこの海軍造船所が、機械工をひとり捜してましてね。わたしは熟練作業員の資格で採用されました。もちろん専門教育を受けていることなんか、おくびにも出しませんでしたよ。だって、かれらがほしかったのは熟練作業員なんですからね」

「あなたの資格を言ったら、それ相応の地位を与えてくれたかもしれませんよ」

雷は頭を横にふって言った。「だめだめ。わたしなんかをほしがるもんですか。わたしに必要なのは、いつだって、食うことです。三十元の外国紙幣の給料をもらっていたほうが、手ごたえのないあやふやな希望をいだかされるよりは、よっぽどましですよ。かれらはまもなく、わたしが大砲と電気機械を修理するのが得意なことに気づき、いつもわたしを、戦艦や潜水艦関係の作業に派遣しました。もちろんこっちの学んだものは何十年もたっているから、もう使いものにはならなかった。でも、造船所で技術士の指導を受けながら、新しい知識をどんどん増やしていった。なにごとにつけても、外国人技術士との会話には、専門用語を使わないように気をつけていましたよ。あやしまれないようにね。やつらは時には、わたしの話すのが、当地のピジョン・イングリッシュではないことに気づき、どこで勉強したのだと、しばしばたずねてきたものでした。わたしはアメリカ大陸にあるイギリス領に住んでいた華僑だと言ってごまかしたものですよ」

「どうしてそこをやめたんですか?」

「わけは単純です。潜水艇を研究していたので、艇内で作業をしていた時には、水兵たちと話して、かれらの体験と苦労を聞き出してました。あるとき、これがひとりの軍官の注意を引いてしまったんですな。それからわたしを潜水艇で仕事をさせるようなことはなくなった。わたしのことをスパイじゃないかって疑いだしたのです。さいわいわたしは用心して、あらかじめ自分で書いた設計図をほかのところに隠しておいた。もしもだれかがわたしのところに来て、家宅捜索などされたら、めんどうなことになるからね。設計図をかれらに捧げる理由もない。じぶんの民族の利益を念頭におかねばならない。それでやめたんですよ。あの造船所を去ったわけです」

黄はたずねた。「中国の造船所に行けば、一番よかったんじゃないですか」

雷はあわてて首を横にふり、

「中国の造船所だって？　だめですよ。造船所はどこも同郷人のたまり場になっている。ごぞんじない？　わたしの知っているある造船所ときたら、門をくぐって入ろうとするならば、実権を握っている人間と、直接あるいは間接的な、血縁関係や閨閥(けいばつ)関係がなければ、それなりの地位につくことはできない。たとえ入れたとしてもですよ。わたしが提示するような計画は、試験費用を出してもらったところで、実際の作業にはほとんど残らないだろうね。成績がかんばしくなければ、お笑いぐさになるばかりか、罪を問われるかもしれない。こんなのってありますか？　どうです？」

黄は言った。「あなたの発明が実現可能ならば、これはたいへんなことだと思いますよ。中国にはいま、りっぱな学術研究院が設立されてるじゃありませんか。どうしてあなたの理論に注意を向けさせ、模型を試験してもらわないんです？」

「いやはや。考えてもごらんなさい。わたしは七十にもなる人間ですよ。自分を売りこもうなどという気持ちが、まだ残っているとお思いですか。自称発明家とやらが、わんさかいますね。きょうは新聞記者を招いて記者会見、あすは大学で講演会。ご自分でもどれほどの才能があるのかわからないといった口ぶりだ。エジソンやアインシュタインも顔負けだってね。やれやれ、耳にたこができるよ。研究院を動かしているのは、おおかたが青二才の半端な学者どもだ。物事にたいして虚心ではないし、軽率に判断を下してしまう。しかもかれらはまるで『幇(バン)』(秘密組織)のような閥(ばつ)を作っている。青幇(チンパン)や紅幇(ホンパン)(いずれも旧時の秘密結社)みたいなね。派閥が違っていたら、よけいなことはいっさい考えないほうがいい。わたしはね、このての「学閥」の中にいるやからとつきあうのが大きらいでね。やつらの中にもわたしのことを知っている人間はいないさ。なんでまた、この成果をやつらに送って見てもらわにゃならないんです? わたしを批評していただくのに精力を使わせちゃあ、こっちだって恐縮至極ですよ。そんなことするにはおよびませんって」

黄は腕時計に目をやると、腰をあげて言った。「世の中なんでもお見通しなんですね。あなたの発明は、どうも実現のチャンスはないようですな」

「わかってますってば。でも、どうしたらいいというんです? こいつは一個人に助けてもらうわけにもいかないことです。金がかかるだけじゃない。軍用のものは勝手に作るわけにもいかんですしね。国がわたしを必要とし、信用してくれる日が来るまで、長生きするしかないですな」

雷がそう言うと、黄はもう敷居をまたいでいた。かれは言った。「ではしつれいします。そんな日が来るのを待ってますよ」

この発明家は、ばか正直なのである。かれのことをよく知らない人間は、雷を精神病患者だと誤解してしまうこともあった。じっさい、かれのことを「ゴチゴチ雷(レイ)」と呼んでいる者もいた。家族といってもこれという人間はおらず、マニラで教師をしている、死んだ息子の嫁と、そこで学校に行っている孫くらいであった。十数年前に造船所をやめてから、毎月の生活費は、息子の嫁がかせいでくれていた。なぜなら、かれじしん、ちっぽけな作業室が必要だったので、その経済力では、割譲島にはとても住めなかったからだ。かれはもう七十三、四歳になっていたが、からだはまだじょうぶで、歯車をこしらえたり、パイプをつなげたり、銅を打ったり、鉄板を切ったりする以外に、別に楽しみもなかった。タバコも吸わないし、茶もあまり飲まない。嫁の孝行をたよりに生きていたので、かれはしばしば、あの時造船所をやめなければ良かったのでは、との思いにかられることがあった。もしも、あと一年もよけいにいたら、もう少しましな給料をもらっていたかもしれない。少なくとも嫁の世話になりっぱなしでいるよりはましだろう。しかしかれは、それほど後悔しているわけでもなかった。辞職した時期というのが、ちょうどそこで大規模ストライキがおこなわれるちょっと前だったからである。愛国思想が頂点にまで達し、中国のどこかに行って機会を待つのが、意義あることと思えたのであった。かれは造船技術関係の本を山ほど持っていた。つねひごろからこれを売り払おうと考えていたが、ほしがる人間なんていない。女房もとうにこの世を去っていた。家には年老いた女中の来喜(ライシー)がいて、かれのめんどうを見ていた。このばあさんも、女房が嫁入りの時にいっしょについてきた女中で、その後結婚して出ていったものの、夫に死なれてからは食うすべもなく、まいもどってきて奉公をしているわけである。かのじょは給料を受け取ってはいなかったが、事実上はこの家のかみさんで、雷が使う金もみんなかのじょの手からやりくりされていた。こうして寄り添いあって、もう二十数年になっていた。

黄が帰ってから、来喜は飯を運んできて、雷といっしょに食事を始めた。食べながら、かれは来喜に言った。「ここ二、三日、いやなうわさを聞くよ。下駄を引っかけたやつら（日本人のこと）がやって来るかもしれない。注意しておいたほうがいいな。まんいち戦火が近づいてきてもあわてなくていいようにな」

来喜は言った。「心配いりませんてば。お役人がたは、まだだれも逃げてませんよ。おおかた、たいしたことにはならないでしょう」

「役人が逃げたかどうかなんて、どうしてわかるものか。告示やら新聞が言っていることなんて、まったくあてにならんのだよ。みんな印刷されたものを信じすぎてるよ。いいかい、いま時局に当たっているやつらはね、度胸もなく、頭もからっぽで、ただ権力をむさぼり、金もうけを考えているようなやつらばかりだ。石敬瑭が十六州を献じたようなことさえしなければ、それでもう愛国者呼ばわりなんだからな（石敬瑭は、五代、晋の高祖。契丹の援助を求めて帝となり、十六州を割いてこれに献じた）。おまえは講釈の本を読んだろうし、『残唐』やら『五代』の芝居を見ただろう。石敬瑭がどうして土地を人にやったかは、もちろん覚えてるね」

「おぼえてますよ」来喜はうなずいて答えた。「でも十六州を献じても、石敬瑭はやっぱり皇帝になってました！」

老人はあわてた。「そうそう。おまえはな、なにが歴史かということがわかっておらん。もういい。あした、荷物をまとめておくのだ。せがれの嫁に手紙を書いて、広西（クアンシー）に行くことになるかもしれんと言っておく」

夕食をすませてから、かれは机の上にあった例の潜水艇の模型を箱におさめ、さらに、あわただしく、べつの部品などもかたづけはじめた。ちょうど忙しげにしていたところに、来喜がやってきて言った。「だんなさま。若おくさまからの今月の仕送りがまだ届いてませんので、もし二、三日ちゅうに出発するとなりますと、たぶん旅費がたりませんよ」

「あと、いくらくらいある?」

「五十元もありません」

「たりるよ。ここから梧州（ウーチョウ）までは、三十元もかからないさ」

だが、事態は人びとが予想していたようには、待っていてはくれなかった。それから三日もしないうちに、河のつつみの上の道路に、早くも侵略者の戦車が現れたのである。市民はたたき起こされて、夢から醒めたようであった。だれもが荷物をまとめるひまもなく、船さえあれば、すぐに跳び乗った。炎がいたるところでおこった。鉄道には、運転手さえもいないありさまで、雷（レイ）と来喜（ライシー）はそれぞれわずかばかりの荷物を抱えながら、急ぎ足で河まで出ると、とにかく一隻の船に跳び乗った。その船は、梧州（ウーチョウ）に向かうものではなかった。途中、乗り込んでくる人間はますます多くなり、半日も行かないうちに、船は沈んでしまった。おりよく水はそれほど深くはなかったので、多くはボートに乗って岸までたどりついて、助かった。だが、来喜は二度と浮かびあがってくることはなかった。かのじょは空中からの機銃掃射で命を落としたものか、それとも龍宮城に客として招かれていったものか、それはだれにもわからない。

雷の手もとには、十数元しか残っていなかった。どうにかこうにか、かつて仕事をしていた、あの島までたどりついた。途中へてきた数々の艱難辛苦は、筆に尽くしがたいものがあった。かれは頑固な性格の人間である。その島には永年行ったことがないが、かつての作業員のなかまは、よしんば会えたとしても、彼をどれほども助けられるとは思えない。梧州に行けないのは言うまでもないが、宿にも泊まることはできなかった。難民たちといっしょに町の西にある街路で寝起きをするしかなかった。かれのかたわらで寝ていたのは、ふたりの子供を連れた中年の女で、やはりあの占領された町からいっしょに逃げ出してきたものだった。

ここ数日間で、かれはある露天の飯屋（めしや）のおやじと顔見知りになった。息子の嫁に、こちらでどんなめに遭（あ）ったのかを知らせ、早めに金を工面して送ってもらうよう、マニラにあてた手紙をしたためて、その飯屋から郵送してもらった。

かれは、そばにいたあの中年女と、互いに助け合って行動するようになった。女は荷物がいくぶん多かったうえに子供も幼なかったので、動きがとりにくいばかりか、いつ居場所を他人に取られても、不思議はなかったのである。だからかれらは、互いに見張りをすることにした。雷老人は、毎日街に出て食事をとってから、かのじょたちに食べ物を買って帰らねばならなかった。

女のほうが洗濯に行っているときには、かれがすわって荷物を見張るのだった。

ある日のことである。おもいもかけず、通りで黄にばったり会った。ふたりはそれぞれ苦境を訴えあった。

「いまはどこにお住まいですか？」黄がこうたずねた。

「じつを言うと、西区の路上なんですよ」

「そんな！」

「どうしようもないですよ」

「うちに来てくださいよ」

「みんな同じ難民さ。無関係なあんたに、よけいな負担をかけるわけにはいかんですよ」

黄は誠意をこめて言った。「ふたりくらい増えたって、どれほどの負担が変わるものですか。ぼくもいっしょに行きますから、ひっこししましょう」そう言いながら、車を呼ぼうとした。雷はそれをとどめて言った。「ありがとう、ご厚意には感謝しますよ。でも、いまのわたしには食いぶちが多いんです。もしもみんなが移ったら、おたくにたいへんな迷惑をかけることになるでしょうよ」

「あと、女中さんがひとりいるだけでしょ？」

「うちの来喜は、いなくなってしまいました。いまは、ふたりの子供を抱えた別の女といっしょです。みちで知り合ったんです。わたしたちはたがいに助け合ってやってますが、ほおってはおけません。そいつを落ち着かせたら、わたしもここを離れるつもりです」

「じゃあ、はなしは簡単じゃないですか。なんとかしてその女を難民キャンプに入れてやれば、それで済みますよ。なんでもキャンプの設営は、いま急ピッチで進められているってききますよ」

　黄だってそれほど余裕があるわけじゃないことを、かれは知っていた。たぶん自分が路上で寝起きしていると聞いたので、同情的なことばのひとつもかけざるをえなかったのだろう。だが黄はたいへん好意的であって、家に来てくれなければ困るといったふうに、なんども言うのだった。

「だめです、だめです！　こんなにお年を召されて、あなたのお嫁さんが聞いたら泣くにきまってる。友人としてもほおっておけませんよ」

　かれはどうしても、黄を露天の宿に連れていこうとはしなかった。難民キャンプが設営されたら、あの女をそこに送り込む。それからのことだ。黄はかれをひっぱって、小さな茶館に連れこんだ。例の発明のはなしを持ち出すと、老人は、あの潜水艇の模型は来喜といっしょに失ってしまったことを告げた。残っているのは、ひと巻きの設計図と、あの、〈鉄の鰓〉の模型だけである。ほかは、みんななくなってしまった。避難したときには、設計図と鰓の模型は、かれが自分で持っていたのだ。図はふとんの中に巻き込んでいた。両手では、ふたつの物しか持つことができなかった。――よくまあこれだけめちゃくちゃな逃げかたをしたもんだ。ほかに何も持たずに、よりによって一個の木箱を抱えてくるとはね！　路上でそうささやく者さえいた。

「少なくとも、大事なものは、とりあえずわたしの家に置いておけばいいでしょう」黄が言った。

「けっこうだよ。家には子供だって多かろうし、まんいち模型がこわされなどしたら、もう二度と同じ物は作ることはできないよ」

「だいじょうぶですって。わたしが箱に入れて鍵をかけておきますから。あぶないことなんてありませんよ。ところでこれから先、いったいどうするおつもりですか？」

「やっぱり広西（クアンシー）に行こうと思ってます。嫁が旅費（かね）を送ってきたら、早ければ一ヵ月、おそくとも二ヵ月たたないうちにはね。どのみち、どうかすれば、広州湾（クアンチョウ）か、別の安全そうな所から行けるでしょう」

「わたしが、例の大事な物を持っていってあげましょう」黄はまたかれをうながした。

「いま、どこに住んでいるんですか？」

「海のそばの親戚の家です。あとでいっしょに行きましょう」

雷は、かれもまた他人の家にやっかいになっているということを知ると、はっきりこう答えた。

「それならば、やっぱりやめときましょう。少しばかりの物をわたしのところに置いておいても、それほどやっかいなことではありません。いずれにしろ、何週間かすれば、なにもかも落ち着くでしょう」

「でも、やっぱり、あなたのいるところに連れていってくださいよ。こんど会いに行きますから」

雷はことわりきれず、しかたなくいっしょに茶館を出て、町の西にやってきた。あの飯屋の前を通りかかったところで、おやじが呼び止めた。「雷（レイ）さん、雷さん。手紙が来てたよ、手紙が！

あんたがいないようなんで、郵便配達に持って帰ってもらったけどね。あした、また来るってよ」

雷は聞いて、跳びあがらんばかりによろこんだ。かれは飯屋のおやじにひと声かけた。「ごくろうさん！」そしてまた、黄のほうを振り返ると、「嫁が金を送ってきたんですよ。この難関もなんとかなりそうです」

黄も祝いのことばを述べると、いつのまにやら雷が寝起きしている街路に到着した。かれは黄に言った。「すみませんな。わたしの応接室はですね、ちょうどあなたが立っているところなんですよ。もうわかったでしょ。ここではごゆるりとお話を、というわけにはいかないんです。どうぞお引き取りください。あした金を受け取ったら、こちらからおうかがいしましょう。住所を教えてください」

そういうことならばと、黄はポケットから一枚の名刺を取り出し、住所を書き入れて雷に手渡した。「あした、家でお待ちしてますよ」そう言うと、黄は帰った。

その夜は朝が待ちきれなかった。翌朝は早々に飯屋に出向いて、手紙を待っていた。はたして郵便配達人がやってきた。受け取り証を一枚切ると、かれは手紙を渡した。雷が封を切って読んでみると、息子の嫁がマニラ行きの船賃と、そのほかパスポートの申請などに必要な費用を送ったこと、また、その金はすべて匯通公司（わいつうコンス）に行って受け取らねばならないことなどがしたためてあった。かれはマニラには行くつもりはなかった。だが、いずれにせよ、まずは必要な金を受け取ってからのことだ。匯通公司に行くと、支配人は、まず写真を撮ってパスポートを作るようにと言った。かれは言った。嫁がまちがったんだ。マニラになんか行かない。金を最初に渡してくれ。ところが支配人は承知せず、まず電報を打って確認を取らなければだめだと言った。双方ともゆずらず、おさまりがつかなかった。金が人の手の中にあっては、雷はどうしようもなかった。言われたとおりに電報を打ってたずねるしかなかった。

匯通公司を出ると、かれは約束どおりに黄のところをたずね、たったいまの事情を話した。黄もまた、マニラに行くほうがいいと言った。だが雷はこう言った。じぶんの発明は祖国への貢献なのだ。とうぶんは規模の大きな潜水艇は必要ないとしても、将来はきっと大量に用いられる日が来る。たとえ戦闘に用いないとしても、少なくとも、海底航運の可能性を促進するであろうし、侵略者の封鎖を無力化させるであろう、と。かれの中では、まるで建造の問題は二の次であるかのようだった。当局が自分を採用し、河の中で小型の潜水艇を建造して試験し、もし成功すれば、望みはそれで満たされるのである。材料をいったいどこから持って来るかについても、かれは深くは考えていないようであった。雷はこう考えていた。もし可能ならば、まず外国に発注して、一隻のふつうの潜水艇を建造し、国に持ち運んでから改造を加え、かれが発明した鰓や遊泳カメラを装備すれば、それでいい。

黄はかれがかたくななのを見て、それ以上はなにも言わなかった。しばらく話したあとで、雷は帰っていった。

一両日後、雷はふたたび匯通公司におもむいた。支配人は支払うべき金額をかれに渡すと、マニラからかれの意向にしたがって処理するようにとの返電があったことを告げた。

雷は、内地ではそれほど多くの金は必要ないと言うと、五百元だけを受け取って、残りはみんな送りかえした。公司を出て、中国旅行社におもむいて問い合わせたところ、あす、広州湾行きの船があるというので、そのますぐに黄に知らせにいった。ふたりはいっしょに町の西に帰ると、荷物をまとめた。ふとんを巻こうとしてはじめて、かれは、設計図のかなりの部分が破られているのに気がついた。いきどおり、また驚いてたずねてみると、あの女が、ここ数日のあいだ、その紙を子供たちの汚物拭きに使っていたのだとわかった。あわてて広げてみたところ、まだなんとかなりそうである。いちばんうちがわの、鉄の鰓を描いた数枚の設計図は、まだきれいに残っていた。ただ、そとがわの、それほど重要ではない全体図だけが破られていた。木箱の中の鉄の鰓の模型はだいじょうぶだった。雷はこのことでいくぶん気を落としたものの、とりあえずホッとした。

かれは女に言った。あした船に乗る。まだやらなければならないことがたくさんあるので、荷物は宿に預けていくしかない。かれは女に五十元を手渡すと、黄を紹介して、こう言った。この金をもとでに商売でもやりなさい。もしたいへんだったら、黄さんに頼んで、親子ともども難民キャンプに送ってもらえばよい、と。女は金を受け取ると、雷にむかってしきりに弁解するのだった。わたしは、あのふとんの中に巻いてあったものは、みんないらない紙だと思っていました。ほんとに申し訳ありません。女は感激のあまり涙を流しながら、雷が黄といっしょに、残った設計図と小箱の中の模型を抱いて去って行くのを見送った。
黄（ホワン）は雷（レイ）を送って船に乗った。雷は黄に言った。避難生活はなるべく早めにきりあげたほうがいいよ。逃げれば逃げるほど、災難は後ろにせまってくる。でも、振り向いて立ち止まれば、どんなものでも食い止めることはできるさ。避難の訓練から避難を実行に移すまで、すべては無意味なのだと、雷は思った。いまは、救難の準備から救難作業の場に臨もうというのだ。そう長くないうちに、黄も帰れるようになることを、雷は祈った。

船が港を出てから、黄は雷が広西に着いたというしらせを待っていた。何日もたって、やっとかれは、赤坎（チーカン）（広東省の地名、広州湾の西北）から来たある男から、次のような話を聞いた。二つ前の船に乗っていた老人が、港に着いて下船する際に、手を滑らせて小さな木箱を海に落としてしまった。すると老人も、あわてて海中に飛び込んでしまったというのである。黄は思わずいくすじかの涙を流して思った。あの〈鉄魚の鰓〉は、こんなに早く発明されるべきものではなかったのかもしれない。だからこそ海底に沈まねばならなかったのだ。

（武田雅哉 訳）

死人たちの物語

黄海（ホアンハイ）

黄海（Huang Hai）一九四三——

作家・新聞編集員。本名黄炳煌。台中生まれ。父の原籍は江西省、母は台湾の「本省人」である。『児童月刊』編集長・中央日報編集員をへて、現在の主な肩書きは『聯合報』編集員。六〇年代初期から短編小説・随筆・評論を書いていたが、のち科学幻想小説すなわちSFの創作に転じて今日に至る。張系国とともに台湾におけるSF作家の草分けといってよい。作品は『二〇一〇年』（のち『天外異郷人』と改題）・『嫦娥城』（中山文学賞受賞）など多数。本編は皇冠出版社『星星的項鍊』によったが、一九八五年の出版なので、特定の事件を頭に置いたわけではあるまい。原題は「行屍記」。

「気をつけ！」台の上に立った青年が、無線マイクを手にして、下にいる人の群れに号令を発した。じっと座っていた人の群れが声に応じて立ち上がる。動作が整然としていて、まるでロボットのようだ。

「座れ！」

全員がたちまちもとの位置に座る。しんとした荘重な雰囲気がただよう。

「立て！」

「座れ！」

…………

整然として命にしたがう者たち。だが目に光はなく前方をみつめたまま、あたかも黙想に入っているかのように、まったく声を発しない。もともとかれらは呼吸することもなく、鼓動を打つこともなく、ただリモートコントロールされる肉体をとどめているだけなのだ。

候建徳（ホウチエントー）の顔は緊張にひきつっていて、こんなに多くの動くしかばねを前に、ひどく不安だったのだが、上のほうからの特別任務とあっては、そのとおりにせざるを得ないのだった。

司馬（スーマー）博士が候建徳のそばへやってきて、笑いかけた。

「よし、これでやつらを使って仕事ができるぞ」

侯建徳は司馬博士をみつめ、変な気持ちになった。長いこと笑うところなど見なかったのだが、いまや穏やかといってもいいほどの表情が肉の削げ落ちた頰に浮かび、枯れきった落ち葉が春風に舞うといった風情なのだから、おどろくのも無理はなかった。

「やつらを使ってどんなことをするんです?」侯建徳は死人たちを目にしても、まだわけがわからなかった。

「これが最後の手段というやつだ」司馬博士は言った。「やつらに上からの命令を執行させれば、組織を巨大化できる」

「上からはどんな指示があったんです?」

司馬博士はポケットから一通の封書を取り出し、侯建徳に渡そうとした。よくみると、そこに書かれた場所へ行って任務を行うように、というものだった。

「まず小さな村へゆき、そこを焼き討ちにするのだ」と司馬博士。「かれらは天にもとる罪を犯したのだから、懲罰を加えねばならん。火というのがその報いだ。命令は徹底的に行われることになろう」

一隊のものたちがぞろぞろと乗り込むとトラックは走り出した。

侯建徳はこの種のことははじめてだったので、不安でもあり落ち着かない気持ちだった。かれはかたわらの運転手に話しかけた。

「どう思う、この仕事は危険ではないのか?」

「何が危険なんです?」運転手は首をかたむけてちょっとこっちを見た。「われわれは後ろにいて、仕事はやつらにやらせるんです、何の危険もありゃしません」

ポケットから例の封書を取り出し、そこに書かれている名簿を仔細に眺めると、衛精忠(ウェイチンチョン)という名前が目についた。聞き覚えのある名前だ。現体制の指導者に反対することで民心を得ている。かつて投獄されたことがあったが、牢獄の中でも幾多の著作をあらわし、民心を鼓舞する点においてはなはだ影響力を持っている。こいつを焼きうちにするのも不思議はない、とかれは思った。こういうやつは一個人であっても国家や社会全体に不安な空気を作り出す……これは高級官僚のことばだった。われわれは自由と安全を守らなくてはならない、このような反乱分子は除かれるべきだ、火、それこそ彼らに対する報いなのだ。われわれは組織を完全無欠のまま維持し、デマによってゆがめられるようなことがあってはならない、これらの破壊分子は厳しい手段によって懲罰を受けねばならぬ。

明け方の二時、車は村に到着した。候建徳の号令のもと、百八体の活(い)ける死人たちは車から跳び降り、おのおのガソリンの容器と火を持って村を包囲すると、ガソリンを振りまきはじめた。秘密指令によれば、一挙に村を殲滅(せんめつ)せよ、決して逃げ道を残してはならぬ、ということだった。今からやろうとしているのは殺人・放火に当たるのだ、と思うと候建徳は胸の高鳴りを抑(おさ)えることができなかった。組織こそ最も重要なのだ、われわれのすべては組織のためにあり、われわれは組織のために存在するのだ、司馬博士はかつてそう言ったことがある。何びとといえども組織をさえぎることはできない、その権威はわれわれにとって神にも等しいのだ。

無線マイクはかれの手にあった。百八体の活ける死人は命令によって動く機械と同様にかれらのなすべき仕事にとりかかった。これが組織が命じた任務なのだ。炎々たるほのおが暗闇の空に噴き上がり、驚きと苦痛の叫びが夜の静寂をつんざいた。マシンガンが逃げ出してきたあわれな女子供に向かって掃射される。非情、恐怖、そして死……

「すっかり片付けるんだ！」運転手が叫んでいた。目をかがやかせ、口のはたに微笑さえ浮かべている。「よし、いいぞ、うまくやった」

候建徳はほとんど吐き気をもよおしていた。目の前に展開されているこんな凄惨で恐るべき光景は、地獄でしか見ることのできないはずのものだ。いったい自分はいま地獄にいるのか、と疑わずにはいられなかった。全身がふるえていた。

「どうしました？」運転手が言った。「うまくいってるじゃありませんか」

候建徳は何も言えず、その顔をみつめたが、心臓がはげしく鼓動して、今にも跳び出しそうだった。わけのわからないことが多すぎた。これがはじめてなのだから、慣れていないだけなのかもしれない。


ほのおと、銃声と悲鳴とが、恐怖の夜を織りなしていった。

血に染まった道をはてしなく歩むうちに、心の中の苦悩と恐れは覆いがたいものとなっていった。一つ、そしてまた一つと、村を焼きつくしては通り過ぎる。悲痛の叫びが魂の呼び声となって、かれの心霊を奥底から衝き動かした。「熱いよう……わたしが何をしたというの！……たすけて！」心霊をゆるがす叫びに、しばしば夢を破られた。焼け焦げた死体のひとつひとつがなおも床一面にうごめくのが見えるような気がして、起き上がって灯をともし、光をもって闇を駆逐せずにはいられなかった。

活ける死人は日増しに増えていった。それは虐殺の成果を物語るものであった。最初の百八体は、すでに一万を越える数に変じていた。候建徳はそのものたちを引きつれていたるところへ行った。

燃やせ！　燃やせ！　あらゆるものを焼きつくせ！　殺せ！　生きている者はすべて殺すのだ！

それがかれの受け取った命令だった。メッセージを持ってくるのは、一人の黒い影だった。毎日顔を包み、黒い車を駆ってかれを探しあて、新たな命令を伝えるのだ。司馬博士があるとき一緒にやってきて、褒めてくれた。

「すごいぞ、よくやっているな、いずれもっとよい地位に就けるぞ！」

「司馬博士！」候建徳はもう我慢できなかった。「いつまでこんなことを続けるんです？　わたしはもういやです！」

「いかん、よくききなさい、命令がないかぎりやめることはできん」司馬博士は重々しく言った。「われわれの組織は君が必要なのだ。君のような人物が指導者にならなくては、組織が大きくなることはできない」

「でも……でも……」候建徳は口ごもった。「わたしはもうだめです、もういやなんです……つまり……しょっちゅう夢を見るんです」

「悪夢が何だというのだ。悪夢は現実ではない。さめてしまえばどこも傷ついてはおらん」

司馬博士は黒衣の人物とともに行ってしまった。黒い車は灰塵のもうもうとたちこめる道のかなたへ消えていった。軽快に、神秘に、風のように。かれは空しさと困惑とにとらえられていた。黒い悪夢が、巨大な怪獣のようにおそいかかってきた。

跳びはねる火花が、もがいている人間の体をとりかこみ、泣き叫ぶ口に一つまた一つと接吻を送っている。マシンガンが逃れようとする者の体を撃ちぬき、鮮やかな血汐が火の光に照り映える。いまやかれにも理解できた。かれは機械に過ぎず、コントロールセンターの指示どおりに動いているのだ。考えたり、同情したりする心は、みずからの負担を増すばかりなのだ。かれは今までどおり無線マイクを握りしめ、号令をかけた。「行け！　行ってやつらを消滅させろ！　やつらはまつろわぬ者どもだ、組織のためにやつらを消滅させるほかないのだ！」

どこかへ出かけていくたびに、さらに多くの者たちが加わってきた。それらはすべて死人であったけれども、かれらの肉体はとどめ置かれて追い使われているのだった。勢力がますます増大してゆくにつれ、蟻の群れのように真っ黒に広がりつつ黙々として行動し、その行くところ、敵は残らず呑み込まれていった。あたかも癌細胞の増殖のごとく、何者もこれらのエネルギーが拡張し増強しつづけるのを阻止することはできなかった。

一つまた一つと太陽が天空をよぎっていった。鮮血と塵煙に染められた太陽が悲しみのまなざしを大地にそそぐ中、暗い影はかたまりとなってうごめき、恐れおののく人々は四方へのがれて身を隠そうとしたが、その山を抜き海を覆さんばかりの幽鬼の追跡からのがれることはできず、むごたらしくも死人の行列に加えられ、新たな犠牲者を呑み込む癌細胞と化していった。

かれは孤独を覚えた。世界が見も知らぬものになったような気がした。あの地平線の向こうには征服し殺戮されるのを待つ人々がどこまでも続くのだろうか。かれは手にしたマイクをポケットにしまいこみ、運転手にたずねた。

「われわれはどこまで行かなくてはならないのか？」

「おれにも分らないんですよ」と運転手は答えた。「おれはただ車を動かすだけの人間で、命令通りにやっているんですから」

黒い車が砂塵と煙霧を突っ切って、はるかかなたからやってくると、かれらの目の前で停車した。黒衣の人物が降りてきて、封書を手渡した。かれがいつものようにふるえる手で開いてみると、そこに書いてあるのは出張を命ずる文面だった。組織はかれの仕事の成果を大いに評価して昇進を予定しており、別の地区の指導者としたいので、ただちに一緒に来るようにというのである。運転手は車を発進させ、黒い車のあとをついて荒涼たる原野に入っていった。

不気味な大ホールに入っていくと、何百もの黒衣の人々が一斉に起立し、かれに向かってあいさつを送った。指導者が高い台の上に立って、かれの加入を歓迎する拍手をすると、たちまち全員が熱烈な拍手をもってこれに続き、雷鳴のような音は、過去の行動のたびに起こったマシンガンの掃射を思い起こさせた。目の前の、それぞれに黒衣をまとい無表情に身じろぎもせず立っている人の群れは、あの魂をなくした死人の体、ただ命令によって行動するうごめくものたちを連想させた。

指導者は手に無線マイクを持って、人々に向かって訓話を始めた。侯建徳がふと顔をめぐらすと、司馬博士もほど近いところにいて、かれに向かって無言で笑いかけた。かれは気持ちが沈み込むのを覚えた。無限の深淵に落ちていくような気がした。

指導者の権威はまさにあのマイクロホンに示されていた。かれがマイクに向かって語りかける言葉は、黙って座る人々の脳裏に刻み込まれ、全員が低い声で唱和するのだった。

「世界の改造はまさに諸君にかかっているのだ！」指導者は人々を励ました。「ゆけ！　――たゆむことなく進め！」

指導者の体はにわかにふくれあがり、身にまとった黒い衣服までが、巨大な恐怖に変じた。あたかも人を驚かす魔王の塑像のようだ。高々とそびえ立ち、片手にマイク、片手に指令書をかかげ、じっと立ちつくすありさまは、数十丈もある像が、下に居並ぶ黒衣の者たちを鋭い目で見つめるかと思われた。青黒い顔も乱杭歯をむき出した口も、魔性の化身さながらであった。人々はしきりに崇拝の言葉をとなえ、双の手を十字に組んで、荘重な態度でかの巨大な黒い魔ものを仰ぎ見ていた。

ぎっしりと集っていた黒衣の者たちは大ホールで解散した。黒い頭が黙々とうごめき、闇の中で黒気の一片となりつつ、しだいに四方へ散っていった。かれは目で司馬博士を探し求め、見つけたなら事のいきさつをたずねたいと思った。こんどのことは何もかもあまりに奇妙で不気味であり、わけがわからなかったので、いったい何が起こったのか知りたかったのだ。だが司馬博士はほかの黒衣の者たちと同じように、人の群れにまぎれてしまった。

暗闇の中に狂風が渦巻き、雲の層が重く垂れこめて、押し合いへし合いあわただしく駆けていった。運転手は車を黒くそびえる森の中の道へと走らせていく。濃密ななまぐさい臭気が鼻をついた。これまで幾日とも知れず人殺しを重ねてきた結果、村や原野にさしかかるたびに、無意識のうちにこうした血なまぐさい臭いをかぎつけてしまうのだった。まわりに広がる森林までもが、あの数知れぬ者たちの、黙々と立ちつくして命令を待っているありさまを思わせた。

とうとう大きな広場についた。集まった群衆が闇の中に火をたいて歌を歌っている。かれは運転手とともに車を降り、進み出た。ひとびとは歓呼して迎え、かれは高い台の上にまつりあげられて拝礼を受けた。まぼろしのような炎が殺気にみちた顔のひとつひとつを照らし出し、群衆はまるで百鬼夜行のごとく入り乱れて、甲高（かんだか）く叫んでいた。

候建徳は茫然（ぼうぜん）と立っていた。その者たちの熱狂し叫ぶありさまに、なすすべを知らなかった。群衆のこのような態度に慣れていなかったのである。いままでに接した集団はみんな活ける死人ばかりであり、ただ命令にしたがって行動するだけで、話すことも叫ぶこともなく、すばしっこく動きまわることもなかった。いまこうした者たちが目の前でいきいきと動いているありさまは、名状しがたい恐れをかきたてた。

「われわれはあなたの指揮に従います！」みんなは叫んだ。「あなたはわれわれの指導者です、永遠にあなたのもとに！」

かれは震えながら、目の下にうごめく人の群れを見下ろした。組織の命令は絶対であったから、みずからの本分を守らなくてはならないのはわかっていたが、恐怖に胸が高鳴った。かれは心から、あの指導者のように巨大な幻となって群衆を圧倒できたら、と思った。だがそんな力もなく、組織の最高指導者でもない以上、魔法を使うことはできなかった。

狂ったように渦巻く風が砂煙を吹きつけ、消えそうになった火の光がぼんやりとなった視界にきらめいた。にわかに、ぱんという銃声がして、心臓のあたりに引き裂かれるような苦痛が走った。倒れながら星のない夜空が目に入り、周囲の人声がしだいに遠退いて聞こえなくなるのを覚えた。

かれはすでに意識もなく、感覚もなく、声を出すことも話すこともできないまま、人の群れにまぎれて灰色にけぶるかなたへと向かっていた。少しずつ、ぼんやりとした音が聞き分けられるようになり、目をあけてあたりの様子を見ることもできるようになってきた。司馬博士も群れの中に見つかったし、運転手もいたし、その他かれの見知っている親戚や友人たちも、みんな活ける死人の中を歩いているのだった。

……どういうことなのだろう。

かれはつぶやいたが、もちろん自分の話す声を聞くことはできず、心に思っただけだった。

司馬博士は胸のあたりから流れる血汐に衣服を濡らしていたが、かれのほうを見て言った。

……われわれはもう死んでいるのだ。

司馬博士の言葉は直接、侯建徳の脳裏に伝わってきたのであり、音声によるものではなかった。

……われわれは死んでいる？　まさか？

……われわれの心臓はもう止まっている、だから死んだといってよい。

……どうして？

……見るがいい、そこにいる者を。

司馬博士が目くばせしたので、博士の視線に従ってそっちを見ると、あたりは山も谷も人で埋まり、蟻の群れのように動いているのだった。

……かれらの心臓はまだ動いている。われわれのは動いていない。われわれは心臓を撃ち破られた。かれらの心臓はまだ破られていないがもう死んでいる。

侯建徳は手をあげて胸をさわってみたが、体温も鼓動も感じられなかった。自分の父と母がいるのを見つけ、その胸をさわってみた。何ということだ！　その体は温かく、熱い心臓が胸のうちに躍動している。

……父さん、母さん、どうしてこんなところへ？

かれはたずねた。父母はあわれむような目でかれを見た。

……しかたがないのだよ、選択の余地がなかったんだ、死人になるよりほかに生き延びる道はないのだから。

人の群れはあふれかえり、山を抜き海を覆す勢いでうごめきながら進み、砂塵を巻き上げ、とうとう高々と聳え立つ建築物のところに着いた。群れは四方八方からなだれこみ、巨大な指導者の像を引き倒すと、肖像と建物の四方から火をつけた。烈しいほのおが舞い上がって、その舌は暗澹たる夜空に向かって伸びていった。蟻のような人の群れが跳び回る中、活ける死人たちはこの次の復活をじっと待ちつづけている……

（林　久之　訳）

五人の娘と一本の縄

葉(イェ) 蔚林(ウエイリン)

葉蔚林（Ye Weilin）一九三四—

作家・詩人。広東省の生まれ。一九五〇年より人民解放軍で主として文芸工作に当たり、六〇年には湖南省民間歌舞団に転じて、民謡の特色を生かした歌を多数作っている。文化大革命の期間には山区に下方され労働に従事。七四年からはまた小説に戻り、七九年中国作家協会ならびに中国音楽家協会に加入、現在は専業作家として湖南省に住む。代表作に、七七年―八〇年の全国中編小説一等賞を受賞した『在没有航標的河流上』がある。本編は湖南か広西あたりの農村を舞台に、土俗的雰囲気の中で事件が展開していく、中国式マジカル・リアリズム小説の一派をなすもの。生き生きとした娘たちの描写が鮮やかである。原題は「五個女子和一根繩子」。

一

五人の娘は同じ村で生まれ、同じ井戸の水で育った。背丈や体つきは違っていたし、気立てもそれぞれだったけれども、とても仲よしで、生きるのも死ぬのも一緒というぐあいだった。明桃(ミンタオ)がいちばん年かさで満二十一をかぞえ、金梅(チンメイ)がいちばん年下でやっと十八、あいだには桂娟(クイチェン)がちょうど二十、荷香(ホーシャン)と愛月(アイユエ)がどちらも十九。名前はそれぞれ違っていても、ちゃんと同じあだ名を持っていた……「賠銭貨(ベイチエンフウオ)」つまりゴクツブシ。両親に呼ばれ、みんなに呼ばれ、ずうっと呼ばれ続けてきたので、慣れてしまって、変だとも思わない。だれも字なんか読めなかった。読めないからってどうということもない。見よう見まねで布靴の型を抜き、靴底も縫える。千枚通しで一刺しして、麻糸できゅっとしめあげる。十文字に麻の葉、さやがたはおろか、昇り竜降り竜、鳳凰だってお手のもの。で、そうして作った靴をだれが履くのかといえば、両手に捧げて出来栄えを眺めるだけなのだ。なんと哀れなことに、この近辺三十里より遠出したこともなく、せいぜいのところ広西蠔街(カンシーハオチエ)の目抜き通りをぶらつくのが関の山。買物するほどのお金もなくて人込みにもまれても、それも楽しみの一つ。たとえばあつあつのビーフンに唐辛子味噌をたっぷり入れて、はあはあいいながら汗びっしょりですすり込むときなど、こんなぜいたく皇帝さまの奥方だってかなわないだろうと思うのだった。

なんといっても、実家で女に育つのはいいことだ。楽しいことならしょっちゅう見つかる。いろんなことに気付いたり興奮したり。冬のあいだは厚着しているし、風呂にもめったに入らない。暖かくなって着物をぬぐと、胸をさわってびっくり仰天。いつのまにこんなに肉がついたのかしら。まるで大きなきのこか、パン種みたい。連れの娘たちもわいわいがやがや。あらあら、これってすっごく変だわ、晒布で巻いて隠さなくちゃ。月経とか初潮とかになると、さわぎは一層大きくなる。「はじまった？」「はじまったわ！」おたがいに腹を押したり腰のあたりをついたりしてはケラケラ笑いさざめく。しまいには股をしっかり閉じて、息をこらしてそうっと歩くものだから、女方のすり足か水に漂う浮き草といったぐあい。心に秘密を持っていると目もおのずからうるんでかがやきだす。世の中がこんなに新鮮で目新しいものに変わってしまうなんて、ほんとに不思議なことだった。

十六にもなりゃ、男はぐんぐん丈が伸び、女はみんな器量よし。女になったはよいが、花の命は短すぎる。まるで三月の桃の花、咲くのも散るのもあわただしい。いまや五人が五人みんな婚約してしまい、この冬か来春にもつぎつぎにお嫁に行くはずだった。お嫁に行くなんて鬼の住み家へ行くようなもの。男の人は、昼間はひっぱたき夜は乗ってくる。姑さんの爪は長いわよ、ちょっとつまんだら五本の筋が刻まれる。でもそんな話よしにして、ほかの話をしない？　死ぬことについて話そうか、死に方にもいろいろあるんだってね？　――川に飛び込むのだけはだめ、身体じゅう水ぶくれになって、皮をはがれる前のブタみたいになるわ、みっともないったらありゃしない。マッチを呑み込むのもだめよ、おなかが焼けちゃったら、生まれ変わってから飲んだり食べたりに困るじゃない。動脈を切ったりするのもだめね、血がドビュッと噴き出して人がびっくりするわ。いろいろ考えると、首を吊るのがいちばんね、きれいだし、みっともないところがないし、着物だって傷にならない。だからこそ、いままでたくさんの女の子が首吊りしたんじゃないの？　そうよ、首吊りするなら早いほうがいいわ、お嫁にいく前でなくちゃ。お嫁にいって、きれいな身体じゃなくなったら、死んでも「花園」にはいれないもの。乙女の死ってとっても華やかで、とっても清らかなんだわ、ちょうど虹が消えていき、星が隠れていくように。乙女の霊魂は小鳥になるんだって、羽根が雪みたいにまっ白で、空の上の「花園」まで飛んで行けるのよ……話すほどに熱がはいって、死ぬことが神秘的で美しいものに思われてくる。考えてごらんよ、五人の仲よしの女の子が、一本の縄で高々と首を吊るなんて、人目を引くわよ。おたがいに手をつないで「花園」に遊ぶなんて、カッコいいじゃない！

いま、五人の娘は山へチガヤを刈りに来ているのだ。チガヤの葉っぱは鋭くて、人に噛みついてくる。山は禿山で、ゆるい斜面を下ったあたりでは、風のせいで草も生えない。娘たちの散兵線みたいに広がった列は、下から上に向かって刈り進んでいる。空には雲一つなく、近くには枯れ木が一本、幹をかたむけ、枝をさしかわし、天地に救いを求めているだけだ。六月の猛烈な日差しが、熔けた鉄かとばかり降りそそぐ。そこいら中に炎のような熱気がたちこめる。薄いシャツなどとっくに汗にぬれて貼りついている。両足を開き、腰をかがめ、背骨の継ぎ目から腰の丸みから、体の線がはっきり見えるくらい張り切っていて、まるで鋤を引いている牝馬だ。

暑くて死にそう！

明桃が腰に手をあてて、あたりを見回すと、やおら鎌を下において身につけたものを脱ぎはじめ、みるみるうちに胸に巻いていた晒布まで取ってしまった。雪のように白い肌が日差しにきらめくのを見て、ほかの四人もこれにならう。脱いでみると、それぞれ違いは必ずあるもの。たがいに見つめたり笑ったり。はじめはこらえきれずに笑いだしたが、しまいにはあけっぴろげの笑いになってしまった。

アハハハハ……

二羽のウズラが、バタバタと先をあらそって、命からがら逃げていく。

娘たちはいつもこうして疲れをほぐすのだ。だから仕事はとても速くて、お日さまが西へ二、三丈もかたむくころには、草を刈りおえて、束ねるところまでやってしまっていた。束ねた草は二重に積み上げ、はげしい日差しをさえぎって、わずかながらも陰を作る。水を飲んで、おしっこも済ませたら、さあいらっしゃいな、日陰にすわるのよ。話といえばほかでもない、死ぬときの話にきまってるわ。空想はもうたくさん、くわしい話にはいらなくちゃ。

「ねえ、その時がきたら衣裳を何枚くらい新調したらいいかしら」明桃が口を切る。

真っ先に口を出したのは荷香。「それなら九枚にしようよ！」

愛月が首を振る。「九枚じゃ多いわ、五枚でいい」

荷香が反撃にうつる。「ダサイわよ、たった五枚で『花園』に行くの？」

「九枚がいけないんじゃないのよ」愛月が説明する。「そろえるのが大変なんだもの」

「七枚ならいいんじゃないかしら」と、桂娟が折衷案。

「七枚がいいわ」金梅が無邪気に言った。「でもその中に真っ赤なコール天を入れたいわ。だって、コール天ってまだいっぺんも着たことがないんだもの」

「そうよ、真っ赤なコール天の前あきの上衣を着たら、モダンでカッコいいわね」荷香が手をたたいて叫びながら金梅に目くばせする。

相談はまとまった。衣裳は七枚、その中に真っ赤なコール天の前あきの上衣。きまったわ、もう変更はなしよ。いいわ、それじゃ次の話。首吊りするならどこがいいかしら？　話はますます熱がはいり、みんな気分がのってきている。そうだわ、いちばんいいのは夜のうちに村の大きな楠（くすのき）の高いところにぶらさがるの。夜明けがきて、戸を開けると、村の衆の目にはいるのは、五人の女の子がそろいの真っ赤な衣裳で……叫んだり泣いたり、そりゃあもう大変なさわぎになるわ！　だめだめ、楠は高いわよ、はしごをかけたり縄を準備したり、みんなでごそごそやってるうちに犬がほえたりしたら、すっかりだめになるわ。それじゃ、秀水沖（シウシュイチョン）の雑木林だったらいいんじゃない？　あそこは離れてるから、だれも来ないし……あら、だめよ、村から遠すぎるわ、もし三日も五日もあたしたちを見つけられなかったらどうするの？　風が吹いたら髪は乱れちゃう。それにカラスなんかもいるしね、目玉をつつかれたりしたら……そうか、目玉がなかったら「花園」に行ってもなんにも見えないでしょ？　とんでもないわ……相談はなかなかまとまらなかったが、ここでも明桃が道を見つけた。

「あたしはね、なんたって油をしぼる古い小屋がいいと思うの。遠くもないし、近すぎないし、風もよけられるでしょ。川に近いから空気もいいし、花や草もあるし、コジュケイなんかも鳴いてるし……」ちょっと言葉を切って、「あそこの梁だけどね、あたしの見たところじゃ、虫は食ってるけれど、あたしたち五人がぶらさがってもだいじょうぶよ」

その小屋ならよく知っている。女の子たちがよくままごと遊びをする場所だ。明桃のいうとおり、これほど適当な場所はなさそうだ。

金梅はずっと口を出す隙がなく、みんなのように思いつきが出てこないのを、内心残念に思っていた。と、ふっと気がついて、眉を開いた。

「ねえ、首吊りするには縄がいるんじゃなくって？　あたし、作ってこようか」

しまった、縄のことを忘れたわ、縄がなければ屁もくれやしない。よし、五人が一本の縄を使うの。金梅、長いのを作ってきて、少なくとも八丈か九丈、ううん、十丈くらいはあったがいいわ。

「いいわ、うちにはからむしもあるし、黄麻もシュロも……」

荷香がさえぎる。「シュロは絶対イヤよ、とげがあって硬いから、死ぬほど痛いもの！」

「痛いのがいやなら死ぬのをやめれば」桂娟と愛月がからかう。

明桃は笑わずに、声を高めてまじめに言う。「さあ、こんどは日取りをきめようよ！」

日取り？　ほんとにやるの？　四対の目が明桃を見つめる。明桃は顔をこわばらせ、目を変に光らせていた。みんなたちまち笑うのをやめ、あたりはしんとなってしまう。金梅は着物を取って肩を覆い、首をすくめる。桂娟と愛月は顔をそむけて、そばの枯れ木のほうを見る。荷香の大きな目も光をなくして、長いまつ毛を伏せてしまった。

どこかでシャコが鳴いている。二羽いるようだ。高い声と、低い声と、何かを呼んでいるように。

明桃はつま先へ目を落とし、ぽつぽつ話しだす。「あのね、遊びで言ってるんじゃないのよ……ほんというと、もう待ってられないのよ。挙式は十月の四日なの……九月九日の重陽の節句だったら、気候もいいし、『花園』に行くのにちょうどいいわ……あたし先に行くの。みんないるからちょうどいいわ、みんな黙っていてね……きっと、きっとこのこと誰にも言わないで……」話すうち、早くも涙があふれてくる。

金梅がはね起きて着物を放り出し、明桃にしがみついて泣き出した。「お姉さん、あたし一緒に行くわよ、あたしひとりだけでも……おうおうおう……」

それで五人とも顔をおおって声をあげて泣いたものだ。思いっきり泣いたあとは、じっと座りこんで動かなかった。ちょっと動いたら何かがこわれてしまいそうだった。

二羽のシャコがまだ鳴いている。高く、低く、何かを呼んでいるように。

積み上げた草の影がだいぶ長くなっている。

おや、牛が鳴いている、そう思って探すと、左のほう十歩あまりのところにばかの四宝（スーバオ）が立って、積んだ草の上から首を出し、しまりのない口を開いてにたにたしていた。娘たちはあわてて跳び起き、草のかげにまわって着物を着る。

「四宝、死にぞこない、あっちへ行って！」

「い、いやだよう、行くもんか、もっと見ていたいもの、へへへ……明桃、あんたが好きだよう……」

「くそったれ、おまえの目なんかつぶれちまえ！」荷香が飛びかかると、四宝ととっくみあってころげ落ちた。

勢いあまって両方の腿を抱えこんだものだから、四宝の頭は荷香の股ぐらにうずまって、めったやたらに頭突きをくらわせている。

荷香が息をはずませた。「みんな、早く来てよ！」

一斉に飛びかかると、手を引っ張るやら脚を抱えるやら。四宝はまだあがいている。「わーい、オッパイ見てやったぞ、もっと見せろよ……」

「パンツ脱がせちまえ、こっちも見てやるんだから！」

荷香がいちばんガラが悪いし、本気になっている。両手を四宝の腹へ伸ばすと、腰のあたりに手をかけ、力をこめて引きおろしたので、パンツは膝の上まで行ってしまった。思いがけなくも現われるむくつけきもの。五人とも息をこらして、たっぷり十数秒も見つめていたものだ。それからは多勢をたのんでののしるやら叫ぶやらあえぐやら、期せずして同時にそのへんに落ちていたほかほかの牛の糞をすくい上げると、はねちらかすように四宝の下半身にぶっつけ……そして遅れてはならじとばかり逃げ出したものだ。笑ったのなんのって、しまいには力がぬけて、横腹が痛くなった。怒濤のような笑い。野性の笑い。一気に爆発するような笑い。はげしい風のように草むらをなびかせ、荒れ野に響きわたる。このとき、世界はまさにこの五人の娘のものになったようだった。

二

おばあさんは八十歳で、娘のときは巧巧（チアオチアオ）といった。干したたけのこみたいにしわがより、腰は釣針みたいに曲がっていたから、巧巧だなんて、どう考えても似合わない。明日は旧の七月七日、おばあさんの誕生日だ。父さんが言う。愛月（アイユエ）、明日は出かけてはいけないよ、うちで鶏を絞めたりアヒルをさばいたりするんだ。ビーフンとかそのほかすごいごちそうを作って、お客を呼んで、おばあさんのためににぎやかな誕生日にしてあげなけりゃ。ほんとに、八十まで生きるってのはなみたいていじゃないぞ。

「母さんにな、五番目の叔父さんのところに皮つきの大豆がないかどうか聞いてくるように言っとくれ、少し借りてきて豆腐を二丁ばかり作るんだから」

なんで自分で母さんに言わないんだろう。母さんはかまどのところで夕食の支度をしていて、あいだに小さな明りとりの部屋があるだけだから、十歩と離れていないのに。でも父さんは直接母さんに話しかけはしない。変り者というわけじゃなくて、このあたりの習わしなのだ。他人のいるところでは、夫婦でも知らん顔をしていて、本当に用があるときは「おい」「はい」で済ませる。うちの中では娘を通して話すのだ。以前は愛月もべつに変だと思わなかったが、このごろは時々思う。あたしや弟が生まれる前は、どうやって意志を伝えていたのかしら？　お嫁に行けば、男の人とご飯を食べたり寝起きしたりするのに、すぐ近くにいても遠く離れているようなもの。つまらないというか、砂を嚙むというか。

父さんはまた愛月ににらを切ってくるようにと言った。父さんはにらが好きだった。もう六十になるというのに、うちの畑のどこに何が植えてあるかわかっていない。男は野菜畑なんかにかまわない、これも習わしなのだ。

おばあさんはなかなか寝なかった。鶏が小屋に引っ込んでも、まだオンドルの上に座りこんでいる。そこはおばあさんの「玉座」だった。寝起きに便利だし、おしっこするにもしびんが近くにあるし、ご飯を食べるにはかまどの縁を使えばいい。おばあさんはいつもそこにいる。ほかに居場所がないというように。明りもつけず、ほだ火で家畜の餌にする米のとぎ汁を煮詰めている。ほのおが髪を照らして、髪は赤くちろちろときらめいている。愛月はもう寝るようにと声をかけたのだが、おばあさんはもう少し座っていたいと言った。声がいつもよりしっかりしていて、ちょっとふるえている。何かうれしいことがあるように。

愛月は菜種油の灯をともし、おやっと思った。おばあさんはまばらになった白髪をきれいに梳いて、椿油を塗っている。小さく結ったまげを頭のうしろに垂らしているのが、日にさらされたタニシの殻みたいだ。脇で合わせる襟のついたまあたらしい麻の上衣を着て、つめえりがぴんと張ってあごを支え、顔を持ち上げている。そう、おばあさんは夜毎に用意しながら、自分の八十歳の誕生日を迎えようとしているのだった。おばあさんは愛月に笑いかけた。声のない笑い。口をすぼめて、女の子のようにもじもじとはずかしがっている。愛月はなんだかかわいそうになって、顔をそむけてしまった。

窓の外、夜空は大きな藍色の、洗ったばかりの鉢みたいだ。天の川がひくく垂れこめて、手をのばせば星にとどきそうだ。三日月が高くかかっている。乙女の眉、金色の鎌、一艘の帆のない小舟のように。

おばあさんには数々の言い伝えがある。実家は桃花井（タオホアチン）だが、桃花井は花の香がたちこめているせいか、美女の産地だった。おばあさんは百年にひとりという美女だったそうだ。きれいだったし、手先も器用だった。二日もあれば刺しゅうの靴を一足仕上げ、三日もあれば布を一枚織り上げる。杭州ばさみで切り絵を作る時なんか、右手で切っては左手で切り抜くと、切り抜いた草花は地面に落ちてそのまま根を張り、蝶々や鳥は羽ばたいて飛んで行ってしまったそうだ。十六歳の中秋節に、はじめて広西蠔街（カンシーハオチェ）へ出かけたときなど、台風が来たような騒ぎで、押すな押すなの人だかり、七羽の鶏と五羽のアヒルが踏み殺され、にえくりかえったビーフン屋の鍋がひっくりかえされたとか。十七歳の端午の節句には、母方のおばあさんをたずねる途中、刀削（タオシャオ）岩を通りかかると、いかだ乗りの男たちがいた。頭だった男がからかって、「よう、ねえちゃん、あんた南海の観音様みてえだな、おれといい仲にならねえかい。お手々だけでもつないでくれたら、煩悩の火が消えるだろうよ……」おばあさんはちょっと流し目をくれて笑ってみせたそうだ。「お兄さんこそいい男じゃない。手をつなぐぐらい珍しくもないわ……いっそその岩のてっぺんから飛んでみない？」いかだ乗りはふらふらっと飛び降りてしまい、頭を割り脚を折る始末になったが、文句一つ言わなかったというけど……ほんとかしら。ほんとにそんなことがあったの？　おばあちゃん、愛月はことし十九だけれど、おばあちゃんの若いときに比べたら、小指の先にも及ばないわ……

おばあさんに添い寝しながら、愛月はそっとさわってみる。皮ばっかりで肉はない。その皮も乾いた蛇の皮みたいだ。鱗でもあるように、なでるとカサカサ音がする。皮の下の血管も冷たくなって、大きなみみずが動いてるみたい……おばあちゃん、いつのまにこんなになってしまったの？　どうしてこんなになってしまったの？　お嫁にいく前は、やっぱり泣きながら、お友達と一緒に「花園」に行きたがったんだってね。それが、どうして行かないことになったの？　あーあ、まちがいじゃなかったのかなあ、生き残ってこんなになるなんて！　おばあちゃん、後悔してないの？

おばあさんは突然こんなことを言いだした。「愛月、あしたは七月七日だったね」

「うん、おばあちゃんの誕生日よ」

「まちがいじゃないね」

「まちがいないわ」

「お父さんは用意してくれているかねえ」

「うん、すごいごちそう作るんだって」

「そうかね、そうかね……」

「おばあちゃん、何か考えてるんでしょ？」

「ああ、あしたはお膳につきたいけど……」

「ごちそう食べたいの?」

「ううん、おばあちゃんはね……あしたはお膳に座って食べたいんだよ」

愛月はやっとわかった。そうか、おばあちゃんが夜中まで考えこんでいたのは、そのことだったんだ。誰が作ったきまりだかわからないけれど、女のひとがお嫁に行ったら、かまどの縁でご飯を食べなけりゃいけないんだ。だけどおばあちゃんはもう八十歳、子供も孫も大勢いるんだもの。

考えるうちに、愛月はだんだん不公平だなと思いはじめる。

「おばあちゃん、そのとおりよ、あしたはお膳につかなけりゃ!」

「お父さんがゆるしてくれるかねえ?」

「だいじょうぶよ、誕生祝いなんだもの!」

「そう、そうだねえ、おばあちゃんは八十なんだもの、一ぺんくらいはねえ、一ぺんくらい……」ぶつぶつ言いながら、おばあさんは寝入ってしまった。

朝になると、おばあさんはかまどの前に座って火を焚いてお湯をわかした。お湯がわいてから、愛月を起こした。愛月はてきぱきと働いて、またたくまに鶏を絞め、ガチョウをさばき、羽をすっかりむしって、川のほとりに行ってはらわたを抜いた。

「あら、村長さんでも見えるのかね?」

「ううん、おばあちゃんの誕生日なの」

「ごちそう作るの?」

「すごいごちそうなんだって」

「いかの煮こみなんかも?」

「もちろんよ」

「あんたのおばあちゃんはいいわねえ、百まで生きられるかもよ」

「もちろんよ、うちのおばあちゃんは元気なんだもの」

歩いていると人が話しかけてくる。愛月も何だかうれしくて、とても愉快になってきた。お天気はこんなにいいし、風も暖かい、柿の熟すのも早くなるかな? 八十まで生きるのも悪くないな……

三時すぎまでせわしく働いて、ごちそうはすっかりととのった。四角いお膳をきれいに拭いて、長い腰掛けを並べて、口取りなんかを運ぶうちに、お客様はやってきた。村に住んでいる大叔父さんやお祖父さんたちで、ひげの黒い人もいれば白い人もいる。お客が見えると、母さんは何も言わずに籠をせおい、小さな鎌を持って、豚の餌にするまぐさを刈りに出て行った。けれどもおばあさんは奥へ入らず、かまどの所から出てくると、明りとりの下に立っている。一生懸命に父さんのほうを見つめて、注意を引こうとしているのだけれど、父さんはお客のほうばかりかまっている。

「さあ、どうぞ座についてくだされ!」

弟がすばしっこく、猿みたいに腰掛けによじのぼった。愛月は止めようとする。「こら、お行儀の悪い、下りなさい！」

「やだやだやだい！」弟がだだをこねる。

「座らせておきな」父さんが愛月をにらんだ。

弟ははなをすすりあげ、愛月にアカンベエをしてみせる。

「さあさあ、何もありませんが、どうぞ」父さんは盃を挙げようとして、ふとおばあさんに気がつき、声をかけた。「おっかさん、あんたも向うで食べなさい、たくさん食べるといいよ、あんたのためのお祝いなんだから」

おばあさんは動かない。

愛月は見ていられなくなり、おそるおそる言った。「おばあちゃんはね、きょうはお膳につきたいんだって」

「お膳に？」父さんはぽかんと口を開いた。

「お膳に？」お客の目も一斉におばあさんに向けられる。まるで山姥（やまんば）でも見るように。

父さんは間が悪そうに、ぶつぶつと言った。「おっかさん、ごちそうはみんなと同じなんだよ、それにあんたは女だから酒も飲めないし……まあいいか、座りたいんなら、そのへんにちょっと……」

愛月はおばあさんの手を引こうとした。おばあさんはさっとすり抜けて、奥へ引っ込んでしまった。

客間ではにぎやかに飲んだり食べたりしている。箸が皿小鉢に当たる音が、闇の中にまで聞こえる。

今夜は月も見えないし、天の川も見えない。雨が降ってきた。大粒の雨だ。織女と牽牛の涙どころではない、こんな泣き方は似合わない。愛月もおばあさんも晩ご飯に手をつけていない。おばあさんは着替えもせず、目を閉じて横になったまま、呼んでも起きず、ゆすっても動かない。愛月はしかたなく、自分も着替えをしないで、おばあさんに寄り添って寝た。

鼠が木をかじる音がカリカリと聞こえる。

父さんがあたりかまわず大声でしゃべっている。

おばあさんがやにわにしっかりと愛月の手をつかんで、何度かくりかえした。

「あたしゃ悔んでるよ、もういやだ、もういやだよう……」

何を後悔しているのか、聞くまでもなかった。急に何かのどにこみあげてきた。急いでふとんの隅を嚙むと、一番鶏の鳴くころまですすり泣いていた。夜も白むころ、夢を見た。真っ赤な衣裳をつけて、村はずれの川岸へ向かう。川岸には草が青々としていて、それにまじって菊の花が今を盛りに咲いている。小さな小さな、金色の花。夢の中に白い蝶々が飛んでいる。ひい、ふう、みい、よう、いつつ。五匹は飛んで飛び続け、高い空の上に舞い上がっていく……

三

（カッコウ！　カッコウ！　哥好（カッコウ）！）カッコウがうるさく鳴いている。

うそつき、哥（にいさん）は好（いいひと）じゃない。兄さんは大工で、四斤六両の大まさかりを使いこなしているせいか、顔だってまさかりみたいだ。黒くて硬くて、冷たく厳しい。兄さんはお酒を飲む。酔っぱらうといつも嫂（ねえ）さんをぶつのだ。のこぎりの峰で。それがおわると寝台に押し倒して……おおいやだ！

（カッコウ！　カッコウ！　哥好（カッコウ）！）カッコウはしっつこく鳴いている。

　うそばっかり、嫂さんこそいい人なのに。顔だちはとっても賢そうで、眉はよく動き、目は歌っているよう。髪をほどけば三尺もあって、まるで黒い絹のうすものみたい。さわやかで、てきぱきしていて、かまどで火を焚けばごうごうと音をさせ、煙突からは煙なんか出やしない。豚の餌を刻むときも、とんとんという音が乱れず、まるでお正月の爆竹みたいだ。

　誰かに命令でもされない限り、兄さんは嫂さんに、足を洗う水さえ汲んでやったことがない。

　荷香（ホーシャン）は嫂さんが好きだったから、同情し、陰ながら助け、嫂さんがこっそり浮気しているのも知っていたけれど、誰にも話さなかった。前には知らなかったけれど、最近わかったのだ。兄さんが道具をかかえて出ていくと、嫂さんはすぐに洗濯をはじめるけれど、きまって藍色の木綿の服だけなのだ。服は高い竹ざおの上に干して、自分は籠をかついでうしろの山へのぼっていく。一度も、二度も……。荷香はそれを見てふしぎに思い、あとをついていってたしかめる決心をした。椿の茂みが深くなった所、ずっと奥のほうに踏みしだかれた大きな空き地があって、鶏茸草（チーロンツァオ）が一面に茂っている。嫂さんは知らない男の人と抱き合うと、あわただしく、鶏が米をついばむように口を吸う……荷香はあやうく声を立てるところだった。

それでわかった、あの竹ざおの洗濯物は、通信のための暗号、愛人を呼ぶ合図だったんだ。

嫂さんも察しが早い。荷香に新しい手拭いをくれたものだ。荷香は笑った。知ってるわよ、という笑い。嫂さんはどぎまぎして、洗い物のひしゃくで飲み水を汲んでいる。荷香は思った。こんなに気をつかって毎日をびくびくもので過ごすなんて。やっぱりはっきりさせたほうがいいわね。

「嫂さん、心配しないで……」

「何を言ってるの、あたしには、心配ごとなんて……?」

荷香は手を伸ばして、嫂さんの髪から雑草を一本つまみあげた。細い一本の鶏茸草。よく見えるよう、鼻先に突きつける。たちまち、嫂さんの顔が紙のように真っ白になった。

「あたし、なんにも見なかったわよ!」荷香はいそいで慎重に宣言する。

そこで嫂さんも黙ってうなずいた。以心伝心。地下組織が結成された。

七月半ばは広西蠔街（ハオチエ）がにぎわう。兄さんは朝早く家を出た。三日たったら戻ると言っていたが、言いながら陰険な目つきで嫂さんを見ていた。黒雲が垂れこめて今にも雨になりそうな顔つきで。荷香は何だか心配だったが、嫂さんが髪に小さな造花をさしたりしているのを見ると、何も言えなかった。自分のほうの都合もある。蠔街で待っている相手がいるのだ。

蠔街のにぎわいといったら大変なもので、市が立つだけでなく、大勢の少年少女が一種のゲームをするのだった。ゲームのルールとはこんなものだ。女の子はスカーフを思いきり低く垂らして、眉が隠れるくらいにする。手籠をさげて、その口は手拭いで覆っておく。ゆっくりと、人目を引くように歩いていくと、自然のなりゆきとして、男の子がついてくることになる。首を前に伸ばし、両手をうしろに組んで、まるでガチョウだ。通りの端から端まで歩くのだが、ほんのちょっと立ち止まると、ついてきていた男の子が寄ってきて、手拭いをまくると、おいしそうな物とかちょっとした贈り物を籠に入れる。それから、その手をめぐらしてサッと胸をさわっていく。女の子が動じなければゲームはそれでおしまいになるが、もしも女の子がふりかえって意味ありげに笑ったりすると、その後の手続きはもう少しややこしいことになる……こうした昔からの習俗のおかげで、少年少女にとってはこのゲームができ、街のにぎわいに色を添えることになるのだ。荷香もかつてはこのゲームに夢中になり、行かなければそれまでだが、行けば必ず籠を一杯にして帰ってきたものだった。贈り物はともかくとして、これは自分の魅力を証明することになるので、ちょっとした虚栄心を満足させることができた。もっとも今日は籠を持ってきていない。そっちに興味はないのだ。

蟓街の繁華街は川の流れに沿って、バナナのように弧を描いている。それぞれの端に橋がかかっていて向かい合うかっこうになっている。荷香は東側の橋をわたると、まっすぐにぎわっているあたりを通り抜け、急に右へ曲がると、また川の岸へ出た。目を上げて見ると、柳の茂っている中に白いランニングを着た姿が、ちらりと見えてすぐまた隠れた。ちらりで十分だ。荷香は走った。

「やあ！」大きな柳の陰からランニングが現われる。

「来たわよ……」荷香は息をはずませる。

「誰かに見られなかった?」

「わからない……」

ランニングは荷香を引っ張って座ると、木の幹にもたれた。何も言わず、手を伸ばしてくる。重たく、太い腕。

「イヤよ……」荷香は避ける。何だか泣きたいような気持ちだ。

「どうすりゃいいのさ?」ランニングは手を引っ込め、面白くなさそうに言う。

「どこかへ連れてって!」

「言っただろ、逃げられやしない、行けるところなんてありゃしないさ」

「天に上るか、地にもぐるか……ねえ、へ、そ、く、りだったらあるわよ!」

「役に立つもんか」

「あたしがお嫁に行くのを黙って見てるつもり?」

「お嫁に行ったって、ぼくのものさ」

「イヤよ、びくびくして暮らすのは。いつになったら……」

「あーあ……」

石造りの橋の下をたくさんの濁った泡が流れてくる。山のほうは嵐かもしれない。

「じゃ、あいつを殺してやる!」だいぶたって、ランニングが吐きすてるように言った。

「ほんとに?」

「うん」

「仕返しされるわよ」

「望むところさ……」

どうせ本気でないことはわかっていたが、聞いているのは気持ちがよかった。今度は避けようとせず、身をまかせる。大きく開いた目に涙があふれてくる。

突然、さっき荷香がわたってきた石橋の上に、人だかりがしてがやがや騒ぎ出し、橋の両側の人も真ん中へ向かって走っていく。何があったんだ？　騒ぎの中に兄さんがだみ声で何かわめくのが聞こえる。荷香は針でつつかれたように、ランニングをおしのけて飛び起きた……

石橋の手すりはとうに崩れ、踏み板も割れて、裂け目には雑草がいっぱい生えている。一人の若い女が裸で晒しものになっていた。一糸もまとわず、両手を縛り、首には履き古したわらじがかけてある。真っ昼間、大勢の目にさらされて、恥ずかしさのあまり風の中の木の葉のように震えている。ただ精一杯頭を垂れて、駝鳥（だちょう）がやるような具合に身を守っているだけだ。さいわい両親が与えてくれた丈なす黒髪が前に垂れて胸を覆っている。監視しているのは一人の大男で、左手にのこぎり、右手に斧をひっさげている。斧の刃は鈍い光を放っている。

驚く声、いぶかしがる声、わめく声、ののしる声などが一緒になっている。

「見ろみろ！　こいつはおれの女房だ！　こっそり間男なんぞしやがったんだ！」大男が宣言した。

「亭主が女房に焼きを入れるんだ、文句はあるまい、あるやつがいたら、斧が飛ぶぞ！」

見ている人間はますます増えてきた。蟓街のにぎわいだというのに、今日は猿回しも来ていなかったから、どうしたって人が集まってくる。後ろから押されて、囲みは小さくなる。一番前にいると、手を伸ばせば女の体のどこにだって触れることができそうだ。思わずみんな声を呑んだ。目は引きつけられ、のどぼとけがうごめく……と、これは男の場合。ねたみと恐れの視線をあびせるのは、女たちだ。やがて、黙っていてはまずいと思ったか、一段とはげしい罵声が飛ぶ。

「恥知らず、淫売！」

「喋らせろ、どうやってくっついたんだ！」

「喋らせろ、みんなの前で言わせろ……」

「言わねえか！」男がどやしつける。

「言わなけりゃなぐってやれ！」

バシッ！　のこぎりの峰が肩へ振りおろされ、たちまち赤い筋がつく。

「ちょうどいいさ、昔のおきてどおり川に沈めりゃいい！」

「ぶったたけ！　二度とやれないようにしろ！」

バシッ、バシッ、バシッ！　のこぎりが背中といわず腰といわず尻といわず振りおろされる。

「おれの女房だ、殺そうと何しようと勝手だ！」

ここはどうしてこんなに冷酷なところなんだろう、同情する人なんていやしない。学問がないからますます野蛮になる、それだからあたしたち、こんなひどい目に遭うことになるんだわ！

荷香は人込みにはさまれて身動きできなくなっている。胸にも背中にも毛虫がうごめいているような、でなければ炭火であぶられるような気分。晒しものになっているのが嫂さんではなくて自分になったみたいだ。そこで、気が狂ったように押したり突いたりしながら人込みを突破して、嫂さんをかばうと、泣き声をあげた。

「兄さん、嫂さんをゆるしてあげて……」

「うるせえ！」

「兄さん、ねえ、おねがいだから……」

「裏切者！」のこぎりが振りおろされた。

荷香は額を押さえた。血が指の間からにじんでくる。痛いと思うよりも、絶望のあまり茫然としてしまって、どこをどう歩いたかわからない。ランニングが追いついてきた。

「痛かっただろ、見せてごらんよ」

「だいじょうぶよ」

「かまわなけりゃよかったのに」

「あたしの嫂さんなんだもの」

「浮気したんだもの、自業自得さ」

「なんですって?!」

「だから……」

荷香は振り向いた。目が火を噴いている。両腕を振り回して、ランニングの顔に力いっぱい往復ビンタをくらわせてやった。

川に浮かんだ泡がゆっくりと流れ、まもなく散り散りになって消えていく。街のにぎわいも消えるころ、荷香は呉服屋に飛びこんだ。

「真っ赤なコール天はある？」

「ありますよ、入ったばかりのが」

「五尺半ちょうだい」

「上衣ですね、脇あわせですか？」

「ううん、前あわせにするの」

「前あわせだと六尺いりますよ」

「いいわ、六尺ちょうだい！」

四

何日か大雨が続いたあと、やっと天気になったので、桂娟（クイチェン）が牛小屋の堆肥（たいひ）を運び出す用意をしていると、突然姉さんから手紙がきた。お産が近いので、すぐ桂娟に来て手伝ってほしいというのだ。母さんは、生まれたのが男か女かわかるのを待って、男の子だとわかってから鶏や酒など祝いの品を持って行っても遅くないという。それで桂娟はまぐわを置いて、手ぶらで出かけていった。

姉さんは本当に運がよかったとみえて、とてもいい人と一緒になっていた。義兄（にい）さんは三代も続いた一人っ子で、中学へ一年通い、小さいうちから髪を分けていたし、そろばんもできたので、今では町の会計係をやっている。姑も小姑もいなかったから、自由なること神仙のごとしだった。

寂しくはあったけれど、相愛の人がいる。がまんできなくなると、町へ行ってふた晩ほど泊まってくるのだが、数十里の道を帰ってくるのはこわくなかった。義兄さんがいつも川をわたるまで送ってくれるからだ。風のある日は船が揺れる。姉さんはこわがりだけれど、義兄さんがしっかり抱きかかえて、手で目隠しをしてくれるのだ。一緒に乗る人たちが見て笑っても、義兄さんはいっこうにかまわない。考えただけでも、うらやましくて仕方がない。いつかあたしもあんなふうになれるかしら?

空が曇っていて、道は泥だらけ、田んぼの用水には水が音を立てている。

門はぴったり閉まっていて、左右を二人の女の人が守っていた。変な感じだった。一人はチビたほうきを高くかかげ、一人は先が五つに分れた鋤を横たえている。桂娟が入ろうとしても入れてくれず、どうしてと聞いても答えず、何かぶつぶつとなえている。わけがわからずにいると、お婆さんがひとりやってきた。腰が曲がっていて、白髪を両側に垂らし、目は落ちくぼんでいる。緑色の目だが、ひょいと上目づかいになった拍子に、真っ白になったりする。桂娟はそれが義兄さんの本家の叔母さんだとわかったが、叔母さんのほうも桂娟を知っていて、こんなことを言った。今日は黒煞(こくさつ)といってね、吉ではなくて凶の支配する日、生ではなくて死が支配する日なのだよ。朝早く、さっそく縁起でもないことがあったのさ、女の幽霊を見た人がいてねえ、髪をザンバラにして、下半身は裸で血まみれ。脚をそろえて跳び、田畑を越え、池や濠(ほり)を越え、まっすぐ姉さんの家の前まで来ると、見えなくなったんだと……

「これはウブメといってね、お産を迎えた女にとりつくのだよ」叔母さんは目を白く剝いた。

「おまえの姉さんを身代りにするつもりなんだ！　こりゃあいけない、わしらは門を閉じて、ほうきと鋤とで魔よけにしているんだよ……」

桂娟は思わず息をのみ、ぞくりとした。目の前の叔母さんこそ、黒目が白くなったり、おそろしい話をしたり、まるで生きた幽霊そのままだ。桂娟がどうしても入りたいというと、叔母さんはなんとかはからってくれた。犬くぐりにひしゃくで何杯か糞尿を撒かせた上で、そこから入らせたのだ。姉さんのためだと思って、汚いのをがまんして手足を地につけ、体を引き伸ばすようにして犬くぐりを抜けたが、穴が小さいので、腰のあたりをすりむいてひりひり痛んだ。

義兄さんは帰っていない。川の水がふえて、渡し船が止まっているのだ。

姉さんは髪を枕もとに散らしている。小さな丸い顔はいつものように白くてやさしくてきれいだったけれども、いつもとちがう安らかさがあった。覚悟を決めて、死んでもいいと思っている安らかさだ。それで桂娟はますます不安で心配になり、姉さんの手をにぎったまま、何を言ったらいいかわからずにいた。

「何もこわくないのよ、女の人が昔から通ってきた道だもの」姉さんはほほえんで、「仏さまが助けて下さるわ。男の子だといいわね、三代も一人っ子が続いたんだもの……」

「早く義兄さんに帰ってきてもらわないと！」

「わざと呼ばなかったのよ、気の弱い人だから、あたしが苦しむのを見ていられ……あ痛！」

始まった。偉大なる苦難がやってきたのだ。けれどもこのあたりでたった一人の産婆さんは、まだ泥道を歩いているころ。桂娟は姉さんにふとんをかぶせて、お湯をわかしにかかる。

　産婆さんはじきにやってくる、門を開けなくては。叔母さんは白目を剝いたまま、おごそかに命令を下す。糞尿を撒いて、銅鑼を鳴らし、犬を殺せ。黒い犬でなくてはだめ。首を大なたで打ち落とすんだよ、首から出る血を門に向かって吹きつけるんだ。こうして門は開かれた。犬の血はどんな邪気もしりぞける。ウブメだって近づけないさ。叔母さんはどこにそんな力があったのか、両手で犬の死体を抱え上げ、犬の血を敷居に滴らせ、滴らせながら居間を通り寝室に入り、姉さんの寝台やふとんにも滴らせる……犬の死体を下ろすと、あえぎながら、白目を黒目に戻して、手を丹田に置き、うす気味の悪い調子で唱え始めた。

「東の鬼は東へ帰れ、西の鬼は西へ去れ、南の鬼は南へ帰れ、遁れる道は北しかないぞ、身代り欲しくば北へ去れえ！」唱えながら、踊るように動き出す。両腕を張り、左へなびいては右へなびく。風に吹かれるかかしのようだ。

　桂娟はあっけにとられたが、だんだん家の中には鬼気迫る空気が満ちてきた。中も外もなまぐさくて、吐き気がしたけれども、やっとのことでがまんしていた。姉さんは息も重く、痛さのためにうめいている。叔母さんがその口をおさえて言った。声を出すんじゃないよ、ウブメに聞かれるからね！

　産婆さんがようやくやってきた。体は大きく、頬がこけて、まるで屠殺人みたいだった。何も持たず、古びたはさみだけを、へその緒を切るために持っている。けれどもウブメなんか信じていないらしく、みんな居間のほうで指示を待つようにさせた。桂娟はお湯を持ってきて、手をあらうように勧めたが、洗おうともせず、両のてのひらに唾をはいてこすりあわせただけで、すぐに姉さんのふとんをめくった。爪は長く、垢だらけのままで、姉さんのおなかをさぐるものだから、もうちょっとで肉に食いこむんじゃないかと思ったほどだ。診察が済んだ。「逆子」だそうだ。逆子といっても普通のじゃなくて、先に手足が出てから頭と体が出てくる、横向きのだという。桂娟には、それがいいことなのか悪いことなのか、わからなかった。

叔母さんが考えこみながら入ってきて、白目を剝いた。「逆子って、男なんだろうね?」

「もちろんさ」

「生まれるかねえ?」

「大概はね。ガキが産めない女なんていないよ」

産婆さんが上衣を脱ぐと、腕は毛だらけだった。二人の女の人を呼び入れると、寝床の両側に立たせ、産婦の両腿をどんなふうに開いて持ち上げるか説明した。そして自ら靴を脱いで床に上がると、姉さんの体に、さかさに馬乗りになって、両手を上げたり下ろしたり、力を入れて姉さんの突き出たおなかを揉みはじめた。まるっきり、うどん屋のおじさんがうどんを打つような具合だ。姉さんの意識はまだはっきりしていて、冷や汗が絶えず額からこめかみから湧いてきて、拭いても拭いても流れ出る。叫びを上げようとせず、必死に唇を嚙みしめているので、破れて血があごに伝っている。

産婆さんは容赦なく揉みつづける。

「ああ……」姉さんは疲れきったとみえて、ため息を一つ吐いて、失神した。

血が、寝床に敷いたむしろに一杯になり、寝台の隙間を通って、床にまで滴っている。叔母さんはかまどの下から十能にいっぱい灰を持ってきて、寝床にも撒き、産婦の両腿の間にも撒いた。白かった灰がたちまち黒く変わり、血は止まった。

胎児はまだ出てこない。産婆さんも疲れたのか、休みたいようなことを言い出した。刻みたばこを取り出し、ラッパ状に巻いて、吸いつけては痰を吐く。痰はずいぶん遠くへ飛んだ。さらに熱いお茶を二杯飲んで、叔母さんに聞いた。

「だんなは？」

「町にいるよ、水が増えたんで戻れないんだ」

「じゃ、誰があるじかね？」

「あたしだよ、叔母にあたるんだ」

「責任とるかね？」

「いいともさ」

「それじゃ、大きいほうを助けるかね、小さいほうがいいかね？」

「大きいほうはもうだめかも知れんから……小さいほうにしとくれ、逆子のほうに」

「よし、あめ牛を連れといで！」

桂娟が何のことかわからないでいるうちに、雄牛が一頭、居間へ引き入れられてきた。モーウと鳴いてしっぽで背中を払い、ふんをして、小便をまき散らす。産婆さんのさしずで、よってたかって産婦をかかえ上げると、居間へ運び出し、高く持ち上げると、顔が下を向き腹が牛の背に当たるようにして横たえる。産婆さんは左手で牛の鼻づらを押さえると、右のこぶしをかためて、牛の尻をひっぱたいた。雄牛は産婦を乗せたままぐるぐる廻りだす、だんだんはげしく……鮮血が湧き出して腿の内側を伝い、ぶらぶらしている脚の先にたまってゴム状のかたまりになった。部屋いっぱいに蒼蠅が飛び回る……桂娟は不思議な気がした。姉さんの体にあんなにたくさんの血があったなんて。いつまでも流れ続ける血！「かあさん……」桂娟は低く叫ぶと、壁のほうへ顔をそむけた。そこらじゅうがぐるぐる廻っている。

続いて肺腑をえぐるような叫びがあがり、形のはっきりしない血肉のかたまりが、ようやく押し出された。産婆さんが慣れた手つきで、地面に落ちないよう宙で受け止める。

奇跡的に、胎児は生きていた。しかも男の子。居間に勝利の声が上がる。嬰児が産声を上げた！

高らかな、悲壮な叫び。母親の血と苦難ゆえに、生まれる者の声はこんなにも悲しいのだ。姉さんは泣き声が聞こえると、その悲しみに深く感じたように、声もなく笑うと、安らかに目を閉じてしまった。

まもなく、あたりは暗くなった。

悪夢が、そのあとにやってきた。灯芯が小さく絞られて、暗く黄色い光がわずかに闇の片隅を照らしている。姉さんの顔はすっかり小さくなって、体もとても小さくなってしまったけれども、髪の毛だけは黒ぐろとしている。どこからともなく風が吹きこんできて、その髪の毛をわずかに払った。蛍が一匹、窓から入ってきて姉さんのまわりを一めぐりすると、また門のほうから出ていくのは、あれは道案内をしているのか？姉さんは身を起こす。下半身は裸で、血にまみれたまま、脚をそろえて跳びながら門を出ていく。池や濠を越え、田畑を越え、はるかな山へと跳んでいく、軽々とまるでひとすじの雲、ひとつの影のように……「東の鬼は東へ帰れ、西の鬼は西へ去れえ……遁れる道は北しかないぞ、身代り欲しくば北へ去れえ！」どこかの家の女の子の、早くも聞き覚えてかすかに唱えている声が、あの白目を剝いた老婆にもまさってすさまじく聞こえる。

北へ行っても同じように唱えていたら、姉さんの行くところはないんだわ。かわいそうに、ウブメになった姉さん！

桂娟は一日中気が抜けたようになって、手足の力も抜けてしまった。あとになって義兄さんがやってくると、男泣きに泣いて、涙が死骸をひたすばかりになった。桂娟はもう泣かなかったけれど、義兄さんがそんなに泣くのを見て、少しは姉さんも報われたかなと思った。義兄さんは桂娟に藍色のコール天の、前あきの上衣をくれて、姉さんの遺言だからと言った。これを花嫁衣裳にするんだよ。

藍色というより玉虫色のコール天は、とってもすばらしかった。桂娟は喜んで受け取ったけれど、同時にこんなことを思った。これが真っ赤なのだったら、別に作らなくて済むんだけどな。

五

「秋老虎（チウラオフー）、熱脱褲（ロートウオクー）」——きびしい残暑が続いている。

昼のうちは山や畑にいるからまだいい。野面(のづら)をわたる風がある。夜の暑さは格別だ。男の子は半袖にショーツ姿で町をうろつけばいい。もうちょっと年上の男女なら原始時代からの「娯楽」を行ったあと、さっさと寝てしまう。困るのは年頃の娘たちで、暗い家の中にいても蒸し暑くて息がつまりそうだし、ヤブ蚊にはくわれ放題だ。そのうち蘇家坪(スーチャピン)あたりに田舎芝居の小屋がかかっていると聞いて、荷香(ホーシャン)が金梅(チンメイ)を呼び、金梅が愛月(アイユエ)と桂娟(クイチエン)に声をかけ、うちそろって明桃(ミンタオ)を誘いに行く。名分正しければ道通ずというわけで、五人の娘はうちつれて芝居を見に出かけた。金梅が懐中電灯を持ってきていて、みちみち誰かの顔に向けたりするものだから、文句の一つも出たりして、五人はコロコロ笑いながら歩く。やっとのことで蘇家坪についてみると、人っ子ひとり見当らない。もともとデマだったのだ。だいたいこんなデマに惑わされて無駄足を運ぶのはしょっちゅうのことで、一回でも本物にお目にかかれば儲(もう)けもの、まったくこんなデマを流すやつはギロチンで頭を落とされるがいいのだ。みんな回れ右をしたものの、足の力が抜けてしまって、もはや歩くのもかったるい。丘のふもとに黒ぐろと横たわる村の家々が見えてくると、すっかり帰るのがいやになった。明桃がまず座りこむ。座って何をしようというわけではない。どうせそろって出てきたのだし、今夜は何がなんでも行く先を見つけて、壁をこじあけてでもねじこんでやらなけりゃ、腹の虫がおさまらない。

川のほうを見やると、星あかりの下、ぽつんと離れた小屋が白く見えている。窓のあかりはとても明るい。入ってみた人の話では、中はきれいに片付いていて、鶏やアヒルの糞もなければ、ぬかみその臭いもしないという。入って座れば、香りのよいお茶にありつけるし、そのほか玉帯(ユイタイ)

糕(カオ)やドロップなんかも出る。そこでは、死んだ家族に会って、話したり何かたずねることもできる。それで、恐怖・驚き・後悔・嘆息・恨みつらみ・安らぎ・喜び……といろいろあって、最後は何やら悟ったような気分になり、精神的満足が得られるという次第。

小屋のあるじは年とった未亡人で、みんなは十八仙姑(シェンクー)と呼んでいる。若いころは広西(カンシー)の色街あたりで芸者をやっていたのが、材木屋の丙老三(ピンラオサン)に落籍(ひか)されて村へ来たという。丙老三が死んだあと、どこへも行かず、仏をまつって過しているのだ。どんなホトケやら怪しいもので、うわさでは男を隠しているとかてなし子を産んだとか。産まれた子はすぐに便所へ捨ててしまったらしいが、証拠を見つけようとしても、見つかるのは死んだ犬や猫の骨。いやいや、この婆さんは妖術も使うらしく、めくらましに口寄せ……けっこうご利益(りやく)もあるようだ。年を追うごとに疑いは確信に、軽蔑は畏敬へと変わっている。いまや、この小屋は村のノートルダム寺院なのだった。

むろん、お茶もペンキ塗りの腰掛けも、ただというわけにはいかない。ここへ入る者は米が一升必要になる。十八仙姑は米の飯が好きなのだ。

窓の灯りが誘うようにかがやいている。やれやれ、みんな米の一升くらい持ってくればよかったのに！　五人とも思いは同じだ。

「行きましょ！」と明桃が突然立ち上がって、ほこりをはたいた。

「どこへ行くのよ」

「十八仙姑のとこよ」

「お米は？」

「心配ないわ、こないだ十荷ばかり薪を割ってあげたの。二荷で一升分ってことにしてもらえばいい」

「ほんと?」

「ほんとよ」

娘たちは雀躍りし、明桃をかこんで丘を下っていく。

十八仙姑は歓待してくれたが、はたせるかな、お茶とともにビスケットと砂糖漬けの果物の小皿が出てきた。中はずいぶんきれいになっていて、石油ランプがあかあかとともっているので、娘たちは目を伏せ、手足の置きどころもないくらい固くなっている。お座りと言われて、ずいぶんたってからもじもじと座る有様。長い腰掛けに押し合うように掛けて、何かおあがりと言われても誰も手が出せない。

「遠慮することないのだよ、楽にして」十八仙姑が笑う。「あたしだって、普段はふつうの人だものね。ひとり暮らしでさびしいのだし、あすびに来てくれるのを待ってるんだよ。おや、あんた金梅じゃないかね。ちょっと見ない間にきれいになったこと! 何年か前にはズボンをスカートにはきかえたばかりで、へそが丸出しだったがね……アハハ!」

金梅は真っ赤になってくすくす笑ったが、これでたちまち気分がほぐれた。荷香はいつのまにかビスケットに手を出している。十八仙姑はみんなの顔色をうかがい、娘たちの信頼を得たとみるや、それ以上時間をむだにせず、すぐ本題に入った。まずおごそかに決まりを述べる。笑ってはいけない、咳払いもいけない、あぐらをかいてはいけない、それから……然る後おもむろに、死んだ者のうち誰を呼び出し何をたずねたいのかと言った。

　五人は耳打ちするばかりで、なかなか相談がまとまらず、今度も明桃にまかせることになった。明桃はとっくに決めていた通りを言う。「六姐を呼んでほしいの」

「六姐？　どの六姐だえ？」

「淑雲姉さんよ、丙奎おじさんとこのいちばん下の……三年前の九月八日に首を吊った……」

「ああ、あの娘か」仙姑は言った。「あの娘を呼んで、何を聞くのかね？」

「ほかでもないわ、『花園』のことが聞きたいの」

「そうかえ、すぐに聞いてあげるね」

　仙姑はうなずくと、たちまち厳粛な、しかしおだやかな顔つきになり、唇を一本の線のように引き締めた。ランプは吹き消され、線香とろうそくに火がともされる。手を洗い、顔をこすり、門を開いてはるか虚空に向かってくりかえし拝をなすと、目をとじて呪文をとなえる。それから四角い机の上座に座ると、頭から白い布をかぶり、両手を胸の前に交差させた。部屋はたちまち暗くなり、ろうそくの火がたえずゆらめくのにつれて、奇怪な影が白壁にうごめき、伸びたり縮んだりしはじめる……五人の娘は目を見開いて、息を殺した。

　仙姑は両足を奇妙なぐあいに踏み、肩が高くなり低くなりしている。その表情や歩き方から、すでに霊魂が体を抜けて、どことも知れない暗いところをさまよっているのがわかる。いろんな人に会っているようだ。知っている人もいれば、知らない人もいるらしい。会うたびにたずねる。六姐はどこ？　淑雲は？　進んではたずね、左右を振り返り前後を探す。最後に大きな声で叫んだ。

「淑雲！」見つけたのだ……そこでまた両足を踏み、ときどき振り返るようにする。いうまでもなく、淑雲姉さんがついてくるのだろう。仙姑の体がこわばって動かなくなった。ろうそくの火がゆらめき、四角い机が、何もないのに揺れているように見える。仙姑はにわかに身震いすると、手を伸ばして頭を覆った白い布をはねのけた。

「まあ、あたし淑雲よ、しばらくだったわね、みんな元気？」声がすっかり変わって、淑雲姉さんの口調になっている。たしかに、淑雲姉さんは話すときあんなふうに目を細くして笑ったし、小首をかしげる癖があった。

五人とも胸がどきどきして、言葉が出てこない。

「海山越えて、やっとのことで来られたのよ。みんな、お話があるんでしょう？」〝淑雲姉さん〟はみんなを見て、また首をかしげる。

「淑雲姉さん、呼び出したりしてごめんなさい……つ、つまりその、みんな花園のことを知りたいの」明桃が口ごもりながら言った。

〝淑雲姉さん〟はうなずいて、楽しそうに答える。「花園はいいわよ！」あとは立て板に水とばかりしゃべりだす。何がいいって、住まいと食事。住まいは二階で涼しくさわやか、蚊なんかいない。食事といえば、朝からあんまん、それに油条。うどん粉寝かせて油で揚げて、ふっくら歯ざわり香ばしく、そりゃおいしいのなんのって！　お昼と晩はいうまでもなく、豆腐や魚はあたりまえ、ときには大豆に豚足煮こみ……滋養豊富で栄養満点！　もちろん仕事もあるにはあるわ、花を植えたり水まきしたり、とてもかんたん、まるで遊びのようなもの。「花園はいいわよ、みんなもいらっしゃいな！」最後に声を高めて励ました。

話したり聞いたりするうちに、人と〝霊界〟との境はたちまちなくなって、緊張感も神秘的な雰囲気も消え失せた。娘たちは元気を取り戻し、顔を見合せてほほえんでいる。

〝淑雲姉さん〟が湯飲みをとって水を飲むと、明桃がいそいで熱いお湯を注ぎ足す。〝淑雲姉さん〟は笑って、首をもう一方へかしげた。

「お姉さん、あたし聞きたいんだけど……」荷香が顔を赤らめる。

「何でも聞いて」〝淑雲姉さん〟はやさしく向き直る。

「花園にも男の人はいるの？」

「男？　ああ、もちろんいるわよ、結婚する人もいるし」

「男の人は女の人をぶったりするの？」

「とんでもない、女は宝物、そりゃあ大事にされてるわ」

「もしも女の人が別の男の人と仲よくなったりしたら、どうなるの？」

「どうなるって？　それは……好きなようにしていいのよ、男はなんにも言わないの」

「いいわあ！」荷香はため息をつく。

桂娟も無残な死に方をした姉さんを思い出して、思わずたずねる。「向うでも女の人は子供を産むの？」

「もちろんよ、でも心配はいらないの、お医者さんがいるもの！」

ことがわかって、満足したから。

ほかにはもう聞くことはないの？　もうないわ、これだけわかれば十分、思ったよりいろんな

「いいわあ！」桂娟も安心した。

最後に、明桃がまた用心深くたずねる。

「じゃ、花園に行くのはいつごろがいいかしら？」

「九月九日、重陽の節句ね」〝淑雲姉さん〟はすぐに答える。

あ、やっぱり九月九日。淑雲姉さんもそう言うんだ！

〝淑雲姉さん〟は口をおさえてあくびをし、目を閉じた。疲れたのだ、これ以上ひきとめてはいけない。五人の娘はきちんとならんで立つ。聖母の前の信徒たちのように。まもなく、〝淑雲姉さん〟はゆっくりと目を開いて、こう言った。

「それじゃみんな、あたし花園へ帰るわね……あ、十八仙姑は今夜あたしのためにほねおってくれたわ、お米二升をよろしくね！」

「きっとそうします！」五人はうやうやしく答える。

「じゃ、さよなら……」

一陣の風が、ろうそくの火をゆらめかせ、机も揺れ動いたのち、何もかも静かになった。十八仙姑は体を震わせて、目をこすり腰を伸ばして、夢からさめたようにたずねる。

「みんな、淑雲とお話しできたのかえ？」

「ええ、あたしたち……」

「だめだめ、聞いてはいけないのだよ、天の秘密を洩らすことになる」

もう一度ランプに火をともし、ビスケットや砂糖漬けの果物をしまいこむと、十八仙姑は五人の娘を送り出した。顔には慈悲にあふれた笑みを浮かべて。

五人の娘は藍色のはるかな夜空をながめ、思いを遠くにはせていた。流れ星が一つ、夜空を横切って東から西へと落ちていく……

六

いよいよ明日は九月九日。天気はいいし、明日もきっと晴れるだろう。朝早く、五人の娘たちは川に沿った古い小屋へ集まると、最後の情報交換をおこなった。すべては打ち合せ済みだし、これで決定。計画通り。準備もできている。もうぐずぐず言っちゃだめよ、さあ、誓いの儀式。指を鉤形につないで、力をこめて唾をはき、やはり力をこめて鞋底でこする。これは団結と決心と秘密の厳守をあらわす。それがすむと、それぞれ家に帰った。

金梅は興奮していたし、満足でもあった。いちばん年下なのに、みんな一人前にあつかってくれる。どんなことでも仲間はずれにしないで、話したり相談したりしてくれたし、今度の花園行きだってちゃんと一緒につれてってくれる……こんな素敵なことってないわ！　みんなの期待に背かないようにと、何日かかけて、ひそかに一本の縄をなってきていた。長く、きれいで、丈夫でしかも柔らかい。それに真っ白だった。濃い石灰水にからむしを浸し、日にさらして、細かく梳いて、自分の髪の毛のようにきれいにしたのだ。もちろん、明日みんながこの縄を見たなら、きっとびっくりして、跳び上がって喜ぶだろう……もうずいぶんになるが、ずっと明桃に対して済まないと思い、助けてもらった恩を返さなくてはと思い続けてきた。十歳の夏、金梅は足を滑らせて川に落ち、もうちょっとで溺れるところだったのだが、十四歳だった明桃がなりふりかまわず助けてくれたのだ。父さんはいつも、明桃に恩返ししなくてはいけないと言っていたし、金梅も父さんのいいつけをしっかり覚えていて、実行に移そうとしてきた。明桃は家庭に恵まれていない。母さんは後妻だし、父さんは家のことをかまわないから、明桃はご飯もちゃんと食べられなかった。おなかがすいてたまらなくなると、山へ行ってきのこを取り、焼いて食べていた。金梅は自分の食べるものを明桃にまわそうとしたけれども、明桃は気が強くて、頑として食べようとしない。金梅はしかたなく、自分も食べずに明桃の飢えのお相伴をしたものだった。ほんとに、いま思えば単純な、幼いまごころだったのだが、それでも金梅はそのまごころを、明桃のために捧げようとしてきた。そう、もしも明桃が死ぬのならば、自分も従うのだ、義のためにはためらってはならない……そうよ、明日こそ望みどおりになるんだわ……

その晩金梅は気持ちよく眠った、ほんとにぐっすりと。風呂敷包みを持ちこんで敷布の下に隠してある。中身は一本の縄と真っ赤なコール天の上衣。母さんが入ってきて、そっと頰にさわり、肩を押さえて行ったのも、まったく気付かなかった。夜が明けて、雀たちが外のヤマナシの木でさえずりだすと、金梅は敷布を蹴って起き上がった。落ち着いたふりをしながら髪をとかし顔を洗い、そっと父母の様子をうかがう。気付いてはいないだろうな、気付いたってよさそうなのに。

包みを洗濯籠に入れ、上に古着をかぶせて、門を出る。父さんのところへ煉瓦を運んで豚の囲いを作っている。そばを通るとき、変な顔をしてこっちを見つめたが、何も言わない。金梅はのろのろと通り過ぎ、十何歩か行って、ふと気になって立ち止まる。父さんは煉瓦運びを手伝うよう声をかけるんじゃないだろうか。だが声はかからない。振り向くと、父さんは家に入ってしまった。泣きたいような気分。父さんも母さんも鈍いんだから、もう……

　秋の朝はおだやかで、ほのかに霧がかかっている。このあたりの道は人どおりも少なく、雑草が一面に茂って、いつも足にまつわりつく。誰かに出会うかと思ったのに、誰もいない……早すぎたのではないかと思ったが、むしろ一番遅かった。みんな待ちくたびれてじれている様子さえ見える。なんだか済まない気持ちになった。

「縄は？　ねえ、縄は？」みんな縄のことを気にしている。

　はたして金梅の思っていた通り、縄を見ると、みんな口々にほめたたえてくれた。荷香は縄をほどくと、結び目を作り、首にかけて試してみたが、たちまち声を上げた。

「いいわ、やわらかくって、とってもいい感じ！」

　続いて、娘たちは衣裳をあらためる。ほかの六枚は身に着けていたが、上に着る真っ赤な衣裳だけはまだだったのだ。互いにざっと検分し、ひとこと加えてから身につけていく。着こんだあと、ぴんと引っぱってしわをのばしてみて、さていろいろと品評が始まる。荷香と金梅のがいちばん見栄えがするし、よく似合っている。丈もゆきもぴったり合っている。もちろん、仕立屋で寸法を取って作ったのだ。愛月のもまあまあだ。襟がちょっと高すぎるのは、古い仕立て方だ。

桂娟のは袖口が短いが、これは仕方がない。例の青い服を誰かと換えっこしたのだ。明桃はいささか気の毒で、コール天ではないうえに、暗い格子縞の赤い布だった。何か言い訳しようとしたが、そうするまでもなく、みんな事情を察して慰めたものだ。こういう布もいいものね、はじめっから明桃姉さんみたいにすればよかったのに。

五人の娘が、それぞれ新しい真っ赤な衣裳を着けると、静かな川岸の青い草の茂みに映えて、色鮮やかな花が五つ開いたようだった。あいにく見る人もなくほめてくれる人もないのは少しばかり残念だったが。

「さあみんな、よく考えて。誰かの借りをまだ返してないなんていうこと、ないでしょうね?」時間が来たので、明桃は最後に注意をうながした。

何もなかった。十八仙姑の二升の米はおととい、みんな揃って返してきた。もう何もない。この世ではもう、誰にも借りは作っていない。父母の養育の恩は、汗水たらして働いて返してある。胸に手を当てて問うてみても、手抜きをしたことも、怠けたこともない。そこでみんな、落ち着いた安らかな気持ちで、うちそろって小屋に入っていった。

すべては明桃が指示した。金梅は外へ物見に出て、もしも人がやってきたら山歌を歌う。桂娟と愛月は石ころを運んで、梁(はり)の下へ積み、その上に板を渡して踏み台を作る。荷香は残って明桃と一緒に梁へ縄をかけた。縄の片端を東側の柱に縛りつけ、反対の端にこぶし大の石を結んで、上へほうる。一つまた一つと梁にめぐらし、一回ごとにふた回りさせて、滑らないようにしながら、五つの輪を作っていき、最後に縄のもう一方を西の柱にしっかり固定する。明桃はとてもうまくやったので、五つの輪は完全に等間隔にならび、どれも地上から五尺くらいの高さになった。白い縄はきれいにそろっていたので、小屋のくすんだ板壁に映えて、美しい幾何模様を作っている。

「きれいにできたわ」と、荷香がほめた。

踏み台もできたので、金梅が呼ばれる。

「さあみんな、すんだわよ、それじゃ……」

そそっかしい荷香が、明桃の話を待たずに、せっかちに踏み台にとび乗って縄を引っ張ろうとする。石がちゃんと積まれてなかったので、板はガタンとはずれ、荷香はあおむけにひっくり返り手足をバタバタ、みんな声をそろえて笑った。

石を積みなおし、もういちど板を渡す。こんどは明桃がまず上がって、そうっと両手を輪の一つにかけてみた。明桃にならって、一人また一人とのぼってみる。並び方もうまくいったものだ。愛月がいちばん背が高く、その左右に明桃と荷香、桂娟と金梅は背が小さいので、両端ということになった。ちょうど山形になる。女声合唱のステージによく見られる隊形だ。誰が考えたわけでもないのに、なぜかこうなってしまったのだ。

明桃は縄の位置を調整して、重心をさがすと、重心に正確にあわせて、のどを当てた。左右を見、みんなも同じような姿勢をとっているのをたしかめ、おもむろに指示を出す。

「いいこと。あたしが一、二、三と言ったら、一斉に板を蹴飛ばすのよ！」

「いいわよ」みんなが返事する。

「ちょっと待って！」と金梅が叫んだ。

「どうしたのよ」

「ちょっと、おしっこ……」

「どうでもいいじゃないの！」

「がまんなさいよ！」

「がまんできないんだもの、ねえ……」

仕方がない。みんな金梅がもどるのを待つことになった。金梅が用事をすませてきて、もういちどやり直しということになった。あいにくそのとき、ばかの四宝（スーバオ）がどこからか現われて、小屋へ跳びこんできたものだ。

しまった、花園行きがおじゃんになる！　娘たちはひやっとした。

「えへへ、おまえら首吊りするんだろ！　だめだめ、おらぁみんなにいいつけるぞ！」四宝はわめいたが、たちまち小声になると、悲しそうな様子で明桃に近づいた。「明桃姉ちゃん、死んじゃいやだ、いやだ、おらぁ、おらぁ……」苦しそうに頭を振るところは、正気の者と変わらない。

明桃は眉を逆立てたが、やがて落ち着くと、四宝の目をまっすぐ見て、やさしく手をのべた。

「四宝、あんた、あたしが好きなの？」

「ああ」四宝がうなずき、とうとう目に涙があふれてくる。

「わかったわ、四宝、あんたはばかじゃない……」両手で四宝の顔をかかえ、そっと接吻すると、こんどは四宝の手をとって自分の胸をさわらせて、「さあ、あんた、さわってみたかったんでしょ、さわっていいわよ……そうそう、じゃ、言うことをきくわね、あっちへ行って、そしてお花を摘んできてちょうだい」

「ああ、おら行ってくる、たくさんたくさん花とってくる……えへへ！」

四宝が花を摘んで戻ってきたときには、すべては終っていた。

そのころには、日差しが霧を追い払って、かっと照りつけていたという。思ったとおり天気はよくなったのだ。

五人の娘が集団自殺したというニュースは、あっというまに村中に伝わった。明桃の父さんは朝飯を食べ終ったばかりだった。明桃に残した米とさつまいもの粥はまだお膳の上にあって、蝿が何びきもたかっていた。父さんはさっそく門を跳び出し、母さんはちょっと遅れた。粥を鍋にもどしてふたをするのを忘れなかったからだ。

油小屋の梁にかけられていた縄は、十日あまりというもの、誰も手をつけようとしなかった。そのうち明桃の父さんがこっそり取っていったのを、金梅の父さんがかぎつけて、談判に行った。二人はしばらくやりあった末、あやうく殴り合いになるところだった。けれども結局、村の衆の立ち合いで、やっぱり金梅の父さんの手にわたることになった。それというのも、村中でからむしのある家はほかになかったからだ。

（林　久之 訳）

北京で発生した反革命暴乱の真相

中国共産党
北京市委員会宣伝部
（一九八九年六月五日）

『人民日報』(Renmin Ribao)

『人民日報』は中国共産党中央委員会の機関紙である。党中央の機関紙には、かつて『新中華報』と『解放日報』があったが、一九四九年一月に北京(北平)が解放されると、もと華北局の機関紙であった『人民日報』が北京に移り、同年八月、正式に党中央の機関紙とすることが決定された。一九八九年六月三日深夜から六月四日早朝にかけて、北京の天安門広場を中心に起こった事件をモチーフに、中国共産党北京市委員会宣伝部は、五日、この作品を綴り、『人民日報』六月一〇日の紙面第一面から二面にかけて、「新華社六月九日発」として掲載した。原題は「北京発生反革命暴乱的事実真相」。

六月三日、および四日、首都北京では、一ヵ月あまりにわたる動乱の後、聞くものが耳をおおうような、驚くべき反革命暴乱が発生しました。人民解放軍戒厳部隊の士官と兵士、武装警察の士官と兵士、そして公安部門の幹部および警察の勇敢なる闘争によって、また、広範な人民の協力と応援とによって、暴乱の鎮圧はすでに初期段階の勝利を収めています。しかしこの反革命暴乱は、現在もまだ完全に鎮圧されたわけではありません。ごく少数の暴乱分子は、いまだに陰謀を画策し、デマを流し、人心を惑わし、巻き返し攻撃を進めているのです。かれらは強奪した銃と弾薬を使って闇打ちをし、車輛を焼き、派出所を打ち壊し、商店や公共の施設を襲撃して、最後の抵抗をおこなおうとしています。いま、世上にはさまざまな情報が乱れ飛び、多くの大衆は事件の真相を十分に了解していず、思想的にも、また感情的にも、いくつかの問題は解決されていないままのようです。したがって、今回の反革命暴乱の真相を大衆にたいして明瞭に説明して、すべての人びとに事件の由来と経過とを理解していただき、このたびの暴乱を鎮圧することの必要性とその緊急性とをはっきりと認識して、積極的に闘争に参加し、首都の局面の安定のために貢献をしていただく必要があるのです。

一、ある人がこうたずねました。ここ数日、動乱の局面はすでに緩和されていたのに、そのうえ戒厳部隊が入城する必要があったのでしょうか？

国務院の戒厳令を執行し、首都の一部の地区における戒厳任務をまっとうするために、部隊が入城しなければならなかったということを、明確にさせなければなりません。事実上、五月二十日、戒厳令が発布されたその日から、戒厳部隊は毎日あらかじめ定められた配置に従って、それぞれの方式をとって城内に進行し始め、指定された位置に到達しました。まさしく、戒厳部隊が陸続として進駐したことと、各方面にわたるかれらの艱難辛苦があってはじめて、動乱の局面は、やっと緩和にむかって歩み始めたのでありました。しかし鋭く指摘しておかねばならないのは、きわめて少数の人間による、動乱を引き起こそうとする活動は、一日としてとどまることがなく、共産党の指導を転覆させようという目標は、いささかも改められることがなかったということです。

かれらはこう言い立てました。すでに〝新政府〟の構成員は内定している。処刑すべき幹部の名簿も準備してある。引き続き天安門広場で座り込みを続けて、絶えず騒ぎを起こしていれば、〝現政府を打倒し、新政府を樹立する〟という目標を達成することができるのだと。

かれらは積極的に力を結集し、チンピラ、ゴロツキどもをかき集めたり、共産党と社会主義制度に対して恨みを抱いているやからを網羅して、〝飛虎隊〟、〝義勇軍〟、〝決死隊〟とやらを寄せ集めては、党と国家の指導者を〝軟禁〟しよう、〝バスチーユ監獄を攻撃する方式〟を用いて政権を奪い取ろう、などと大言壮語したのでした。

かれらは海外の反動的政治勢力が援助した資金と物資を用い、長期にわたって天安門広場を占拠する準備をし、〝民主大学〟を開設しては、これが〝新時代の黄埔学校〟であるなどと主張したのでした。*1

かれらは人民英雄記念碑の前に、女神の像とやらを建てました。最初は〝自由の女神〟と呼んでいましたが、あとになって〝民主の神〟と改めました。アメリカの自由民主を引っぱってきて、かれらの精神的支柱としようとしたのでした。

かれらは言うのです。〝広場の闘争を用いて、全国の闘争を支持しよう〟と。かれらはたいへん悪辣な手段を用いて青年学生を脅迫し、広場を離れることを許さなかったばかりか、〝この場を離れようとするものは殺すまでだ〟とまで宣言したのです。

かれらは、青年学生が座り込み要求の行動を堅持しがたいのをたいへん恐れ、さらに五千人の〝知識分子による大ハンスト〟を企てましたが、呼びかけがあがらず、結果的には、たった四人が参加しただけの、四十八時間から七十二時間までの、ハンスト茶番劇がおこなわれただけでした。

かれらは反革命武装暴乱を煽動するビラをまき、〝小さな野火でも、広野を焼きつくす〟などと鼓吹し、〝武力〟を組織して、〝台湾の国民党をも含むさまざまな力を団結して〟、〝首をささげ、熱き血を注ぐことをも惜しまず、旗印をはっきりと掲げて、共産党とその政府に反対しよう〃などと挑発したのでありました。

以上のすべてからおわかりのように、きわめて少数の人間が、計画的に、事前に謀って造成された動乱は、善良な人びとが想像しているように、鎮静に向かっていたのではなく、形を変えながらも、あの場所で、われわれと死に物狂いの闘争を継続していたのです。

かれらはよく知っていたのです。戒厳部隊のすべてが所定の位置に到着し、さらに広範な大衆が動員されて組織されれば、かれらの陰謀が失敗に終わってしまうことを。そこで、チャンスをうかがって、騒擾を起こし、動乱を激化させたのでありました。

六月一日、わが公安機関は非合法組織〃工自連〃の何人かの頭目をとらえて尋問しました。かれらはこの機に乗じていささかの人びとを煽動し、北京市公安局、市委員会、市政府機関、および公安部を包囲し、襲撃したのでありました。

六月二日、夜。中央テレビ局がこの十カ月借用していた、武装警察部隊のジープが、局に帰る途中、スピードの出しすぎと、路面が水で滑りやすくなっていたのとで、転倒事故を起こして人をはねてしまいました。死亡が三名、重傷一名が出ましたが、この中には、学生は一人もいませんでした。

もとよりこれは一件の交通事故でありますから、関係部門によって、すでに処理されていました。ところがごく少数の人びとは、故意に、この事故を、戒厳部隊が計画的にとっていた入城行動と関連づけ、戒厳部隊の先導車が、故意に学生をひき殺したのだという根も葉もないデマを飛ばして、真相を知らない人びとを煽動し、さらには遺体を奪い取り、棺桶をかついで大規模なデモ行進をおこなったのです。すぐさま人心は揺り動かされ、緊張した空気が張りつめました。この二日間の煽動と騒擾の後、暴乱の炎が、かれらの手によって点火されたのでした。

二、ある人がこうたずねました。六月三日に発生した事件は、暴乱と言えるのだろうかと。

この問題についても、一番いいのは、やはり真実に答えてもらうことでしょう。

六月三日の朝まだき、戒厳部隊が予定の計画にしたがって警戒目標への進行を続けているときに、あるものどもが声ごえに呼ばわって、人びとを煽動し、建国門、南河沿、西単、木樨地などの交差点で、大小の車輛を止め、バリケードを設置して、軍用車の進行を妨げ、兵士を殴打したり、軍用物資を強奪しました。

一時ころ、魯各荘付近では、十二台の軍用車が阻止され、燕京飯店の玄関を通ってきた兵士は身体検査を強制されました。また、電報ビル前の軍用車はタイヤをやぶられ、土塁でまわりを囲まれました。

払暁前後、永定門の橋のたもとでは、軍の車がひっくり返されました。木樨地の軍用車はタイヤの空気を抜かれ、朝陽門から入城した四百名の兵士は、暴漢によって石を激しく投げつけられました。六部口、横二条一帯の軍用車も阻止され、兵士たちは包囲されました。

朝の七時前後。一部の暴漢が、六部口で包囲されて動けなくなっていた軍用車の中に入り込み、弾薬を装塡した機関銃を強奪しました。建国門から東単、および天橋付近までの入城部隊はばらばらに分断され、包囲されて、殴る蹴るの暴行を受けたのでした。建国門の立体交差では、衣服を身ぐるみはぎ取られた兵士あり、また、殴られて、声を上げて泣いている兵士もありました。

午前中には、虎坊橋一帯の入城部隊が襲撃を受け、兵士たちは殴られました。殴られて目が見えなくなったものもありました。暴行を受けて負傷した兵士たちは、病院に送られる途中で行く手をはばまれ、救急車のタイヤの空気が抜かれたばかりか、負傷兵は運び去られました。虎坊路から陶然亭まで、二十一両の軍用車が包囲され、兵士が弾薬を移動させようとしたときに、前方を護衛していた民警が殴られて負傷しました。

正午。府右街南口、正義路北口、宣武門、虎坊橋、木樨地、東四などの交差点では、行く手をはばまれていた解放軍兵士が、殴られたり、また、ヘルメット、軍帽、雨着、水筒、肩かけ袋などを奪われました。ある交差点では、非常食のビスケットや缶詰などが、路上一面にばらまかれました。六部口では、ある集団が、銃弾を満載した軍の車輌を止め、武装警察部隊と公安の幹部・警察は、この包囲を解こうと努力しましたが、いずれも失敗に終わりました。この車に載せられていた銃砲弾薬が、もし強奪されたり、あるいは爆発したらなどと考えますと、その結果は想像するに堪えません。そこで、首都の人民の生命と財産の安全を守るために、やむを得ない状況のもと、武装警察部隊は催涙弾を放ち、この弾薬車を奪回したのでした。このとき負傷した学生もありましたが、即座に病院に運ばれ、治療が施されたのでした。

これと同時に、暴徒の一団は、国家機関と重要な部署を包囲して、襲撃を始めました。かれらは人民大会堂に押し寄せ、中央宣伝部に押し寄せ、ラジオ局、テレビ局に押し寄せ、中南海の西門と南門に押し寄せてきたのでした。これらの機関を守備していた武装警察の兵士と公安の幹部・警察の数十名が負傷しました。

事態が急激に悪化してゆくのにともなって、暴乱の発動者たちは、よりいっそうたけり狂ってきました。午後五時ころ、非合法組織〝高自連〟と〝工自連〟の少数は、天安門広場にいる真相を知らない群衆に、包丁、短剣、鉄棒、チェーン、そして竹槍などを配給し、「軍隊と警察を捕まえて、あの世に送ってやれ」と叫びたてました。〝工自連〟はラジオ放送の中で、「武器をとって政府を打倒せよ」とわめきたてました。さらにある暴徒どもは、数千もの人員をかき集め、西単付近のある建築現場の壁を押し倒し、多くの工事用具や鉄筋、レンガなどを強奪し、市街戦の準備を進めていたのでした。

みなさん、いかがでしょうか。これが暴乱でないとしたら、いったいなんなのでしょう？　このような緊急事態にいたり、党中央、国務院、中央軍事委員会は、決断をくだし、首都市街区周辺を守備していた戒厳部隊に対し、強行入城を敢行し、暴乱を鎮圧するよう、指令を発したのでした。

三、あるひとがたずねました。部隊が入城して暴乱を鎮圧したときに、どうして一般市民に発砲したのか？

戒厳令が発せられて以来、陸続と入城していた戒厳部隊は、終始、みずからを抑制する態度をとり、極力衝突を避けるようにしてきました。これは誰の目にも明らかなことでしょう。六月三日に暴乱が発生したのち、大部隊が入城するのに先だって、大衆を傷つけることを避けるために、北京市人民政府と戒厳部隊指揮部は、夜の六時半、『緊急通告』を発し、〝すべての市民は警戒心を強め、今後市街には出ないように、また天安門広場には行かないようにしてください。広範な労働者諸君は持ち場を堅持し、市民は家の中に留まるようにしてください。そうすればみなさんの生命の安全は保証されるでしょう〟と要請したのです。この『通告』は、ラジオ、テレビ、そのほか各種の放送手段を通じて、繰り返し放送されました。

六月三日の夜十時ころ、指令を受けて城内に向かっていた各路線の戒厳部隊は、前後して市街区に進入しました。ところがそれぞれの主要道路の交差点において、かれらは激しい妨害を受けたのでした。このような状況下にあっても、部隊はやはり忍耐・自制の態度をとり続けていました。ところが少数の暴徒どもは逆にこの忍耐・自制の態度を利用して、耳をおおいたくなるような、殴る、壊す、奪う、焼く、殺すといった暴挙に出たのでした。

二十二時から二十三時まで、翠微路、公主墳、木樨地から西単一帯に到る路線では、十二輌の軍用車が焼き払われました。あるものはトラックでレンガを運んできて、兵士たちに向かって激しく投げつけました。一部の暴徒は、トロリーバスを交差点に運んできて、火を放ち、道をふさぎました。消火に駆けつけた消防車には、叩きつぶされ、焼き払われてしまったものもありました。

二十三時ころ、虎坊橋では三台の軍用車が破壊され、一台のジープがひっくり返されました。安定門の立体交差では軍用車が包囲されました。崇文門大街では、一連隊の兵士が包囲されました。建国門の立体交差では、三十台の軍用車が包囲されました。北京石炭工業学校以西では、三百台の軍用車が包囲されましたが、軍用車を前進させるために、兵隊と指揮員が車を下りて道を開けさせようとしましたが、取り囲まれて、殴る蹴るの乱暴を受け、拉致されて行方不明になったものもありました。南苑三営門で行く手を阻まれた軍用車は、衝突を回避するために東側に迂回しようとしましたが、天壇南門まで行ったところでふたたび阻止され、多くの軍用車が破壊され、焼き払われました。珠市口では一台の軍用車が阻止され、一群の集団が車によじ登ってきました。下で一人の幹部ふうの人物が、かれらに下りるようにと説得したところ、すぐさま激しく殴られました。その生死は不明です。

六月四日の早朝以降、軍用車の焼き打ちがますます激しさの度を増してきました。天壇の東側の道、天壇北門、前門の地下鉄西口、前門東路、府右街、六部口、西単、復興門、南礼士路、木樨地、蓮華池、車公荘、東華門、東直門、および朝陽区の大北窯、呼家楼、北豆各荘、大興県旧宮郷など数十箇所の交差点では、何百台もの軍用車が、暴徒によって、ガソリン、火炎瓶、あるいは手製の火炎放射器などで火を放たれ、火炎は天をも焦がさんばかりでした。ある兵士は車内で生きながら焼き殺され、ある兵士は車外に跳び出たところでそのまま殴り殺されました。あるところでは、数台、十数台、さらには二、三十台の車輌が同時に焼かれ、一面が火の海と化してしまいました。双井路の交差点では、七十台あまりの装甲車が包囲され、そのうちの二十台あまりは、上に備え付けられていた機関銃が、暴徒によってもぎ取られました。京原路の交差点から老山骨灰堂以西では、三十台あまりの軍用車が暴徒によってたいまつを投ぜられ、黒煙が天をおおいました。ある暴徒は手に鉄棒を握り、ガソリンタンクを転がしながら、交差点をふさぎました。焼かれた車輌を目にして、車上の兵士が銃を鳴らして警告しましたが、かれらはまったく取り合わないのでした。何人かの暴徒は復興門の立体交差一帯で、強奪した装甲車を運転し、行進しながら発砲していました。さらに非合法な〝工自連〟は、放送の中で、かれらが軍用通信機とコードブックを奪い取ったと宣称しました。さらに多数の軍用食料運搬車や被服車が、暴徒によって強奪され、いずこかへ運び去られました。

暴徒たちの一部は、機に乗じて、大規模な破壊と略奪をおこないました。西城区の燕山などの商店では、ショーウインドーが破られ、またあるものどもは、毛主席記念堂の西側にある松の木の垣根に火を放ちました。数台のバスやトロリーバス、消防車、救急車、タクシーが破壊され、焼き打ちにあいました。とりわけ悪辣なのは、ある暴徒が一台のバスを天安門の城門の下まで持ってゆき、火を放って、天安門の城楼を焼き払おうと謀ったことですが、これは消火が間に合いました。

軍の車輛に対する猛烈な攻撃と、打つ、壊す、奪う、焼く、をほしいままにしたのと同時に、解放軍の兵士を惨殺するという暴行が、あいついで発生しました。その方法は残虐このうえないものでした。

六月四日の朝まだき、東単の交差点の暴徒たちは、酒瓶やレンガ、自転車などを用いて兵士を攻撃し、多くの兵士が顔じゅう血だらけになりました。復興門では一台の車が阻止され、乗っていた某部局の管理科長と管理員、そして炊事員ら十二名が引きずり出され、身体検査を強行されたのち、激しく暴行を受け、多数が重傷を負いました。六部口では、四名の兵士が包囲攻撃を受け、その場で死亡したものもありました。広渠門付近では三名の兵士が激しく殴打され、一人だけは群衆に救い出されましたが、あとの二名は行方不明になっています。西城区の西興盛胡同では、二十余名の武装警察兵士が一群の暴漢どもに取り囲まれ、あるものは暴行を受けて重傷、あるものは行方不明となっています。護国寺では一台の軍用車が行く手をさえぎられ、兵士は引きずり出されて激しい暴行を受けたのち、人質にされ、さらに自動小銃が何挺も奪い去られました。また、レンガを満載した自動車が東交民巷から天安門広場までやってくると、車上の人間は声高にこう叫んでいました。「中国人のおでましだ、解放軍をぶっつぶせ」

払暁ののち、解放軍兵士を殴り、殺すといった暴行は、戦慄的なものになっておりました。武装警察の一支隊の救急車が、八名の負傷兵士を付近の病院に運んでいたときです。一群の暴徒が出てきてその行く手を阻み、その場で一人を殴り殺したうえに、残りもみんな殺してしまえと叫びました。前門大街のある自転車屋の前では、三名の解放軍兵士が殴られて重傷を負いました。暴徒たちは、かれらを取り囲んで、「こいつらを助けようとするやつは、殺すからな」と、狂ったように叫んでいたのです。長安街では、一台の軍用車が火を消していたところ、百から二百名もの暴徒が一斉に襲いかかり、運転席をこじ開けて、運転手をそのまま叩き殺したのです。西単の十字路の東三十メートルの地点では、一人の兵士が殴り殺されたあと、死体はガソリンをかけて焼かれました。阜成門では、一人の兵士が暴徒に惨殺されたあと、死体は立体交差の欄干から吊り下げられました。崇文門では、一人の兵士が一群の暴徒によって歩道橋の上まで引きずり上げられ、橋の上から吊り下げられたあげく、ガソリンを浴びせられて、生きながら焼き殺されました。暴徒たちは、これは〝天灯点し（元旦に松明を高く掲げてともす風習）〟だと、狂ったように叫ぶのでした。西長安街の首都映画館付近では、一人の解放軍軍官が暴徒に殴り殺されたあとで、腹を切り裂かれ、眼球をえぐられ、その死体は燃えさかる軍用車の上に引っかけられました。また、ある兵士は眼球をえぐられ、生殖器を切りとられ、死体は護城河にほうり込まれたのでした。

不完全な統計によりますと、暴乱発生以来、暴徒に破壊され、焼き払われた軍用車輛、警察車輛、および公共の車輛は、全部で四百五十台あまりに達し、そのうちわけは、軍用車が百八十台以上、装甲車が四十台以上、警察車が九十台以上、公共のバスやトロリーバスが八十台以上、その他の自動車は四十台以上、となっています。また、武器、弾薬が大量に強奪されました。負傷した戒厳部隊の兵士、武装警察の兵士、公安幹部・警察は数千名、死者は百名にのぼります。かれらは共和国を守護するために、憲法を守護するために、人民を守護するために、その鮮血を、さらには貴重な生命までをも捧げたのでした。かれらの功績を、人民は永遠に銘記することでしょう。

これほどまでに重い代価を支払わねばならなかったということは、戒厳部隊が最大限の忍耐と自制の態度をとっていたことを、最も力強く物語っているのです。そうでなければ、部隊にこれほど大きな犠牲と損失がもたらされる道理がないではありませんか。これはまさしく、私たちの軍隊が人民の軍隊であり、人民を守るためにみずからの犠牲をも惜しまなかったことを物語っているのではないでしょうか？　しかしながら、反革命暴乱をすみやかに鎮圧させるためには、いっそう大きな損失は免れません。戒厳部隊は多大な犠牲を払い、もはやこれ以上は耐えられない、もはやこれ以上は譲れない、しかしまた前進がたいへん困難であるという状況に迫られて、やむを得ず、銃声を鳴らしながら反撃を進め、暴虐をほしいままにしていた暴徒の一部を退治したのでした。周囲で見物していた群衆とその場にいあわせた学生がたいへん多かったために、車にはねられたり、人に押しつぶされた人もあり、また、流れだまに当たってしまった人もありました。暴乱中、千人もの群衆が負傷し、百にのぼる人命が失われました。これはだれもがみな目にすることを望まなかったことです。ゆえなく負傷した群衆と学生にたいする、政府と戒厳部隊、そして被害者の家族の気持ちは、まったくひとつなのです。よろしく善後策を講じなければなりません。

四、世上では、戒厳部隊が入城したのちに〝血が天安門を洗った〟とのうわさが広がっていますが、これはまったくのデマなのです

真実はこうなのです。戒厳部隊が広場に入ってから、午前の一時半、北京市人民政府と戒厳部隊指揮部は、次のような緊急通告を発しました。〝首都では今夜、重大な反革命暴乱が発生した。暴徒たちは、解放軍の指揮官と兵士を狂ったように襲撃し、軍の火器を強奪し、軍の車輛を焼きはらい、道にバリケードを築き、解放軍の将兵を拉致して、中華人民共和国の転覆と、社会主義体制の崩壊を妄想している。人民解放軍は、数日来、高度の自制的態度を守り続けてきたが、いま、反革命暴乱に決然として反撃すべき時が来た。首都の公民は戒厳令の規定を遵守するとともに、解放軍と密接に協力しあいながら、断固として憲法を守護し、偉大な社会主義祖国と首都の安全を守らなければならない。勧告に従わないものにたいしては、その安全を保証することはできず、結果がどのようなことになっても、それはすべてみずからの責任である〟。この緊急通告は、大ボリュームのスピーカーによって繰り返し放送され、それは三時間以上の長きに達しました。広場で見物していた群衆は、その大多数が、すでに速やかにその場を離れていました。このとき広場にとどまって座り込みをしていた青年学生たちは、わずか数千人で、かれらは広場の南端にある人民英雄記念碑の周辺に集まっていました。三時ころ、かれらは戒厳部隊に代表を派遣

し、自主的に広場を撤退したいむね、意思表示をしてきましたので、戒厳部隊はこれを歓迎しました。

早朝四時半、広場において戒厳部隊指揮部の通知が放送されました。〝ただいまから広場の清掃を始めます。学生諸君の、広場を撤退しようという呼びかけに同意するものです〟。これと同時に、北京市人民政府および戒厳部隊指揮部による、天安門広場の正常な秩序の迅速なる回復に関する通告が放送されました。通告ではこう言っています。〝一、広場にいるすべての人員は、この放送を聞いた後、すみやかに現場を撤退しなければならない。二、もしもこの通告に違反したり、拒んで動かず、引き続き広場に留まるものがあれば、戒厳部隊はあらゆる手段をとって、強行的措置をおこなう権利を有する。三、広場の清掃がおこなわれたのちは、天安門広場は戒厳部隊によって厳格に管理される。四、愛国心を抱き、国家の動乱を願わないすべての広範な学生と民衆にたいし、積極的に戒厳部隊に協力し、広場清掃の任務をやりとげるよう希望する〟。

広場に留まっていた数千人の青年学生は、この通告を耳にしたのち、すぐさま隊伍をなし、手に手を取ってピケ隊を組織し、五時ころには、それぞれの旗を掲げながら、秩序的に広場を離れ始めました。戒厳部隊は広場の東側、南口に広い通り道を開けてやり、学生たちがすみやかに、順調に、安全に離れられることを保証しました。このとき、まだ少数の学生が離れようとしなかったので、武装警察の兵士は「通告」の要求に従って、強制的にかれらを広場から退去させました。五時半までには、広場清掃の任務はすべて完了しました。清掃の全過程が完全に終了するまで三十分もかからず、広場で座り込みをしていた学生には、最後の強制退去をも含めて、一人の死者も出ませんでした。〝天安門に血は流れ、河を成す〟などと言われているのは、まったくのうそでたらめなのです。

五、認識を高め、反革命暴乱鎮圧の完全なる勝利を奪取しよう。

1、このたびの反革命暴乱の深刻性と、暴乱を鎮圧することの重要な意義を正しく認識しましょう。このたびの暴乱を引き起こしたきわめて少数の人物とは、長期にわたって資産階級自由化の立場をかたくなに堅持し、政治的陰謀を企んだ人物のことであり、海外、国外の敵対勢力と結託している人物のことであり、非合法組織に、党と国家の核心にある機密を提供している人物ことなのであります。このたびの暴乱で、打つ、壊す、奪う、焼く、殺す、などさまざまな暴行をなしたのは、主として、きちんと改心していないにもかかわらず、刑期が満ちたために釈放されたやからや、政治的なやくざの集団や、〝四人組〟の残党や、非合法組織に隠れている少数の悪人と、そのほか社会のクズどもなのです。広範な大衆と青年学生は、大なり小なりこれに巻き込まれた人びととともに、そうしたやからとは一線を画して明瞭に区別されなければなりません。かれらは積極的に、この反暴乱の闘争に身を投じたのです。

2、暴乱を鎮圧する闘争において、広範な幹部、大衆は、それぞれの地区、それぞれの部局、それぞれの職場の党と政府の指導のもとに、よりいっそう組織をかため、共同して防衛を強め、工場を守り、機関を守り、学校を守り、それぞれの職場の安全を守る作業をきちんと進めてください。それと同時に、積極的に人民解放軍と協力して、交通の秩序を回復し、社会の治安を維持し、各種の戒厳任務を完成させましょう。暴乱を鎮圧する過程で、多くの大衆はたいへん高い政治的自覚を示しました。ある人びとは、暴行を受けていた解放軍兵士を積極的に保護し、ある人びとは公安や保衛部門に、失われた武器弾薬をすみやかに送り届け、ある人びとは自主的に大衆に呼びかけて、デマを打ち消し、人心を安定させる作業をおこないました。またある人びとは、暴乱分子の罪を積極的に摘発し、ある人びとは身を挺して暴徒に立ち向かい、かれらと戦ったのでした。これらの精神はたいへん貴いものであります。

3、広範な大衆と青年学生は、デタラメこのうえないデマにたいしては、頭を働かせ、落ち着いて考えなければなりません。軽々しくこれを信じて、だまされないようにしましょう。戒厳期間中は、かならず戒厳令を厳格に遵守して、けっして好奇心から見物などしないように、さらにまた、一緒になって騒いだりしてはなりません。もうこれ以上、意図しない犠牲を出してはならないのです。

4、敵に対する警戒を強め、ごく少数の暴乱分子の動向を、注意深く監視しなければなりません。かれらの犯罪の事実を掌握したならば、すぐさま政府とそれぞれの職場の指導者に対してこれを摘発し、政府に協力して、すみやかにこれら暴乱分子を捕え、法によって厳重に懲罰を加えましょう。現在、いささかの暴徒は、いまだに軍用車と公共のバスの焼き打ちを続けていますし、ある暴徒は、強奪した武器で闇打ちをし、兵士と大衆を殺傷しています。また、非合法組織の

〝高自連〟は、いまだにビラを撒き続け、全国的な授業ボイコット、全国ストライキ、商取り引きストライキを煽動しているのです。かれらの犯罪行為には、断固たる打撃を与えなければなりません。

5、関係部門がすでに宣布しているように、暴乱中に悪事をなしたものはすみやかに自首して、寛大な裁きが得られるようにしましょう。もし悔い改めることなく、継続して悪事をなすのであれば、厳重に懲罰するでありましょう。

(新華社六月九日発『人民日報』一九八九年六月一〇日掲載)

(武田雅哉 訳)

訳注

(1) 黄埔学校は、一九二四年、孫文が革命遂行を志す将校を養成すべく、広州の東にある黄埔に開設した陸軍士官学校。

人を喰ったはなし――中華帝国に迷い込んだゴーストたちの記録

武田雅哉

〝怪談〟。英語では〝Ghost Story〟である。日本の幽霊話を集めた、その名もずばり〝Kwaidan〟(『怪談』)を著した小泉八雲は、〝Some Chinese Ghosts〟(『中国怪談集』)という本も書いている。本書の編集を引き受けておきながら、中国の怪談なるものがよくわからないぼくは、町の本屋にでかけて類書を買い集めてみたが、『中国の怪談』であるとか、『中国怪奇小説集』といったタイトルのものが、文庫本だけでも数冊みつかった。まじめに探せばまだまだでてくるにちがいない。

それら先学の作業からいくつか借用して、本書をデッチあげることも可能である。そう考えながら作品を眺めてみたところ、これがどうにも困ったことに、まったく怖くないのである。類書に収められている作品は、おおまかに言えば、中国文学史で言うところの志怪小説や、唐代伝奇、そしてどうしても欠かせないらしいのが、清代の『聊斎志異』である。おそらくわが国の読者の多くが抱いている〝中国の怪談〟のイメージ、そしておそらく本書を手にとったあなたが期待していたものも、そういった作品群であったかもしれない。ところがごらんのように、そのような作品はいっさい収めないことにした。それらが怖くないからではない。怖くないと思うのはぼくの勝手であるし、怖いと思う人だって、厳然として存在するのである。

ひとことで言えば、それは、先ほども言ったように、そのテの本は山ほどあるから、もういらないだろうと考えたからである。それにそれらの作品が〝中国の怪談〟としてすでにお約束のメニューであるからといって、意をまげて採用しなければならないというのもくやしい。また、手垢のついた〝中国の怪談〟が、日本の出版界にまた一冊送り出されるのは、ただでさえおもしろい本の少ない（なかんずく中国文学の分野では）わが国の出版界にとって、資源の浪費であり、大いなる不幸といわざるをえないからである。

そもそも「これは怖いお話なんですよ」と銘うって出される本、すなわち『中国怪談集』などと銘うたれる本の存在じたいが、押しつけがましい迷惑ものだ。読者にしてみれば、「読んで怖くなかったら、あんたは人間じゃないよ」と言われているみたいである。また編者にしてみれば、せっかく選んだものが「怖くないじゃないか」と文句をつけられた日には、首をくくって、それこそ幽霊にでもなるしかない。つまりは『中国怪談集』などという企画は、『中国笑話集』（これまた恐ろしい企画だと思う）に勝るとも劣らず、いずれだれかに不幸をもたらさずにはいられない、呪われた企画なのである。その不幸がぼくのところに舞い込んで来てしまった。

たとえまた、有能な編者によって選ばれたお約束の怪談が、日本の読者を震え上がらせたとしても、その恐怖はいったい〝中国人の恐怖〟とは関係があるのかないのか、中国人はこれらの物語に恐怖するのか、もしするのだとしたら、それは同質のものなのか、そこまで議論をつきつめなければ、おもしろくもなんともないのである。もしかしたらかれらの滑稽を、日本人がひとりよがりで勝手に恐怖とみなしているかもしれないのだ。いずれにせよ、漢字で書かれているものならなんでもありがたがってきた日本の伝統的な漢学と、なんら変わるところはないのである。

　ぼくらにとっては、中国はもっと愉快で、ファンタスティックである。中国人は、その地理環境とともに謎だらけで、ヘンテコで、おしゃべりで、何千年だか知らないが、とてつもないことを考え続けてきたらしい。しかもわれわれとちがって大人であるがゆえに、そのへんを容易に表には現わさない人たちであり、つまりは、おつき合いの相手としては、これほどワクワクする人びとは、ほかにいないのである。

　以上、わざわざ屁理屈をこねてきたのは、本書に収めた作品がちっとも怖くないことをお断りしたいためである。みなさんが期待されていたかもしれない怖い幽霊は、まったく出てこない。だがここには、さまざまな異次元から招待された〝ゴースト〟たちが、踊っているはずである。「怖がる」ことを強制するほど、ぼくは人非人ではない。この怪談集は、怖いはなしのアンソロジーではない。むしろ、中国にまつわる〝ゴースト〟のさまざまなケースを集めてみたものであるというべきだろう。あの世とこの世の境界線の、どちらかというとこちら側で生きているわれわれ生身の人間が、あちら側の世界の光を浴びたときに白壁に映じた、〝幻影（ゴースト）〟、〝多重像（ゴースト）〟、〝仮（ゴー像〟などが、ことばになっているはずである。それが〝現実〟でもある、などというもっともらしいお説教は、あえて言わない。しかし、両者の境界線が陽炎のようにぼやける瞬間というものが時おりあるらしく、そうした瞬間には、あちらの世界の〝ゴースト〟が、こちらがわに迷い込んでくることもあり、われわれもまた、それと気づかぬうちにゴーストたちの世界に迷い込み、ちゃんとこちらに帰ってきたり、どうしても帰ってこられなくなったりすることが、実際によくあるものである。

古典文学と現代文学のあいだに線を引くことは、ここでは好ましくない。この本に収録した作品は、いちばん古い元代のものから一九八九年のものまで、一貫して言えるのは、そして作品選択のめやすでもあったのは、「人を喰ったはなし」であることである。

したがって陶宗儀の記録「人肉を食う」は、本書の冒頭に看板として掲げてしかるべき作品であろう。いま、『中国残酷物語――知られざる中国食人史――』(黄文雄著。一九七九年、経済評論社)という本をひもとくと、ここにはおびただしい食人の例が収録されている。この本は刊行直後に中国側からクレームがついて発禁になったときくが、人肉を喰うはなしは、中国の歴史書に散見するポピュラーな話柄なのである。

人肉譚としての艶笑譚を料理したのが「十巹楼」であろう。この作品は、中国のシェークスピアとも目される李漁の短編小説集『十二楼』の一篇である。『十二楼』はその名のとおりそれぞれ特殊な楼閣に由来する十二の物語を綴ったもので、李漁らしい小粋な編集である。

「揚州十日記」は実録である。中国の歴史では、しばしば似たような現象が生じたであろう。〝身の毛もよだつ〟事件が起きるたびに、モラルはぶくぶくと肥え太ってきたようである。

中国の言語にまつわるゴースト現象は、〝台湾人（フォルモサン）〟サルマナザールが、非常に特殊な形で記録しておいてくれた。彼は一七世紀末、ヨーロッパに渡った自称台湾人。本名は不明だが、ヨーロッパにおいてはこの名を称えていた。彼が、実は台湾人ではなかったとなれば、本書に収めるのはおかしいとの非難が出るかもしれない。だが、その奇怪な地誌『台湾の歴史地理的記述』が刊行された時点では、彼は自他ともに認める台湾人であったのである。そのような当時の空気に、三百年後のぼくらが知ったような顔をして、彼とその周囲とが構築していた〝台湾人サルマナザールの台湾〟というハイになった世界をぶち壊すこともないだろう。それになにしろ「人を喰ったはなし」なのだから、これでよいのだ。彼は晩年、台湾人のころもを脱ぎ捨て、サルマナザールをみずからの手でゴーストにしてしまう。ぼくらが見ている現実世界とても、明日になればゴーストに変じてしまうかもしれないのだ。なおこの書は現在翻訳作業が進行中である。いずれゴーストとしての台湾島へも、机上旅行ができるようになるだろう。

「砂漠の風」は、新疆省に流された大学者紀昀のウルムチ体験によってぼくらにもたらされた、砂漠の不思議な現象の記録である。大地が口を開けて人を喰うはなしである、とでもこじつけておくが、このような自然の脅威は、現在でもまったく変わらずに存在しているにちがいない。昨年の秋、ぼくは四川省のチベット自治州での動物調査に参加していたが、ぼくらのジープがゴロゴロと岩が転がり落ちてくる金沙江沿いのがけっぷちをなんとか通過した一分後に、道そのものが百メートルにわたって崩れて消えてしまった。このときは幸いにも、大地はまずい人肉は口にしたくなかったらしいが、彼らの気まぐれに対しては、人間はまったくお手上げなのである。

清朝末期の中国人が幻視したゴーストの群れを、図像という形で残そうという努力をした人間たちの大仕事が、『点石斎画報』である。この画報とこれを研究することの意義については、『世紀末中国のかわら版——《点石斎画報》の世界』（福武書店）に付した解説「ゾウを想え——清末人の世界図鑑を読むために」をお読みいただきたい。百年以前の中国人の目に映ったものがなんであり、彼らがなにを怖がり、なにに涙し、なにを笑ったのか、そんなことがいまだによくわかっていないことは、言うまでもないだろう。

その『点石斎画報』を少年期に目にしながら育った中国人のひとりが、長ずるにおよんで、古い中国のゴーストを、たとえば文学史研究の名を借りて徹底的に解剖し、その五臓六腑と血液を同時代のゴーストに向けてぶちまけ、さらにはみずから未来の中国にとっての脅威となるべく、幽鬼（ゴースト）と化した。それが魯迅である。彼は、中国文学史でただひとりの恐怖小説家と言ってよいかもしれない。その作品のいくつかに一貫しているものこそ、ほかならぬ「人が人を喰うこと」であった。本書では「薬」と「阿Q正伝」を選んだ。

彼の作品にはいく種類もの邦訳があるが、あえて新訳としたのは、魯迅作品を怪談として読むためには、魯迅をさまざまなゴーストたちとの関連において読み込んでいる人物が、訳者として必要だったからである。魯迅を中国人の死生観、〝鬼（クイ）〟（霊魂）などの視点から研究しておられる恩師、丸尾常喜氏に、あくまでも〝『中国怪談集』に収録すべき魯迅の作品〟ということで新訳をお願いし、快諾をいただいた。

かつて中国文学者の増田渉は「阿Q正伝」を、魯迅の了解を得たうえで、『世界ユーモア文学全集・支那篇』（改造社、一九三三）に収録すべく日本語に翻訳した。そしてこんどは『中国怪談集』である。この世で魯迅の承諾を得ることはできないが、おそらく笑ってOKしてくれることであろう。だが本書に収めた二篇のみを読んだところで、彼の作品世界を理解することは無理かもしれない。これは中国の近代文学全般に言えることだが、おかしいところではたして笑っていいのかどうか、外国の読者を躊躇させるものがあるのである。そのあたりもこの作品のゴースト性なのであり、それはとりもなおさず、いまだに「阿Q正伝」が解読されていない、そして真の解読を意図して書かれた注釈書さえないという証拠でもあろう。読者はぜひとも、魯迅の他の作品、たとえば、まさしく人が人を喰うはなし「狂人日記」あたりを、ゴースト・ストーリーとして読み進めていただきたい。そして「阿Q正伝」の解読に取り組んでいただきたいと思う。

「宇宙山海経」は、中華民国初期のオカルト宇宙誌『大千図説』の一部を訳出したものである。魯迅の生きた時代は、実はこのようなものをも生んでいた時代であった。これは、民間信仰をヨーロッパの近代科学と結合させた宇宙図鑑とでもいえようか。訳題を「宇宙山海経」としたのは、古代の空想的な地理書『山海経』にちなんでのことである。著者はひとりの神童であるということだが、人類の超未来のプランニング『大同書』を書いた思想家、康有為もご推薦の天才少年であるらしい。清朝滅亡後、中国では、日本やヨーロッパの影響もあって、近代スピリチュアリズム（科学的心霊思想）が古来のタオイズム世界と結合して、中華風オカルト科学が流行した。たとえば清末期に進化論を中国に紹介した思想家の厳復は、このころになると降霊術や念写にこり、それらの宣伝文なども書いている。この作品は、神童がその心霊的な目で幻視した惑星のカタログである。宇宙人たちの文字カタログは、おもしろいことに、一字一義であり、システムとしては、どれも漢字に類似している。これらは、清末期における文字改革運動、非漢字文字構想の流行を想起させる。

いわゆる文化大革命の時代、科学者が弾圧されると同時に、四人組、特に江青は、永久機関に関心を抱いていたという報告がある。「〝鉄魚〟の鰓」は、科学発明にまつわる奇譚だが、すばらしいものを発明しても生かされることがないのは、いまも変わらないようである。

「死人たちの物語」は台湾の作家による作品であるが、映画などでおなじみとなったキョンシー（僵屍）をモチーフにした、通俗的な短編である。死者たちの集団を操って悪魔的な事業をおこなうという設定は、作者が台湾人だからといって、大陸の社会主義を風刺したものであるとして読む必要は、特にあるまい。いささか陳腐にも見える設定は、国家のイデオロギーを問わず、たとえばわれわれの国においてもしばしば見受けられる光景だからである。だがその陳腐さにたいしてさえ、いまだ完全な対抗手段を見いだしていないというのが、二十世紀末のわれわれ人類の実情である。

農村を舞台に、思春期の少女たちにおこったマジカルな、風のようなできごとを、語りものふうのリズミカルな文章で描いた作品「五人の娘と一本の縄」は、現在、中国で〝魔幻小説〟と呼ばれるジャンルの代表作として知られているものである。単純なストーリーが、中国という土地の持つ、やさしくも厳しくもないエネルギーに抱かれて、幸福でも不幸でもない、あるべき結末へと流れてゆく。なおこの作品は、一九九一年、台湾中国合作で映画化され、東京国際映画祭ヤングシネマ部門で銀賞を獲得している。

さて、いずこにおいても、またいずれの時代においても、国家は、いかなる文学者の追随をも許さない、もっとも優れた怪談の書き手であった。最後を飾るにふさわしい「北京で発生した反革命暴乱の真相」は、国家としての中国が創作してきたおびただしい作品群の中から選んだ、記憶に新しい最新作である。歴史学者が第一の史料とみなしている中国の正史（『史記』、『漢書』に始まる、各王朝ごとに編纂された紀伝体の歴史書）は、このような物語の集大成であるといってよいであろう。

一九八九年の六月四日に、天安門広場でなにが起きたのか。ぼくらはここに収めた〝怪談〟とは異なった物語をも知っている。この事件が、いったいどのようなかたちで現代の〝正史〟に記述されるのであろうか。それは次の王朝が決定することである。そのとき資料として用いられるはずのこの北京市政府発表の文献を、中国の優れた怪談として〝おもしろく〟読んだ人間がいたという事実を、どんなことがあってもぼくらの年代記に残さなければならない。さらにまたこの〝作品〟は、『中国怪談集』という一冊の書物の中で、ほかならぬ魯迅の作品と同時に物語られねばならないのだ。書物の編者というものになんらかの力があるとしたら、せいぜいその程度のことであろう。〝三月十八日、民国以来のもっとも暗黒なる日〟に記された、魯迅の「花なきバラの二」（一九二六。邦訳あり）は、〝怪談〟ではないという理由で、ここに収録しなかっただけである。

本書は、この世にあるさまざまな人間たちとの対話によって、なんとか完成させることができたものである。

まず林久之氏。氏には、翻訳のみならず、作品選定の段階から貴重な意見をいただいた。林氏は、中国SFの翻訳、紹介、研究において、わが国でもっとも精力的に作業を進めている研究者である。その仕事の全貌がぼくらの前に明らかにされる日も近いだろう。

またぼくは、おふたりの恩師のことも記しておきたい。ひとりはすでに触れたように、魯迅の翻訳を引き受けてくださった、丸尾常喜先生である。いまひとりは、本書の共編者、中野美代子先生である。おふたりはまったく異なったタイプの、しかしいずれ劣らぬ怪物であるが、おかげでぼくの学生生活は、この世のものとも思えぬほど楽しい〝怪談〟だらけとなった。今回の編集もまた、その延長線上にあるといってよいだろう。

本書は、すでに世に出ている名訳をも使わせていただいている。転載を承諾してくださった先学諸氏には、この場を借りて謝意を表したい。

また、河出書房新社編集部の内藤憲吾氏には、いささかひねくれた、売れ筋からはほど遠い企画に理解いただき、作業を進めていただいた。ほんとうにごくろうさまでした。

すでにご説明したようなわけで、今回は、いわゆる〝怪談〟に登場する、おなじみのかわいい妖怪・怪物どもには、出演をご遠慮いただいた。とはいえ、そのためにかられの祟りを招いては困るので、いずれ酒でもおごってお許しいただかなくてはならないだろう。だから、近い将来、本書の編集にかかわった人間が、ひとり、またひとりと変死するようなことがあっても、怪んではいけない。おおかた酔った勢いで、あちら側の世界の、やつらの行きつけの店にでも転がりこんでいるのであろう。カッコ悪くて怪談にもならない。しかしながら、いずれどこぞの〝国家〟が、それをすばらしいできばえの怪談に仕立ててくれる可能性はある。これは編者一同の、じつはひそかなる期待でもあるのだが……。

編者あとがき

中野美代子

怪談集の編者が、自分の体験した怪異を語ってはいけないということもあるまい。

中国はタクラマカン砂漠の東端、果てしなくひろがる無人の境の楼蘭遺址にテントを張って一夜をすごしたときのことである。まったくの無風の夜なのに、深更テントが烈しく風に煽られた。そして、テントの周囲を人や獣が徘徊する気配がする。同行の人びとは私のテントのすぐそばのいくつものテントで寝しずまっている。怖ろしさのあまり、私は寝つけない。思いきってテントの外をのぞこうと身を起こすと、東枕で寝ていた私の寝袋が、その下に敷いた重たい解放軍外套もろとも、九〇度回転して南枕になっているではないか。外は、まったき無風、そしてまったき静寂である。

帰国後、砂漠の専門家にこっそりたずねたところ、サハラ砂漠の夜のテント内にて、やはり寝袋の九〇度回転を経験した人が何人かいるのだそうだ。

楼蘭周辺の怪異については、玄奘もマルコ・ポーロも記録しているし、新疆のヤルダン地形砂漠の怪異については、ジュンガリア砂漠のカラマイ付近に現代の中国人が「魔鬼城」と呼んで怖れる地域がある。その「魔鬼城」の恐怖を記録した一文を、本怪談集に収めようかとも思ったが、文章がつまらないのでやめた。その代わりに、紀昀の「砂漠の風」を入れておいた。砂漠地帯における怪異譚は、いましがた私が語った経験のように、おそらく無数に存在するであろう。しかし、経験は「怪談」になりえない。「怪談」とは、やはり物語の領域に属する。

物語のもっとも卓越した語り手は国家である（国家の編纂に係る正史こそ圧倒的な物語群ではあるまいか?）、それゆえに、「怪談」のもっともすぐれた語り手は国家である、という点において、私と、もうひとりの編者である武田雅哉君の意見は一致した。この点さえ確認しておけば、手垢のついた「中国怪談」のたぐいは無視して、「人を喰ったはなし」の編集を武田君に一任し、私は惰眠を貪っていればよかったのである。とはいえ、編集の責任は、もちろん私ども両名ひとしく負うものであること、いうまでもない。

ついでに、もうひとこと。「北京で発生した革命暴乱の真相」を読むと、異界に至る通路がきまって暗くてせまい、そして細長い洞窟であるということを想起せざるをえないであろう。現代の洞窟は、地下道すなわちトンネルである。北京の地下に網の目のようにはりめぐらされたトンネルの一部は、私も案内されてもぐったことがあるが、天安門広場にあの夜おびただしく流された血の源泉が、このトンネル経由にて消滅したであろうこと、アメリカの同事件研究書もはっきり推測している。アンソニー・グレイの推理小説『毛沢東の刺客』が、北京は中南海の地下にはりめぐらされたこのトンネル網をも舞台としていたこと、いまにして思えばなかなかの設定であった。洞窟が異界人の通路であり、かつ変身の場であるという、そのトポロジーこそ、中国の古今の怪談を貫く鍵ではあるまいか。

本書の編集にあたって多くの貴重な意見を下さり、また翻訳にも参加していただいた林久之氏、および魯迅の小説二篇の新訳をお引き受け下さった畏友の丸尾常喜氏に、深い謝意を表したい。また、河出書房新社編集部の内藤憲吾氏にも心からのお詫びとお礼を申しあげる。私の怠慢から、編集作業がいちじるしく遅滞してしまった。さいわい武田雅哉君を共編者に得て仕事ははかどったが、それも内藤氏のあたたかい理解と、きびしい督励のおかげであった。

一九九二年二月

出典一覧

「人肉を食う」　『中国古典文学大系　第56巻』　平凡社　一九六九年

「十巻楼」　『全訳中国文学大系　第23巻　覚世名言十二楼』（第1集）東洋文化協会刊　一九五八年

「揚州十日記」　『中国古典文学大系　第56巻』　平凡社　一九七一年

「砂漠の風」　『中国古典文学大系　第42巻』　平凡社　一九七一年

「ボール小僧の涙」　『世紀末中国のかわら版』（絵入新聞『点石斎画報』の世界）中野美代子・武田雅哉編訳　福武書店　一九八九年

「ワニも僕の兄弟だ」　同右

※これ以外の作品はすべて新訳

訳者略歴

◉松枝茂夫(まつえだ・しげお)……一九〇五年生まれ。
著訳書『紅楼夢』『中国の小説』他。一九九五年没。

◉前野直彬(まえの・なおあき)……一九二〇年生まれ。
著訳書『漢文入門』『唐詩選』他。一九九八年没。

◉辛島　驍(からしま・たけし)……一九〇三年生まれ。
著書『十八史略詳解』『中国現代文学の研究』他。一九六七年没。

◉中野美代子(なかの・みよこ)……一九三三年生まれ。
著訳書『西遊記』『孫悟空の誕生』他。

◉丸尾常喜(まるお・つねき)……一九三七年生まれ。
著書『魯迅』『魯迅『野草』の研究』他。二〇〇八年没。

◉林　久之(はやし・ひさゆき)……一九四四年生まれ。
著訳書『中国科学幻想文学館』『倚天屠龍記』他。

◉武田雅哉(たけだ・まさや)……一九五八年生まれ。
著書『蒼頡たちの宴』『中国のマンガ〈連環画〉の世界』他。

＊今日では配慮すべき必要のある表現を含む作品もございますが、作品発表時の状況に鑑み、原文通りとしております。

新装版
中国怪談集

一九九二年 三 月 四 日 初版発行
二〇一九年 三 月二〇日 新装版初版発行
二〇一九年一一月三〇日 新装版2刷発行

編　者 中野美代子／武田雅哉
発行者 小野寺優
発行所 株式会社河出書房新社
〒一五一-〇〇五一
東京都渋谷区千駄ヶ谷二-三二-二
電話〇三-三四〇四-八六一一（編集）
〇三-三四〇四-一二〇一（営業）
http://www.kawade.co.jp/

ロゴ・表紙デザイン 粟津潔
本文フォーマット 佐々木暁
印刷・製本 中央精版印刷株式会社

Printed in Japan ISBN978-4-309-46492-3

ラテンアメリカ怪談集

ホルヘ・ルイス・ボルヘス他　鼓直〔編〕　46452-7

巨匠ボルヘスをはじめ、コルタサル、パスなど、錚々たる作家たちが贈る恐ろしい15の短篇小説集。ラテンアメリカ特有の「幻想小説」を底流に、怪奇、魔術、宗教など強烈な個性が色濃く滲む作品集。

ほんとうの中国の話をしよう

余華　飯塚容〔訳〕　46450-3

最も過激な中国作家が十のキーワードで読み解く体験的中国論。毛沢東、文化大革命、天安門事件から、魯迅、格差、コピー品まで。国内発禁！三十年の激動が冷静に綴られたエッセイ集。

さすらう者たち

イーユン・リー　篠森ゆりこ〔訳〕　46432-9

文化大革命後の中国。一人の若い女性が政治犯として処刑された。物語はこの事件に否応なく巻き込まれた市井の人々の迷いや苦しみを丹念に紡ぎ、庶民の心を歪めてしまった中国の歴史の闇を描き出す。

黄金の少年、エメラルドの少女

イーユン・リー　篠森ゆりこ〔訳〕　46418-3

現代中国を舞台に、代理母問題を扱った衝撃の話題作「獄」、心を閉ざした四〇代の独身女性の追憶「優しさ」、愛と孤独を深く静かに描く表題作など、珠玉の九篇。O・ヘンリー賞受賞作二篇収録。

ヘタな人生論より中国の故事寓話

鈴木亨　40947-4

古代中国の春秋戦国時代に登場した孔子、孟子、老子といった諸子百家たちは、自らの思想をやさしく説くために多くの故事を用いた。それらの短い物語から、迷い悩み多き現代を生きぬくヒントを学ぶ一冊！

アジアの聖と賤　被差別民の歴史と文化

野間宏／沖浦和光　41415-7

差別と被差別の問題に深く関わり続けた碩学の、インド、中国、朝鮮、日本の被差別問題の根源を、貴・賤、浄・穢の軸から探る書。豊富な実地体験・調査から解き明かす。

著訳者名の後の数字はISBNコードです。頭に「978-4-309」を付け、お近くの書店にてご注文下さい。